KRISTINA GÜNAK
Verliebt noch mal

KRISTINA GÜNAK

VERLIEBT NOCH MAL

Roman

LYX
EGMONT

Originalausgabe Dezember 2014 bei LYX
verlegt durch EGMONT Verlagsgesellschaften mbH,
Gertrudenstr. 30–36, 50667 Köln

1. Auflage
Redaktion: Uta Dahnke
Satz: Greiner & Reichel, Köln
Printed in Germany (670421)
ISBN 978-3-8025-9383-3

www.egmont-lyx.de

Kapitel 1

Was machen die Männer?

Mein Nachbar Dr. Grosser ist wie ein gut konditionierter Dackel. Er scheint mich schon zu wittern, noch bevor ich die Haustür aufstoße. Denn jedes Mal, genau eine Sekunde bevor ich den Schlüssel ins Schloss meiner Praxis stecke, öffnet sich seine Tür, und er flötet mir ein »Guten Morgen, liebe Frau Fuss« entgegen.

Ich teile mir das alte Fachwerkhaus, in dem ich meine Praxis für Physiotherapie habe, mit drei weiteren Mitmietern. Einer davon ist der Psychotherapeut Dr. Grosser, dessen Praxis der meinen im Erdgeschoss gegenüberliegt. Erst kürzlich haben wir ein sehr vorteilhaftes Patienten-Sharing in Gang gesetzt oder, wie meine Freundin Elisabeth zu sagen pflegt: Wir nutzen den Synergie-Effekt. Er schickt mir seine und ich ihm meine Patienten, denn wen es im Kreuz kneift, den kneift es auch oft in der Seele und umgekehrt. Ich kümmere mich um den Rücken, er sich um die Seele.

»Möchten Sie vielleicht einen weißen Tee, frisch zubereitet?«, fragt Dr. Grosser mich höflich, lässig an den Rahmen seiner Eingangstür gelehnt.

»Dr. Grosser, das ist ausgesprochen nett von Ihnen, aber ich habe gleich eine Patientin«, antworte ich und schenke ihm über die Schulter hinweg ein freundliches Lächeln, während ich mit dem Schlüssel im Schloss herumfuhrwerke. Das Türschloss zeigt sich in den letzten Tagen sehr unkooperativ. Irgendetwas hakt da, und ich brauche täglich länger, um die Tür zu öffnen.

»Etwa die dicke Frau?«, ertönt es augenblicklich hinter mir, und ich drehe mich verwundert um. Mein lieber Nachbar sieht aus wie immer. Er hat das dunkle Haar raspelkurz geschnitten, und die runde Nickelbrille gibt ihm einen überaus freundlichen Touch. Dazu trägt er ein blaues Hemd und eine dunkelblaue Strickjacke. Optisch also alles okay. Nur passt die verbale Komponente so gar nicht zu diesem Bild. Die dicke Frau? Nicht dass er unrecht hätte – Frau Kosinger ist nicht nur dick, sie ist sogar sehr dick. Aber mein sonst mehr als höflicher Nachbar würde das doch niemals so ausdrücken.

Er ist doch meine Oase der wertschätzenden Konversation. Er ist doch der, mit dem ich in formvollendeten Sätzen kommuniziere, die einen Anfang und ein Ende haben. Außerdem sagen wir so oft wie nötig »bitte« und »danke«, und beim »Sie« bleiben wir auch. Schon aus Prinzip.

Aber es ist leider so, dass Dr. Jan Grosser hin und wieder seine Tage hat. Nur verbal, versteht sich. Allerdings produziert er dann ein bis zwei Tage lang ausschließlich unhöflichen Wortmüll, womit er in diesen Phasen nur sehr bedingt gesellschaftsfähig ist.

Ich kenne auch den Auslöser dieses Präkommunikativer-Rüpel-Syndroms oder kurz PKRS: Er heißt Gaby.

Gaby ist eine blonde, hundsgemeine Frau, die meinen Lieblingsnachbarn auf bösartige Art und Weise ausnutzt, woraufhin dieser emotional leidet. So sehr, dass er in regelmäßigen Abständen dem PKRS anheimfällt. Meine vorsichtigen Versuche, ihn auf die direkte Verbindung zwischen Gaby und dem Rüpel-Syndrom hinzuweisen, sind bisher leider gescheitert.

»Wo ist Dr. Grosser?«, frage ich deswegen schneidend, übergehe die Einladung zum Tee und sehe ihn tadelnd an.

»Der hat Urlaub«, murmelt mein leidender Nachbar leise und hält sich tapfer an seiner dampfenden Teetasse fest. »Außerdem *ist* sie dick«, schnauft er dann fast trotzig und starrt die Wand hinter mir an.

»Sie ist etwas fülliger.« Ich habe die Stimme gesenkt, schließlich ist es bereits kurz vor neun, und Frau Kosinger ist immer pünktlich. Nicht dass sie diese sonderbare Unterhaltung über ihre Körperfülle im Treppenhaus noch mitbekommt.

»Um elf habe ich eine halbe Stunde Pause. Dann treffen wir uns in meiner Küche. Heute keinen Tee mehr für Sie!«, sage ich energisch, denn Tee scheint in diesen Phasen sehr kontraproduktiv zu sein und das Rüpel-Syndrom zu verstärken.

Dr. Grosser seufzt bleischwer und antwortet ergeben: »Ja, in Ordnung!«

Also werde ich mich um elf mit der lädierten Seele meines Nachbarn befassen, schließlich greifen wir uns in unserer kleinen Hausgemeinschaft gern helfend unter die Arme, und das schließt eine psychologische Krisenintervention mit ein.

Außerdem habe ich in der kommenden Woche wieder drei Termine bei unserem hiesigen Fußballverein, und spätestens dann muss Dr. Grosser seine alte Form wiedergefunden haben. Nach einem Besuch im Fußballstadion brauche ich nämlich dringend eine hohe Dosis an Höflichkeit und galanter Kommunikation; schließlich kommunizieren Fußballer doch mehr mittels der Füße als unter Einsatz des Hirns.

»Ey, Thea, voll krass!« und »Alte, Scheiße!« sind noch zarte Pflänzchen der männlichen Verständigung in diesen Kreisen.

Mir ist schon klar, dass meinen Fußballern einfach das »Gute-Umgangsformen-Modul« fehlt, die sind ja nicht prinzipiell alle doof.

Aber doch irgendwie eher schnell als schlau, und somit benötige ich Dr. Grosser spätestens dann wieder im Vollbesitz seiner psychotherapeutischen Kräfte.

»Hallöchen!«, trompetet es im nächsten Moment durch das Treppenhaus. Frau Kosinger betritt die Bühne. Die pechschwarzen Haare mutig zu einem Turm aufgesteckt, erklimmt sie die fünf Stufen bis zur Praxis. Dabei schmiegt sich ihr bunt bedruckter Kaftan in weichen Wellen an ihre sehr füllige Figur. Schwer atmend kommt sie vor uns zum Stehen und wirft Dr. Grosser einen ehrfürchtigen Blick zu. Psychotherapeuten, die sich der Seele zuwenden, stehen bei ihr eindeutig höher im Ansehen als Physiotherapeuten, die sich ja lediglich um den Körper der Menschen kümmern.

»Guten Morgen, Dr. Grosser«, haucht sie atemlos, und mein Nachbar, dessen Umgangsformen ja gerade Urlaub haben, knurrt: »Hm. Morgen.« Dann dreht er sich schwungvoll um und schließt die Tür hinter sich.

Frau Kosinger strahlt mich an. Die Frau mag zwar übergewichtig sein, dafür ist sie mit einer Fröhlichkeit gesegnet, die selbst Erni und Bert ernsthaft Konkurrenz machen könnte.

30 Minuten befasse ich mich mit ihr und ihrem freundlichen Geplapper, das nur kurz unterbrochen wird durch grunzende Schmerzenslaute, wenn ich allzu tief mit meinen Fingerknöcheln in ihre Rückenmuskulatur vorstoße. Aber was sein muss, muss sein – da kenne ich kein Pardon.

Als sie sich schließlich ihren bunten Kaftan wieder überstreift, raunt sie mir verschwörerisch zu: »Und? Was machen die Männer?«

Diese Frage ist nicht neu. Um genau zu sein, stellt sie sie mir jede Woche konsequent wieder. Offensichtlich treibt sie irgendein tiefer Glaube an, dass die Männer und ich, ihre Physiotherapeutin, schon irgendwann einmal etwas miteinander machen werden. Bis jetzt konnte ich ihr allerdings noch keinen positiven Bescheid geben: Die Männer machen seit genau drei Jahren nichts, zumindest nicht mit mir. Also lächele ich freundlich und gebe meine mittlerweile standardisierte Antwort: »Alles beim Alten.«

Üblicherweise lächelt sie dann milde und sagt so etwas wie »Kommt noch« oder »Na, dann warten wir mal ab«.

Nicht aber heute. Heute scheint auch Frau Kosinger verbal ihre Tage zu haben. Sie raunt nämlich düster: »Es wird aber langsam Zeit, Frau Fuss. Die Uhr tickt!«

Ich bin gerade dabei, die Handtücher in die Wäschebox zu werfen, und verharre einen Moment in dieser Position. Um nämlich meinen bei diesen Worten entgleisten Gesichtsausdruck unter Kontrolle zu bekommen.

»Passt schon«, antworte ich flapsig, als ich endlich wieder eine vernünftige Mimik hinbekommen habe und mich umdrehe.

Sie sieht mich zweifelnd an. »Woran liegt es denn? Sie sind doch eine sehr attraktive Frau!« Entrüstet über die Tatsache, dass ich trotz positivem Äußeren immer noch männerlos bin, wiegt Frau Kosinger ihren Haarturm.

Ein so schweres Thema zu derart früher Stunde passt mir gar nicht, und leider merke ich im selben Moment, wie es mich kneift. Es kneift mich immer, wenn ich mich mit Themen befassen muss, die mir überhaupt nicht passen. Steuererklärungen gehören dazu, Marderbisse an meinem Auto und eben dieser Gedanke, warum ich, Thea Fuss, 27 Jahre alt, einfach keinen Kerl finde, der zu mir passt. Oder zu dem ich passe – schließlich bin ich ja seit drei Jahren ein klein wenig schwierig im Umgang mit Männern –, aber das muss ich Frau Kosinger nun wirklich nicht näher erläutern.

Es kneift also, und ich lege vorsichtig eine Hand auf die Stelle irgendwo zwischen Herz und Magen, links neben den Rippen. Dieses Kneifen zeigt mir sehr deutlich, dass ich doch keine ganz so echte Emanze bin, wie ich mir immer einbilde. Bei denen kneift es nämlich nie; die sind gern allein. Weil Männer ja Schweine sind.

»Nun?«

Huch, Frau Kosinger steht direkt vor mir und sieht mich prüfend an. Sie wartet auf eine Antwort. Von mir? Sie sollte lieber das Universum fragen. Oder das Schicksal. Ich mag ihr dafür keine Erklärung geben.

»Frau Kosinger«, sage ich also fest, »ich bin Single, weil die Auswahl so scheiße ist.«

Kapitel 2

Schokolade und Schröder

Frau Kosinger geht, Dr. Grosser kommt. Und nun habe auch ich schlechte Laune. Vermutlich verursacht durch Frau Kosingers penetrantes Herumgestochere in meinen heiligen und vor allen Dingen geheimen Wunden des Lebens.

Mein Nachbar und ich stehen in meiner Küche, nippen an unserem Espresso und schweigen vorübergehend. Offensichtlich hegen wir beide die Befürchtung, unser gutes nachbarschaftliches Verhältnis durch eine Kommunikation unter dem Einfluss von schlechter Laune und verbalem PKRS zu gefährden.

Nach dem zweiten Espresso sagt Dr. Grosser dann doch etwas. Das Koffein hat ihn mutig gemacht: »Vorhin waren Sie aber besser drauf.«

»Vorhin war vorhin. Jetzt ist jetzt«, antworte ich kryptisch und öffne schwungvoll die Schublade neben der Spüle. Hier lagere ich meine kostbaren Schokoladenprodukte der Firma Sprüngli, über die Schweizer Grenze geschmuggelt von meiner Freundin Kerstin. Normalerweise ist die Schublade gut gefüllt. Kerstin schmuggelt gern, wenn sie nicht gerade die Socken ihres Mannes bügelt oder Gerichte kocht, deren Namen ich nicht aussprechen kann und deren Zutatenliste beängstigend klingt. Jetzt aber ist die Schublade leer. Entsetzt hebe ich den Blick. Dr. Grosser wird rot, und ich kneife die Augen zusammen.

»Teure Schokolade wird nicht so schnell aufgegessen, wenn man sie in Essig einlegt«, murmelt er verlegen und blinzelt mich hinter seiner Brille an.

»Sie haben sich doch nicht etwa an meiner importierten Schokolade vergangen?«, frage ich schneidend, und er versucht sich an einem vorsichtigen Lächeln.

»'s war dringend«, beteuert er, als ich nicht zurücklächele.

»Aber Sie müssen mich doch wenigstens vorher fragen!«, antworte ich entrüstet. Niemals würden wir uns doch gegenseitig Nahrungsmittel aus der Küche klauen!

»Sie waren mit dem Rückenspeck dieser dicken Frau beschäftigt. Da wollte ich nicht stören. Offensichtlich hatten Sie gerade etwas gefunden. Es klang zumindest sehr erfolgreich, was Sie dort taten ...« Seine Stimme wird leiser.

»Das ist heute ein echter Scheißtag!«, sage ich düster und knalle die Schublade mit voller Kraft wieder zu.

Zustimmend nickt Dr. Grosser, und gemeinsam schweigen wir noch einen weiteren Espresso lang. Dann verzieht er sich wieder in seine Praxis zu der bereits im Wartezimmer sitzenden Angsterkrankung und lässt mich allein mit meinem eklatanten Mangel an Schokolade, diesem Kneifen in der Herz- und Magengegend und meiner schlechten Laune.

Wenigstens eines dieser drei Probleme ließe sich durch einen schnellen Sprint eine Etage höher beheben. Unser neuer Nachbar Schröder hat immer Schokolade. Entgegen dem Grundsatz seines netten Vormieters Thoma, der vor fünf Monaten ausgezogen ist und Zucker für den Verderb dieser Welt hielt, hat Schröder offensichtlich eine echte Schwäche für alles, was aus Fett und Zucker besteht – genau wie ich.

Schröder hat auch einen Vornamen, der vermutlich nicht Schröder lautet. Leider hüllt er sich diesbezüglich in Schweigen, und so nennen wir ihn schlicht Schröder, wie es auf seinem Klingelschild steht. Schröder macht was mit Computern, womit er leider ein Nerd ist. Ein geheimnisvoller Nerd, denn niemand von uns weiß genau, was er mit den Computern tut. Und Schröder hüllt sich auch diesbezüglich durchgehend in Schweigen. Uns bleiben also nur Spekulationen.

Dr. Grosser vermutet eine schwere frühkindliche Traumatisierung, die es Schröder unmöglich macht, eine erwachsene Identität anzunehmen. Margarete, unsere liebe Sachbuchautorin, die ebenfalls im Obergeschoss residiert, glaubt, Schröder sei ein FBI-Agent, der subtil und heimlich die Souveränität der Bundesrepublik unterwandern will. Da sie aber schon häufig mit dem Finanzamt Ärger hatte, nimmt sie ihm das nicht übel.

Und ich glaube, dass Schröder ein wortkarger, oft unfreundlicher Nerd ist, der versucht, sich durch äußerliche Ansehnlichkeit zu tarnen. Schließlich möchte niemand freiwillig ein Nerd sein, geschweige denn sofort als solcher erkannt werden, und Mutter Natur hat ihm diesbezüglich hilfreich unter die Arme gegriffen. Er ist sehr groß, hat keine richtige Frisur, sondern dunkles, volles Haar, das auf seinem Kopf macht, was es will, was aber meistens unter einer klassischen Nerd-Strickmütze verborgen bleibt. Dazu hat er irritierend blaue Augen, und ich bin ganz froh, dass er nicht in mein persönliches Beuteschema passt. Was daran liegt, dass ich zurzeit keinen Mann gebrauchen kann. Ich bin also immun gegen ihn.

Aber grundsätzlich schadet gutes Aussehen bei Männern ja schon mal nicht, und Muffeligkeit hin oder her – Schröder gibt mir aus seinem auffällig großen Schokoladenlager immer etwas ab, was mich in die Lage versetzt, über seine schroffen Umgangsformen hinwegzusehen.

Ich klingele zwar an seiner Tür, drücke aber nach nur einer Sekunde des Wartens die Klinke hinunter. Schröder schließt nie ab. Er kommt mir auf dem kleinen Flur seiner Wohnung mit einer Tasse in der Hand entgegen und mustert mich einen Moment lang, während ich seinen komischen Kapuzenpulli mit den zwei kopulierenden gelben Hasen darauf anstarre. Dann fragt er knapp: »Was?«

»Ich brauche Schokolade«, setze ich ihn ebenso knapp von meiner Notsituation in Kenntnis.

»O-kaaay«, antwortet er gedehnt und dreht sich auf dem Absatz um. Ich folge ihm wortlos in sein Arbeitszimmer, wo auf zwei Schreibtischen insgesamt sechs Computerbildschirme stehen. Das allein finde ich schon sehr suspekt. Aber Schröder besitzt auch insgesamt vier Handys, die fröhlich verteilt in dem großen Raum herumliegen. Der Rest seiner Wohnung, und das muss wirklich mit Nachdruck erwähnt werden, sieht allerdings nicht nerdmäßig aus. Es gibt also keine offenen Pizzakartons, die schon allein in den Müll laufen könnten, Tonnen von sonderbaren US-Serien, Star-Treck-Poster an den Wänden und alte Socken über den Lampen. Alles wirkt recht manierlich, trotz seiner Zugehörigkeit zu dieser Randgruppe der Gesellschaft.

Kommentarlos öffnet er eine Schublade des riesigen Einbauschranks am Ende des Raumes, und ebenfalls ohne ein weiteres Wort zu verlieren schnappe ich mir eine ganze Tafel Vollmilchschokolade.

Grüßend hebe ich dann eine Hand und mache mich wieder auf den Weg in meine Praxis. Schröder und ich verstehen uns meistens wortlos. Und obwohl ich doch gute Kommunikation sehr mag, ist das in diesem Fall ein seltsam angenehmer Zustand.

Nach 100 Gramm Fett und Zucker befasse ich mich sehr inbrünstig mit Herrn Meyer und seinen Rückenschmerzen. Die Schokolade hat mir offensichtlich gutgetan, und mit jedem festen Griff, den ich meinem Patienten angedeihen lasse, geht es mir ein wenig besser. Herr Meyer sieht das allerdings anders und fleht bereits nach drei Minuten um Gnade, die ich natürlich nicht gewähren kann – schließlich will er seine Rückenschmerzen loswerden.

Manchmal mag ich meinen anpackenden Job. Würde ich nur Papier von links nach rechts bewegen, wäre ich ein echter Kandidat für eine Gewalttat in der Teeküche oder müsste in meiner Freizeit noch irgendeine brutale Sportart wie Kickboxen ausüben.

Herr Meyer geht, mit etwas sauertöpfischer Miene, und mein Telefon klingelt.

»Thea Fuss«, melde ich mich und spüre immer noch die Reste der Übellaunigkeit in mir. Ich brauche wohl dringend noch eine Bandscheibe, einen Tennisellenbogen oder einen verspannten Nacken, um mich wirklich gut zu fühlen.

»Dr. Ravensbach«, murmelt der Mensch, der mich angerufen hat, in mein Ohr. »Ich möchte jetzt einen Termin.«

Wie »jetzt«? Ich ziehe meinen Terminkalender zu mir heran und betrachte die eng beschriebenen Seiten. »Jetzt geht es leider nicht«, antworte ich und bin geneigt, diese dreiste Forderung fast witzig zu finden. Was glaubt der Mensch? Dass ich nur auf ihn warte?

»Dann morgen um halb acht.« Er murmelt immer noch und

klingt, als ob es für ihn nahezu ausgeschlossen ist, dass ich keine Zeit für ihn haben könnte. Und murmeln tut er vermutlich, weil er davon ausgeht, dass ihm die Menschen intensiver zuhören, wenn er leise spricht.

Schätzungsweise mittleres Management. Die lernen das in speziellen Seminaren. Ich habe einige Patienten, die dieser sehr speziellen Spezies angehören; ich kenne mich damit also aus.

Ich gebe ein kurzes »Hm« von mir, um dem Murmler zu verstehen zu geben, dass ich sein Ansinnen begreife, und blättere noch einmal durch den Kalender. Es ist ja nicht so, dass ich nicht will; schließlich behandle ich regelmäßig Mitglieder des mittleren Managements; ich bin da recht furchtlos. Ich habe nur schlicht keinen Termin frei. »Ausgebucht« nennt sich das in Fachkreisen.

»Kein Termin frei«, sage ich deswegen trocken und blättere noch ein wenig weiter. »Nächste Woche Donnerstag um zwölf«, fahre ich fort und überschlage kurz im Kopf, ob ich es wirklich schaffe, den Murmler zwischen zwei Patienten zu schieben. Ich würde mich ganz schön krumm machen müssen, aber es könnte funktionieren.

»Bin ich in einem Meeting. Samstag?!«, antwortet er knapp und hat vor Empörung darüber, dass er keinen seiner Wunschtermine bekommt, glatt vergessen zu murmeln.

»Ist Wochenende«, antworte ich ebenso knapp. Das ist mir heilig. Basta.

Er schnaubt, anscheinend fassungslos. Offenbar lebt er in dem festen Glauben, dass die Welt ihm zu huldigen hat. Und das auch samstags. Aber da kann ich leider nicht mitmachen. »Sie arbeiten nicht am Wochenende?«, fragt er. Pure Empörung liegt in seiner Stimme.

»Nein. Ich gönne mir den Luxus von Freizeit«, antworte ich wahrheitsgemäß.

»Dann gönne ich mir jetzt den Luxus, mir jemanden zu suchen, der den Dienstleistungsgedanken etwas stärker verinnerlicht hat«, giftet er mich an und schnaubt wieder.

Ich antworte freundlich: »Machen Sie das, Herr Dr. Ravensbach!«

Seufzend lege ich auf und befasse mich nur wenige Minuten später mit einem lädierten Kniegelenk. Das Knie tut mir ganz gut, denn endlich hat das Ziehen zwischen Magen und Herz nachgelassen, und meinem Feierabend steht nur noch eine Joggingrunde um den Baggersee im Wege.

Ich betreue nämlich nicht nur Plattfüße und Rückenschmerzen auf Rezept, sondern habe mich so nebenbei auch noch auf den Kampf gegen das Bauchfett spezialisiert. »Personal Coaching« nennt sich das, und ich erstelle ausgeklügelte Fettverbrennungsprogramme, die es in sich haben. Meine Bauch-Beine-Po-Fraktion besteht heute allerdings nur aus einem Herrn, und der steht in dreißig Minuten bereit, um sich von mir um das Gelände des Freibads treiben zu lassen.

Kapitel 3

So nicht!

Ich schlüpfe in meine Laufschuhe und stürme auf den Hof unseres Fachwerkhauses. Wir gehören nämlich zu den wenigen in der malerischen Altstadt von Hameln, die über hauseigene Parkplätze verfügen. Aber damit nicht genug des Luxus, wir haben auch noch drei Garagen. Die bestehen zwar aus Wellblech und sind zu allem Übel dottergelb gestrichen, womit sie an Hässlichkeit kaum zu überbieten sind, aber sie sind sehr nützlich. Ich teile mir eine mit Dr. Grosser; wir lagern dort unsere Winterräder, Reisekoffer, saisonal bedingten Hausstand (vermutlich um die acht Millionen Weihnachtsbaumkugeln) und Dinge, die man nicht mehr braucht, aber irgendwann mal wieder brauchen könnte.

Leider steht unsere kleine Park-Oase an erster Stelle der Weltrangliste der beliebtesten unpassenden Parkplätze, vermutlich knapp vor Feuerwehreinfahrten und In-zweiter-Reihe-Parken. Mehrmals wöchentlich stellen Menschen ihren Wagen direkt in unserer Einfahrt ab, womit wir vorübergehend Gefangene unserer kleinen Oase sind.

So natürlich auch heute. Ich werfe einen kurzen Blick auf die Uhr. Es könnte knapp werden mit der Joggingrunde, deswegen tue ich, was ich in diesem Fall immer tue: Ich hupe. Lang, kurz, lang, lang, viermal kurz.

Mehmet, der Besitzer des Dönerladens neben uns, kennt das Spiel schon und biegt freudestrahlend nach einer Minute des Hupkonzerts um die Ecke. Sonst ist er schneller, aber heute musste er wohl erst noch schnell einen vegetarischen Döner (seine Spezialität) verkaufen. Er strahlt stets, weil er mein persönliches Festsitzen in der Einfahrt gern für einen kleinen Smalltalk mit mir nutzt, wobei er redet und ich nicke und hupe.

»Zugeparkt!«, beschreibt er die Situation wie immer sehr pointiert, während er sich zu mir ans offene Fahrerfenster lehnt.

»Pissarschscheißdreck!«, sage ich. Auch das, wie immer, sehr treffend.

»Mussu warten.« Er blickt angestrengt auf den Opel Corsa mit Blümchen am Heck, der dort unter unserem Torbogen steht, als würde das die Sache abkürzen. Aber die Erfahrung lehrt uns: Zwischen zwei Minuten und zwei Stunden ist alles drin.

Ich hupe weiter. Nach drei Minuten erscheint Dr. Grosser und stellt sich mit bösem Blick und verschränkten Armen vor das Corpus Delicti. 30 Sekunden später erscheint Margarete in einem hellblauen Hosenanzug und klopft Mehmet freundlich auf die Schulter, während sie mir wortlos einen Riegel Vollmilchschokolade mit Nüssen reicht. Wir sind ein eingespieltes Team.

Margarete und Mehmet beginnen eine angeregte Diskussion über die deutsche Straßenverkehrsordnung, insbesondere den ruhenden Verkehr, während Dr. Grosser sich an diversen sehr bösen Gesichtsausdrücken übt. Das muss am PKRS liegen, sonst stimmt er immer mit ein und bejammert die schlechten Sitten in Deutschland.

Dass er böse guckt, kenne ich jetzt nicht so von ihm. Aber seine Mimik ist durchaus sehenswert. Als er gerade bei »wilder Stier mit deutlichen Tötungsabsichten« (vielleicht auch: »Achtung, habe Kalaschnikow in der Tasche!«) angelangt ist, nähert sich uns eine junge Frau und schließt kommentarlos das falsch parkende Auto auf.

Dr. Grosser stürzt sich auf sie und fängt an, auf sie einzureden. Ich verstehe nur Bruchstücke, weil ich ja immer noch hupe und Margarete und Mehmet jetzt aufgeregt über den Sinn und Unsinn von Tempo 80 in Baustellen schwadronieren. Aber der auf sie einredende Psychologe interessiert die Dame – die übrigens die gleichen bizarren Blumen-Applikationen, die auch ihr Autoheck zieren, auf den Jeansbeinen trägt – nicht wirklich, und kurze Zeit später ist die Einfahrt frei.

»Wir sollten ein neues und noch größeres Schild anfertigen!« Dr. Grosser ist sehr ungehalten. »Unhöflich ist das …«, knurrt er, wünscht mir aber noch einen schönen Tag und verschwindet dann wieder im Haus.

Wir haben schon ein Schild, auf dem steht: »Parken verboten! Einfahrt!« Was die Leute aber offensichtlich interpretieren als: »Parken ist hier zwar verboten, aber wenn Sie nur kurz, also zwischen zehn und zwanzig Minuten, hier stehen bleiben, ist das kein Problem. Machen Sie ruhig!«

Mehmet sagt: »Kannsu fahren!«, und klopft meinem Golf aufs Dach. Dann geht er wieder Döner produzieren, und Margarete lächelt mich liebenswürdig an.

»Du musst dich in Geduld üben, liebe Thea«, sagt sie und fährt sich mit der Hand über das Revers ihres Blazers. Margarete sieht eigentlich mehr aus, als würde sie hauptberuflich Aktien verkaufen oder die Tagesschau moderieren, aber sie schreibt Sachbücher. Wobei die keineswegs so sachlich sind, wie es die Genrebezeichnung suggerieren könnte. Sie sind in meinen Augen sogar ziemlich oft eher unsachlich. Margarete befasst sich nämlich hauptsächlich mit den Themen Esoterik, Astrologie und biologisch wertvolles Kochen. Darüber schreibt sie unfassbar lange Abhandlungen, und es scheint sehr viele Menschen zu geben, die genau Bescheid wissen wollen über die Keimfähigkeit von Hirsesamen oder die Umleitung störender Wasseradern, wodurch Margarete ganz gut von ihren Büchern leben kann. Und genau wie Schröder wohnt sie auch hier, während Dr. Grosser und ich jeden Abend nach Hause fahren müssen.

»Wir sollten hier einen Grill und Klappstühle hinstellen, das ist doch jedes Mal ein Event.« Recht hat sie. Meistens gesellt sich nämlich noch Mehmets Mutter zu uns, reicht leckere türkische Spezialitäten, und wir harren gemeinsam aus, um dem bösartigen Falschparker gehörig die Leviten zu lesen. Was wirkt, denn bis jetzt haben wir noch jeden so verschreckt, dass er nie wiederkam. Allerdings finden sich stets neue Autofahrer, die unsere Einfahrt ausprobieren wollen.

»Tschüss, meine Liebe«, verabschiedet Margarete sich, überprüft mit der Hand noch einmal ihren akkurat sitzenden Haarknoten, zwinkert mir zu und begibt sich ebenfalls wieder an die Arbeit, und ich rolle endlich vom Hof.

Eine Kurve später setzt mich allerdings mein Auto davon in Kenntnis, dass es dringend Benzin benötigt. Ich fluche leise vor mich hin und biege, genervt von der weiteren Verzögerung, schwungvoll in die Auffahrt der rot-gelben Tankstelle ein, wo ich abrupt ausgebremst werde. An der Tankstelle ist die Hölle los, und ich muss mich entscheiden, in welche der langen Autoschlangen ich mich einreihen will. Ganz links ist die längste Schlange. Da werde ich mich samt Auto nicht anstellen, ausgeschlossen.

Direkt vor mir steht ein blitzblanker VW Jetta mit umhäkelter Klorolle auf der Hutablage (dass es so etwas noch gibt!) und altem Kennzeichen, also ohne Euroblau links. Die Kiste ist locker 20 Jahre alt, sieht aber aus wie neu, vermutlich 12 Kilometer gefahren. Hier ist eine längere Wartezeit sozusagen vorprogrammiert. Der Besitzer ist nämlich, laut Aufkleber am Heck, bereits 25 Jahre unfallfrei unterwegs. Und das schafft man bloß, wenn man niemals auch in einen höheren als den vierten Gang schaltet und sich auch sonst eher verhalten durch das Leben und den Straßenverkehr bewegt.

Ich schwenke nach rechts, hinter einen silbernen Familienvan. Hier ist alles offen. Wenn die Mutti drei Kinder im Auto hat, geht das fix. Wenn sie die allerdings mit aussteigen lässt, um ihnen pädagogisch wertvoll den Vorgang des Auto-Betankens näherzubringen, könnte es sich um einen zeitlichen Super-Gau handeln, aber ich setze heute mal auf volles Risiko.

Die Mutti lässt die Kinder im Auto und ist genauso flott, wie ich mir dachte. Vermutlich treibt sie die Sorge, dass die Brut, während sie bezahlt, den Leasing-Wagen zerlegt, zu extremer Schnelligkeit an, und keine fünf Minuten später kann ich meinen GTI schneidig neben der Zapfsäule parken. Zügig steige ich aus, werde allerdings, noch bevor ich überhaupt zum Zapfhahn greifen kann, von links angequatscht. Kommunikation an der Tankstelle finde ich befremdlich. Tanken, schweigen, zahlen, weg, das ist hier meine Devise.

»Darf ich Ihnen helfen?« Tenor, rotes Shirt, braune Locken, graue Augen. Seine Hand bewegt sich auf die Zapfsäule meines Begehrens zu, und folgende Antwort erklingt prompt in meinem Kopf: »Ich bin 27 Jahre alt und somit groß und erwachsen. Ich bin selbstständig im Job und im Leben, und ich brauche verdammt noch mal keine Hilfe. Schon gar nicht bei einer so profanen Tätigkeit wie der, mein Auto zu betanken. Solltest du, Mann mit der tiefen Stimme, etwa glauben, dass ich, da weiblich, zu blöd bin zu tanken?«

Und … zack … springt mein Sprachzentrum in den Emanzen-Modus. Ich kann wirklich nichts dafür, ich bin irgendwie falsch konditioniert, aber ich sage tatsächlich: »Nun mal Finger weg, ja? Ich tanke vermutlich besser als Sie. Ihre Hilfe können Sie sich also sonst wohin stecken!« Gleichzeitig trete ich vor und schnappe mir höchst energisch die Zapfpistole.

Der Mann in Rot starrt mich ungläubig an, und der unfallfrei Fahrende eine Zapfsäule weiter guckt interessiert in unsere Richtung. Ebenso ein Bier trinkender Mann, der neben dem Fahrradständer vor dem Eingang steht, eine Frau, die gerade die Tankstelle verlässt und vermutlich den Stau an der ganz linken Zapfsäule verursacht hat, und irgendeine höhere Instanz im Himmel runzelt bei dieser Szene bestimmt auch sorgenvoll die Stirn.

Augenblicklich wird mir mal wieder bewusst, wie wenig gesellschaftsfähig mich mein Handicap manchmal macht. Dieser Emanzen-Modus ist wirklich anstrengend für alle Beteiligten. Ich muss irgendwann einmal Dr. Grosser um einen Termin bitten, verwerfe diesen Gedanken aber sogleich wieder und atme stattdessen tief durch. Dabei fällt mein Blick auf ein großes Plakat (ein leider wirklich sehr großes Plakat!) direkt neben meinem Auto. Darauf steht: »Unser Tankwart-Service, kostenlos für Sie!« – Womit der rot gekleidete Mann neben mir kein sexistischer, blöder Kerl ist … sondern einfach nur ein Tankwart. Jetzt fällt mir auch das Tankstellenlogo auf seiner Brust auf. Im Emanzen-Modus habe ich offensichtlich einen echten Tunnelblick.

Das ist alles sehr bedauerlich, und ich spüre eine leichte Röte auf meinem Gesicht. Jetzt gibt es zwei Handlungsoptionen: Entweder ich entschuldige mich, oder ich ziehe die Nummer durch.

Da ich mich vor Schreck über die späte Erkenntnis immer noch im Emanzen-Modus befinde, entscheidet das lautstarke Weib tief in meinem Innersten sich spontan und ohne Rücksprache für Letzteres. Also stecke ich energisch den Zapfhahn in den Tank. Dazu gucke ich noch ein bisschen böse. Was soll ich auch sonst tun? Dämlicher kann man sich nicht verhalten – dann lieber noch ein wenig böse gucken.

Das halte ich genau so lange durch, bis sich Benzin für exakt 20 Euro in meinem Tank befindet, während der Tankwart, der Biertrinker und der unfallfreie Fahrer mich weiterhin anstarren, alle offenbar höchst pikiert.

Ich sprinte in die Tankstelle, bezahle und rase von dannen. In dem Bewusstsein, diese Tankstelle leider nie mehr aufsuchen zu können.

Kapitel 4

Thea außer Rand und Band

Zehn Minuten später biege ich mit meinem GTI schwungvoll um die Ecke zum überfüllten Parkplatz des Südbads. Wieso ist hier immer die Hölle los? Die vielen Autobesitzer werden doch nicht bei maifrischen 15 Grad Außentemperatur durch die unbeheizten Becken kraulen? Aber sobald das Bad die Saison eröffnet, trifft sich ganz Hameln hier. Trotzdem verabrede ich mich einmal pro Woche genau auf diesem Parkplatz, um mit Johann Weisner einen Trainingslauf durch den Stadtwald zu absolvieren. Es gibt kein besseres Trainingsgelände als diesen Wald. Wir haben sogar einen Trimm-dich-Pfad.

Denn laufen kann Johann ja theoretisch auch alleine, aber in meiner Anwesenheit muss er zwischendurch noch auf besagtem Trimm-dich-Pfad auf Baumstümpfen balancieren (stärkt die Rumpfmuskulatur), Liegestütze machen (die heftigen und zum Schluss nur auf einem Arm), auf einem Bein hüpfen und andere hübsche Dinge tun, die seine Koordination schulen und manchmal recht lustig aussehen.

Bei unseren gemeinsamen Terminen gerate auch ich richtig ins Schwitzen, und weil ich in den letzten Wochen so wenig Zeit zum Trainieren hatte, kommt mir das sehr entgegen.

Zwanzig Minuten später tropfe ich allerdings so sehr, dass sich ein kleines Rinnsal meinen Rücken abwärts gebildet hat, das nur von meiner Trainingshose aufgehalten wird. Während Johann fröhlich lachend sechzig Liegestütze absolviert (Johann freut sich immer, sogar, wenn es regnet. Der bräuchte auch mal einen Termin bei Dr. Grosser. So viel positive Energie kann nicht gesund sein.), lehne ich mich unauffällig gegen eine dicke Eiche, um ein wenig zu verschnaufen und das Gefühl, mich schämen zu müssen, das mich seit dem Tankstellen-Intermezzo plagt, ein wenig unter Kontrolle zu bekommen.

Johann ist nicht nur immer froh, er spricht auch immer. Sogar jetzt, während er sich wieder und wieder in die Höhe stemmt, plappert er weiter. Manchmal schnauft er laut, weil sogar er zwischen den Liegestützen und den Worten Luft braucht, aber er hat immer einen immensen Redebedarf, was mir heute ganz gelegen kommt. Heute bin ich wirklich nicht gut drauf.

Anfangs habe ich ihn noch genötigt, die Klappe zu halten und sich auf die Atmung und die korrekte Ausführung der einzelnen Übungen zu konzentrieren. Aber nachdem wir seit fast einem Jahr trainieren, in dem er, trotz Ermahnungen, unverdrossen weitergequatscht hat, habe ich es aufgegeben. Ich lasse ihn erzählen und achte auf erste Anzeichen von Sauerstoffarmut in seinem Blut. Dann kann ich immer noch rettend eingreifen. Alles andere ist vertane Zeit.

»Da war doch völlig klar, worauf das hinausläuft!«, schnauft er zwischen Liegestütz Nr. 34 und 35.

»Ja?«, frage ich und bemühe mich, etwas mehr Interesse in meine Stimme zu legen. Ich bin nicht ganz bei der Sache, da gedanklich immer noch bei dem entsetzten Blick des Tankwarts. Es geht, soweit ich mich erinnern kann, um ein Vorstellungsgespräch in seiner Bank.

»Na klar! Die ist 29 Jahre. Die will jetzt einen netten Posten, wir bauen die auf und investieren richtig viel, und dann …« Er ringt nach Luft. Aha, selbst Johann Weisner braucht mal Sauerstoff. Aber jetzt ist mein Interesse geweckt.

»Was dann?«

»Dann wird sie schwanger«, prustet er, als wäre es das Logischste auf der Welt. Wie die Tatsache, dass nach Regen auch irgendwann wieder die Sonne scheint.

»Der ganze Aufriss umsonst«, schnauft er weiter. »Stell dir vor. Sie bekommt Elterngeld und kommt dann in Teilzeit zurück. Ich brauche erst eine Vertretung, dann eine neue Teilzeitstelle und dann einen Nachfolger für ihren ursprünglichen Job. Was das kostet! Das kann ich mir mit meinem knappen Budget gar nicht leisten, so jemanden aufzubauen!«

Augenblicklich gerät mein Blut in Wallung. Tunnelblick. Emanzen-Modus. Zum zweiten Mal innerhalb einer Stunde. Aber ich reiße mich zusammen. Mit letzter Kraft klammere ich mich an mein Mantra: »Er ist dein Kunde! Er bezahlt deine Brötchen!« Auch Emanzen müssen essen.

»Vielleicht will sie ja gar keine Kinder«, sage ich deshalb betont gleichgültig. Was ich nicht bin. Mein Gesicht ist bestimmt hochrot, aber Johann guckt immer noch auf den Boden und ist jetzt erst bei Nr. 38. Ich hätte also noch ausreichend Zeit, mich wieder abzuregen.

»Natürlich will die Kinder. Danach brauche ich gar nicht zu fragen. Was ich ja auch nicht darf. Ist ja gesetzlich verboten, aber alle Frauen wollen Kinder.« Mit dieser offenbar allgemeingültigen Aussage über meine Geschlechtsgenossinnen legt er sich platt wie eine Flunder auf den Bauch, alle viere von sich gestreckt, und mir steigt der Rauch aus den Ohren. Metaphorisch gesprochen.

»Weitermachen!«, herrsche ich ihn an, und er gehorcht augenblicklich.

»Das ist diskriminierend«, knurre ich. Jetzt steigt auch aus meiner Nase Rauch auf, zieht mir über die Stirn und entweicht in Richtung Himmel.

»Nein, das ist die Realität. Und mal ganz ehrlich, mit Kind kannst du so einen Job nicht mehr machen. Da kannst du an die Kasse und ein bisschen Kundengespräche führen, was anderes ist nicht drin. Regina würde es überhaupt nicht mehr schaffen, Vollzeit zu arbeiten.«

Regina ist Johanns Frau. Die Frau, die ihm den Rücken freihält und ihre gemeinsamen Kinder großzieht. Weil er ja Vollzeit arbeitet. Und da Frauen heutzutage immer noch weniger verdienen als Männer, wird sich an diesem Prinzip auch nichts ändern.

Die Emanze in mir holt die Streitaxt hervor und bearbeitet ein paar meiner Synapsen damit.

Ach, wie wäre es schön, wenn ich diese herrschende Ungerechtigkeit einfach so hinnehmen könnte. Ohne Emanzen-Modus mit Rauch aus der Nase und den Ohren. Das würde mein Leben erheblich leichter machen. Aber ich kann nicht. Ich habe Puls und Bluthochdruck. Zusammen mit dem Rauch führt das zu einer ziemlichen Beeinträchtigung meiner Denkleistung. Deshalb fauche ich energisch: »Das ist Humbug!«

Mit diesem Tonfall schaffe ich es, dass Johann erstaunt den Kopf hebt und mich ansieht. Er stellt sogar das Sprechen vorübergehend ein.

»Wäre endlich mal klar, dass die Aufzucht der Brut Elternsache und nicht Frauensache ist, wäre das kein Problem. Und gäbe es in diesem Land eine gute Kinderbetreuung, wäre das auch kein Problem. Hier reden immer alle nur von Gleichberechtigung, aber ich glaube, keiner will sie! Sonst würde man doch die Voraussetzungen schaffen!«

Johann hat sich mittlerweile auf den Hintern gesetzt und betrachtet mich interessiert. Auch wenn wir schon ein Jahr zusammen trainieren, kennt er mich nur von meiner guten Seite. Die vom Emanzen-Modus freie Thea sozusagen.

»Für eine Frau ohne Kinder kennst du dich aber aus«, murmelt er und starrt mich weiter an. Jetzt mit einer unverkennbaren Irritation im Blick.

Natürlich kenne ich mich aus. Für alle diese Erkenntnisse brauche ich selbst keine Kinder. Die werden mir eindrücklich von meinen Freundinnen vermittelt, die einem guten Krippenplatz hinterherlaufen, wie eine Wespe einen Kuchen zu erobern versucht. Denn ohne Krippenplatz gibt es keinen Job. Allerdings oft auch ohne Jobnachweis keinen Krippenplatz. Da gibt es einige nette kleine Stolpersteine im System, die selbst meine sanftmütigsten Freundinnen in feuerspeiende Monster verwandelt haben. Sie alle haben Väter zu den Kindern. Und trotzdem betrifft diese spannende Metamorphose von liebender Mutter zum Beamte mordenden Ungetüm offenbar nur die Frauen.

Johann runzelt die Stirn, nickt dann aber.

»Dann musst du umgehend in die Politik gehen oder dir einen Mann suchen, der vom Stillen bis zum Grundschulbesuch des Nachwuchses alles übernimmt. So kämpferisch kenne ich dich ja gar nicht.«

Natürlich nicht. Wenn es um kohlenhydratarme Ernährung und die besten Dehnübungen für die Wadenmuskulatur geht, besteht üblicherweise auch keine Notwendigkeit, diesen Charakterzug von der Leine zu lassen.

Aber am Ende verpasst die Unternehmerin in mir der Emanze einen beherzten Schlag in den Nacken, und das kämpferische Weib packt die Streitaxt weg. Der Wunsch, auch weiterhin meine Brötchen mit Johann zu verdienen, überwiegt, und so sage ich: »Genug gebrabbelt, weiter geht 's!«

Johann bleibt regungslos sitzen, die Stirn in tiefe Falten gelegt. Er schweigt, was ich sehr bedenklich finde. Das tut er nun wirklich selten.

»Was rätst du mir?«, fragt er dann, und an seinem Tonfall erkenne ich glasklar: Er meint es ernst.

»Wenn sie die gleiche Qualifikation wie die männlichen Bewerber hat, nimm sie. Es ist ungerecht, sie nicht einzustellen, nur weil sie eine Frau ist und Kinder bekommen könnte. Außerdem braucht dieses Land Kinder.«

Vielleicht sollte ich tatsächlich in die Politik gehen? Johann scheint zumindest durchaus beeindruckt von meiner kleinen Rede zur aktuellen Lage der Gleichberechtigung in diesem Land zu sein. Erst nach einer weiteren kurzen Denkpause wirft er sich wieder beherzt auf den Bauch und widmet sich erneut seinen Liegestützen.

Kapitel 5

Der kopflose Bernd

Als ich von der Joggingrunde endlich zu Hause ankomme, bin ich von mir selbst immer noch peinlich berührt. Es fühlt sich an wie eine Art Fremdschämen, nur leider mit hundertprozentiger Eigenbeteiligung. Ziemlich erledigt lasse ich mich auf mein Sofa fallen und starre müde die Wand an. Mein Leben ist irgendwie sonderbar und kompliziert. Und das schon seit exakt drei Jahren.

Alles fing mit Christian an. Oder sollte ich lieber sagen: ohne ihn? Und weil der Kosmos sich zu der Zeit gegen mich verschworen hatte, bekam ich von meinem damaligen Chef ein paar Tage später auch noch die Kündigung. Fieses Timing, fand ich. Heute kann ich sagen, wenigstens das war ganz gut an der Situation, denn so habe ich mich kurzerhand selbstständig gemacht.

Während dieser Phase ereilte mich eine wichtige Erkenntnis. Es fühlte sich sogar fast ein wenig so an, als hätte ich eine Erleuchtung gehabt. Ich begriff nämlich endlich, dass »nett« die kleine Schwester von »bescheuert« ist!

Ich war bis dahin immer so nett. Zu meinem cholerischen Chef, dem vergesslichen Postboten und sogar zu der dummen Kuh, die mir eine Beule in mein Auto gefahren hatte. Ich kann auch heute noch nett sein; nicht umsonst pflege ich mit Dr.

Grosser den kleinen Plauderclub der wertschätzenden Kommunikation. Aber ich bin jetzt endlich auch in der Lage zu sagen, was ich denke, ohne mir vor Angst ins Hemd zu machen, dass man mich deswegen nicht mehr mögen könnte. Wenn man an den armen Tankwart denkt, scheine ich sogar meilenweit entfernt zu sein von dem Bedürfnis, gemocht zu werden.

Allerdings litt ich jahrelang unter dem »Minnie-Mouse-Syndrom«, das meines Erachtens in der Psychologie viel zu wenig Beachtung findet. (Laut Dr. Grosser ist es noch nicht einmal bekannt!)

Die Symptome dieses Syndroms sind vielfältig, aber grundsätzlich beginnt es mit einer schleichenden Eliminierung der eigenen Bedürfnisse, die dann still und leise durch die des Partners ersetzt werden. Meinen intensiven Studien nach befällt das »Minnie-Mouse-Syndrom« hauptsächlich Frauen, die in Beziehungen plötzlich verstummen und nicht mehr sagen können, was sie eigentlich wollen. Dafür starren sie stundenlang ihr Handy an, weil sie hoffen, dass ihr Freund anruft. Oder sie entdecken plötzlich ihre Leidenschaft fürs Power-Rafting durch lebensgefährliche Schluchten, obwohl sie sonst mehr der Yoga-Typ mit eigener Matte in Pastellrosa sind. Oder sie reißen die Blümchentapete von der Wand, weil der Liebste nur Raufaserweiß ertragen kann. Schlimmstenfalls vergisst frau dann im Laufe der Zeit vollkommen, was sie eigentlich will, weil sie so eifrig mit den Bedürfnissen ihres Freundes und ihrer Umwelt befasst ist. Das führt am Ende dazu, dass sie irgendwann dumm dasteht. So wie ich.

Statt aber dann die neu gewonnenen Erkenntnisse adäquat umzusetzen, bin ich ins andere Extrem gefallen. Raus aus dem »Minnie-Mouse-Syndrom«, rein in den »Emanzen-Modus«. Das findet mein Vater zwar ganz klasse (»Die lässt sich nicht die Butter vom Brot nehmen, ha, die nicht!«), aber im weisen Alter von knapp 27 tendiere ich persönlich langsam, aber sicher in Richtung der Ansichten meiner Oma (»Also SO wirst Du nie einen Mann finden!«).

Ich träume schon manchmal vom Helden (gerne auf einem weißen Ross, gerne gut aussehend und besonders gerne unverwundbar), der angeritten kommt, um mich zu retten (woraus auch immer), aber wenn er dann da ist, trete ich ihm in den Hintern, weil ich nicht mehr gerettet werden will, weil ich das nämlich schon alleine kann. Ist das nicht ein nerviger Zustand? Ich weiß, dass das irgendwie ein paradoxes Verhalten ist, und gehe mir selbst und anderen gehörig auf die Nerven damit.

Wieder schweifen meine Gedanken zu dem Tankwart mit der sonoren Stimme ab. Der arme Mann findet heute Nacht sicher nicht in den Schlaf, weil ich ihn während der Ausübung seines Jobs so angekeift habe.

Genauso nervt mich aber auch dieses tiefe Sehnen nach einem Mann in meinem Leben. Dieses Sehnen verursacht auch immer das Ziehen zwischen Herz und Magen, links neben den Rippen. Ich will ja einen Mann. Aber jedes potenzielle Exemplar bringt mich irgendwann in den Emanzen-Modus und tritt danach die Flucht an.

Ich seufze tief und kicke mir die Laufschuhe von den Füßen. Ich glaube, ich bin gestört. Zum Glück weiß das niemand. Erschöpft von diesen hochkomplexen Gedankengängen, lege ich den Kopf gegen die Sofalehne und schließe die Augen. Ist recht gemütlich so, und auch die Scham lässt langsam nach.

Im Übrigen glaube ich, meinen Vater trifft auch eine Teilschuld an dieser Situation. Mindestens so sehr wie MacGyver.

Wenn wir alleine sind und mein Vater mich ärgern will, nennt er mich noch heute so. Mrs MacGyver. Die Erklärung, wie ich zu diesem Namen gekommen bin, hat mich zum Glück nicht traumatisiert, aber sie wäre durchaus dazu in der Lage gewesen, als mein Vater mir freundlich lächelnd, während er nebenbei seinen Brotbackautomaten bediente, Folgendes erklärte: »Deine Mutter ist trotz Pille und Kondom mit dir schwanger geworden. Also bist du entweder ein Wunder oder eben Mrs MacGyver. Ist doch klar, oder?« Und schon widmete er sich wieder seinem vollwertigen Dinkelbrot mit Kürbiskernen.

Mein Vater hat mir allerdings auch beigebracht, wie man Räder wechselt, Löcher in Wände bohrt und Spinnen lebend aus dem Haus ins Freie trägt. Vielleicht hätte er mir darüber hinaus mal erklären sollen, wie frau einen Mann findet, der keine Mutti sucht, sondern eben eine echte Frau. Und leider war auch meine Mutter für diesen Part nicht zuständig – die ist nämlich direkt aus dem Kreißsaal wieder in ihre Gärtnerei gesprungen und hat Blumen verkauft. Das tut sie bis heute, während mein Vater immer noch Brot backt, Zeitung liest, ihren Nachnamen weiterführt und Spinnen lebend in den Garten befördert.

Ich öffne die Augen wieder und starre sinnierend an die Zimmerdecke, bis es in der Ecke rechts hinten in meinem Wohnzimmer raschelt. Bernd, das einzige männliche Wesen in meinem Leben, verlangt nach Aufmerksamkeit. Ich springe auf und laufe zum Kühlschrank, hole etwas frischen Feldsalat, den ich dort in Massen lagere, suche sorgfältig ein paar knackig grüne Blätter aus und klemme mir die kleine Sprühflasche unter den Arm.

Als ich wieder im Wohnzimmer ankomme, ist von Bernd natürlich nichts zu sehen. Um ganz ehrlich zu sein, habe ich Bernd schon seit Ewigkeiten nicht mehr so richtig gesehen.

Also sein Innerstes. Dass er am Leben ist, weiß ich nur, weil sämtliches Futter immer verschwindet. Also kaufe ich entweder seit drei Jahren Salat, der Beine hat, oder Bernd frisst immer dann, wenn ich nicht dabei bin.

Aber Bernd ist mein Freund. Ich habe ihn vor drei Jahren, direkt nachdem die laute Emanze zum ersten Mal in meinem Leben aufgetaucht war, an einer Autobahnraststätte gefunden. Er lag dort im Gras und wirkte total verlassen. Genau wie ich. Nur war ich mit dem Auto da, konnte also wieder fahren. Ich dachte mir, dass eine vollgepinkelte Rasenfläche vor einer 70er-Jahre-Autobahnraststätte kein natürlicher Lebensraum einer Schildkröte sein konnte, und so habe ich ihn kurzerhand mitgenommen. Ich vermute, dass ein herzloses menschliches Wesen ihn dort ausgesetzt hat und Bernd der Einfachheit halber einfach liegen geblieben ist.

»Hallo, Bernd«, begrüße ich ihn jetzt und lege vorsichtig den Salat in die kleine Schüssel. Dann besprühe ich ihn ein wenig mit Wasser, fühle, ob auch der Boden noch ausreichend feucht ist, und streichele kurz seinen Panzer. Was er wohl gerade dort drinnen macht?

Aber wie immer ist unsere Kommunikation sehr einseitig, und so erzähle ich ihm noch kurz von meinem Tag, sage ihm Gute Nacht und plündere anschließend meinen Kühlschrank, um meinen knurrenden Magen zu beruhigen.

Als ich mir gerade drei Eier in die Pfanne haue, klingelt mein Telefon. Es ist Elisabeth, und ich klemme mir den Hörer zwischen Schulter und Ohr, während ich fleißig weiter in der Pfanne rühre.

»Nächsten Mittwoch ist es wieder so weit«, sagt meine Lieblingsfreundin. »Kommst du auf eine Flasche Champagner vorbei?«

»Wie? Schon wieder ein Jahr um?«, erkundige ich mich erstaunt und lasse das fertige Rührei auf einen Teller gleiten.

»Jep!«, antwortet sie feierlich.

»Unglaublich«, sage ich und denke im Stillen: »Kinder, wie die Zeit vergeht!«

Kapitel 6

Immer Ärger mit Oma

Am nächsten Morgen sind sämtliche Salatblätter vertilgt, und Bernd hat auch noch schnell sein kleines Unterschlupfhäuschen, von mir liebevoll aus Pappmaschee in Form einer Höhle gebaut, einmal quer durch das Gehege geschoben. Manchmal scheint er das Bedürfnis nach Veränderung zu haben und gestaltet dann sein Gehege neu. Schildkröten sind eigentlich nicht nachtaktiv, aber Bernd scheint das nicht zu wissen, und so streckt er seinen kleinen Kopf offenbar nur aus dem Panzer, wenn ich selig schlummere.

Ich lese die Zeitung, trinke Kaffee und tue, was der normale mitteleuropäische Mensch üblicherweise zu dieser Zeit so tut, als das Telefon klingelt. Ich linse auf meine Uhr und springe auf. Anrufe vor sieben bedeuten entweder schlechte Nachrichten oder sind von meiner Oma. Die ist nämlich, genau wie Bernd, nachtaktiv und würde sich gern noch viel früher melden, aber sie hat nach etlichen nächtlichen Anrufen eingesehen, dass ein Plausch mit ihrer Enkelin über die neue Bepflanzung der Balkonkästen zu nachtschlafender Zeit zu keinem rechten Kommunikationserfolg führen kann.

»Thea Fuss«, melde ich mich höflich, und für eine Sekunde herrscht Schweigen am anderen Ende.

»Wann kommst du?« Ja, es ist meine Oma.

»Guten Morgen, Oma«, begrüße ich sie und setze mich wieder zu meiner Zeitung.

»Ja, wann denn nun?« Sie klingt ungeduldig. Da sie vermutlich bereits seit vier Stunden darauf wartet, mich endlich anrufen zu können, kann ich es ihr nicht verdenken.

»Um zehn«, antworte ich und trinke noch einen Schluck Kaffee.

»Das ist zu spät! Bei Aldi gibt es heute Laminiergeräte. Sehr günstige Laminiergeräte. Da musst du um halb acht vor der Tür stehen, sonst sind die alle weg. Und eigentlich wollte ich ja mit. Das heißt, du müsstest mich auch noch abholen. Na, das schaffen wir ja nicht!«, schnauft sie mir empört ins Ohr.

Wo sie recht hat, hat sie recht. Jetzt ist es fünf nach sieben. Bis zu ihrem Seniorenstift brauche ich schon zehn Minuten. Und dann noch zu Aldi, das ergibt eine Ankunftszeit von nach halb acht. Und außerdem habe ich um acht Herrn Krause mit seiner üblen Nackenverspannung in der Praxis, dem ich natürlich nicht wegen eines Kampfes um ein Laminiergerät mit Oma an meiner Seite absagen kann.

»Liebste Lieblingsoma«, setze ich an und werde rüde unterbrochen.

»Quatsch nicht so salbungsvoll daher. Du hast nur mich als Oma!«

»Stimmt. Wenn du möchtest, dass ich mit dir zu Aldi fahre, müsstest du mir einfach rechtzeitig vorher Bescheid sagen. Dann kann ich das einrichten. So ad hoc geht das nicht. Ich muss um acht arbeiten.«

»Du schon wieder. Was musst du immer arbeiten?« Sie klingt sehr wütend, und ich verdrehe ein klein wenig die Augen.

Meine Oma ist sehr sonderbar. Womit vermutlich schon

einmal eindeutig geklärt wäre, von wem ich abstamme. Insofern bin ich eine nachsichtige Enkelin und kaufe mit ihr all die seltsamen Dinge, die sie dringend zum Leben benötigt, wie zum Beispiel Howard-Carpendale-CDs, obwohl wir den beide total doof finden. Wir kaufen auch gelbe Strickwolle, obwohl Oma nicht strickt, und Mäusefallen, obwohl in ihrem Seniorenstift noch nie eine Maus gesichtet wurde. Für ein gutes Karma würde ich auch dieses Laminierding kaufen, aber das geht nun mal nicht.

»Oma, ich komme nach meinem Termin um acht zu dir und fahre auf dem Weg vorher noch bei Aldi vorbei. Die Welt wartet doch nicht nur auf diese Laminiergeräte. Da werden sicher noch welche da sein.«

»Hmpf«, macht meine Oma und legt auf.

Ich malträtiere Herrn Krause, der danach etwas grün um die Nase ist, und düse dann los, um den letzten Parkplatz bei Aldi zu ergattern. Verwundert betrachte ich die Menschenmassen, die sich um, neben, vor und in dem Discounter versammelt haben. Wollen die alle ein Laminiergerät? Und wenn die alle so ein Ding wollen, wozu um alles in der Welt braucht man das?

Offensichtlich besteht da bei mir eine erhebliche Wissenslücke, denn als ich mich endlich bis zu der schlichten Drahtbox, über der das gelbe Schild »Laminiergeräte 19,90 €« hängt, vorgekämpft habe, ist diese leer. In der Box daneben, in der sich laut Schild »Digital-Cameras 59,99 €« befinden müssten, herrscht auch gähnende Leere.

Überhaupt sieht der Laden aus, als stünde Deutschland eine baldige Katastrophe ins Haus. Weder Wollsocken, Gartenclogs noch Scheibenenteisungsspray sind vorrätig. Aldi führt nur noch Nahrungsmittel, Getränke und Klopapier. Und die Schlangen an den drei geöffneten Kassen winden sich einmal durch den ganzen Laden, wobei ich immer wieder kurze Kampfszenen miterleben darf.

»Ich hatte die zuerst!«

»Sie spinnen wohl! Die gehören mir!«

»Nein, mir!«

Fast bin ich versucht, mir vom Bäcker nebenan einen Kaffee zu holen, mich neben eins der Regale zu stellen und das Ganze als Sozialstudie unter dem Titel »Verhalten des gemeinen Kleinstädters beim Anblick von Sonderangeboten« zu betrachten. Bekommt man ja auch nicht jeden Tag geboten, aber da klingelt mein Handy.

»Wann kommst du?« Meine Oma.

»Jetzt. Ich bringe uns frische Brötchen mit.«

»Keins mit Mohn, keins mit Körnern. Das verträgt meine Verdauung nicht. Und denk an das Laminiergerät.«

»Ja. Ich denke dran.« Ist ja nicht gelogen. Ich denke immer noch darüber nach, wie sich halbwegs zivilisierte Menschen wegen so eines Dings in die Haare geraten und in frühkindliche Verhaltensmuster zurückfallen können.

Ich verlasse also den Ort des Geschehens, kaufe zwei leicht verdauliche Weißmehlbrötchen, zwei Latte Macchiato zum Mitnehmen, mache einen großen Bogen um zwei havarierte Kleinwagen, deren Besitzer nach dem wundervollen Aldi-Shoppingerlebnis wohl kurzfristig die Kontrolle über ihre 50 PS verloren haben und sich gegenseitig in die Seite gefahren sind, und düse zu meiner Oma.

Meine Oma lebt seit zwei Jahren in der »Seniorenresidenz zu den drei Eichen«, und mit ihren 81 Jahren findet sie diesen

Aufenthaltsort nach wie vor sehr unangemessen. Aber nachdem sie zweimal in Folge ihre alte Bleibe mit acht Mietparteien durch das Einlassen von Badewasser geflutet hatte, hat sie eingesehen, dass es durchaus von Vorteil und stressfreier sein kann, wenn es Menschen in der Nähe gibt, die das Einlassen des Badewassers sowie den korrekten Abfluss der Wassermassen überwachen. Im ersten Jahr ihres Aufenthalts dachte ich öfter, die von der »Seniorenresidenz zu den drei Eichen« schmeißen sie bald wieder raus. Meine Oma ist nämlich zuweilen recht unangepasst. Aber mittlerweile haben sich alle mit ihr arrangiert.

Im Aufzug treffe ich Herrn Lüdenscheid, der sich im letzten Moment und sehr geschickt mit seinem Rollator der sich schließenden Fahrstuhltür in den Weg stellt.

»Ach, die Enkelin«, schnauft er fröhlich und manövriert sich neben mich.

»Ach, der Herr Lüdenscheid«, antworte ich. Herr Lüdenscheid wohnt meiner Oma gegenüber und ist sehr nett. Er umwirbt meine Oma schon, seit er sie an ihrem allerersten Tag auf den langen Fluren der Seniorenresidenz erblickt hat.

Leider lässt meine Oma ihn jedes Mal kalt abblitzen. »Ich hatte einen Mann, ich brauche keinen mehr« lautet ihr beständiger Kommentar, wenn Herr Lüdenscheid sie auf seine süße Art zum gefühlt hundertsten Mal zum Tanztee, jeden Samstag, 15 Uhr, großer Saal, einlädt.

Dabei stimmt das gar nicht. Meine Oma hatte nicht bloß einen Mann. Sie hatte sehr viele. Aber nur mit einem war sie verheiratet, was vermutlich der Grund ist, warum auch nur er in ihrer Kalkulation auftaucht.

Wir verlassen in der dritten Etage den Fahrstuhl, und Herr

Lüdenscheid trägt mir auf, meine Oma herzlich von ihm zu grüßen.

»Mach ich«, sage ich. »Und geben Sie niemals auf«, füge ich noch hinzu.

Er lächelt mich milde an und fragt: »In Bezug auf Ihre Oma oder das Leben?«

»Beides!«, erwidere ich energisch.

Ich klopfe laut an die Zimmertür meiner Oma, und als keine Antwort kommt, öffne ich sie vorsichtig. Meine Oma hört nämlich schlecht, und wenn sie ihr Hörgerät nicht trägt, kann ich hier stehen, bis ich schwarz werde.

Aber das Hörgerät ist in Betrieb, nur hat meine Oma beschlossen, die Wartezeit mit einem Nickerchen zu überbrücken. Sie sitzt in ihrem Stressless-Mega-Hightech-Sessel, die Füße hochgelegt, und schlummert friedlich und leise schnarchend vor sich hin. Um sie herum liegen diverse Zeitschriften verteilt, der CD-Spieler dudelt leise im Hintergrund Andrea Berg.

Ich schaue mich um. Eine Spur von Chaos zieht sich über den kleinen Tisch neben ihr, der Nachtschrank und sogar der Fernseher sind mit allerlei Kram bedeckt. Das Betreuungspersonal stellte vor zwei Jahren erschüttert die Diagnose »akutes Messietum«, und ich habe einiges an Überzeugungskraft gebraucht, um ihnen zu erklären, dass meine Oma schon immer so war, chaotisch durch und durch, und dass diese Desorganisationsproblematik durchaus als Familiencharakteristikum anzusehen ist. Schließlich ist die gesamte Familie Fuss so.

Trotz des herrschenden Durcheinanders ist das Zimmer sehr gemütlich, und ich bin immer noch froh, einen Platz für meine Oma in dieser Seniorenresidenz ergattert zu haben.

Nachdem meine Oma damals eingesehen hatte, dass ich nicht meinen Beruf aufgeben konnte – ich war gerade im ersten Jahr selbstständig –, um mit ihr eine WG zu gründen, und somit ihre Umsiedlung an einen Ort, wo das Badewasser beaufsichtigt werden kann, feststand, haben wir uns verschiedene »Einrichtungen« gemeinsam angesehen. Das war eine harte Zeit, denn beim Besuch jeder dieser »Einrichtungen« murmelte meine Oma aus tiefstem Herzen: »Hier sterbe ich, und das sofort!«

Da meine Oma sehr konsequent ist, habe ich ihr dies, nämlich aus Prinzip sofort zu sterben, ohne Weiteres zugetraut. Meine Oma quatscht nicht nur, die macht auch. Deswegen war auch ich mit der Suche nach einer geeigneten Bleibe betraut – und nicht meine Mutter, ihre Tochter, mein Bruder oder meine Schwester. Meine Oma wollte mich, und sie bekam mich. Sie bekommt meistens, was sie will.

Irgendwann habe ich dann diese hübsche Seniorenresidenz gefunden, und es gab sogar noch ein Zimmer. Glückliche Fügung. Seitdem lebt sie hier und fühlt sich auch noch wohl.

»Oma«, flüstere ich und setze mich in den zweiten Stressless-Sessel neben ihr. Diese Dinger können – außer Kaffee kochen, singen und gut aussehen – fast alles, und meine Oma hat für die beiden Teile in einem fröhlichen Hellgelb ein Vermögen ausgegeben.

Entspannt lehne ich mich zurück, während meine Oma weiterschnorchelt. Ihre grauen, kurzen Haare stehen heute etwas igelig ab, aber die Lippen hat sie schon in einem zarten Braunton geschminkt. Lippenstift gehört zu meiner Oma wie Butter auf die Brezel. Manchmal trägt sie ihn sogar nachts. Falls sie sterben sollte, damit sie auch dabei gut aussieht.

»Da bist du ja endlich.« Sie ist aufgewacht und schafft es, umgehend empört auszusehen. Schließlich hätte ich schon um sieben da sein sollen.

Meine Oma ist nicht nur unordentlich, sie ist auch ungeduldig. Und ungehalten, wenn etwas nicht nach ihrer Nase geht. Herrn Lüdenscheid gegenüber ist sie unnahbar, und wenn sie irgendwo eine Ungerechtigkeit wittert, ist sie schnell unfassbar sauer. Meine Oma befindet sich eigentlich immer in einem »Un-Zustand«. Sie bewegt sich nicht, schielt aber auf die Brötchentüte in meiner Hand.

»Das ist kein Laminiergerät«, stellt sie dann fest.

»Ausverkauft.«

»Sag ich doch. Wären wir mal früher hingefahren. Aber du musst ja immer arbeiten.« Sie verschränkt die Arme vor der Brust und sieht mich eindringlich an.

Meine Oma hat zu diesem Thema eine sehr eigene Meinung, die leider mit der meinen nicht wirklich kompatibel ist. Ein stetiger Streitpunkt zwischen uns. Meine Oma findet nämlich, dass es schon anstrengend genug ist, eine Beziehung zu führen, weswegen die Frau nicht auch noch arbeiten gehen kann und der Mann sein Weib durchzufüttern hat. Zu mir sagt sie deshalb immer: »Such dir einen Mann und hör mit dem Arbeiten auf«, was bei mir natürlich jedes Mal einen Emanzen-Anfall auslöst. Die meiste Zeit versuchen wir, dieses Thema nicht anzuschneiden, aber meine Oma starrt mir immer noch so komisch ins Gesicht. Müssen wir jetzt wieder darüber diskutieren?

»Was?«, frage ich deshalb vorsichtig und wische mir sicherheitshalber noch schnell über den Mund. Vielleicht habe ich noch Essensreste im Gesicht, und weder Herr Krause noch die kaufsüchtige Meute bei Aldi haben mich davon in

Kenntnis gesetzt? Aber mein Mund scheint krümelfrei zu sein.

»Eigentlich ganz gut, dass du so spät kommst. Ich habe in der Zeit nämlich etwas geträumt.« Meine Oma senkt ihre Stimme, und ich denke: Oha!

Kapitel 7

Omas Traum

Träumen ist ja an und für sich ein normaler Vorgang, aber nicht bei meiner Oma. Wenn sie etwas träumt, wird es meist wahr. Sie hat die Trennung meiner Schwester von ihrem ersten Freund vorausgeträumt, das Schneechaos im letzten Jahr, die Borkenkäfer-Invasion im Mischwald um die Ecke, die Beule in meinem GTI, und außerdem weiß sie immer, wie das Wetter wird. Unheimlich ist sie auch manchmal.

»Aber erst essen wir«, verkündet sie und beugt sich vor.

Also mache ich mich auf den Weg in die Küche, organisiere Butter und Marmelade, zwei Teller und schmiere ihr dann ein Brötchen, während sie genüsslich ihren Latte Macchiato trinkt.

»Wieso hat man der Welt so lange diesen Kaffee vorenthalten?«, seufzt sie und vergreift sich dann auch noch an meinem Latte.

»Immer dieser plörrige Bohnenkaffee«, murmelt sie. »Das hier ist ganz wunderbares Zeug!« Sie prostet mir mit meinem Becher zu und leert ihn.

Ich halte ihr das fertige Brötchen hin und frage: »Was hast du geträumt?«

Nachdenklich betrachtet sie erst das Brötchen und dann mich. »Du hast geheiratet. In Weiß. Schickes Kleid, aber den

Geschmack hast du ja von mir, da war nichts anderes zu erwarten.«

Ich habe geheiratet? Oh. Vor Schreck vergesse ich mein eigenes Brötchen.

»Ja. Ich glaube, du bist jetzt wieder bereit für so etwas. Es wird Zeit, Kind!« Einen kleinen Moment schweigt sie, während sie mich eingehend mustert, als suche sie nach äußeren Anzeichen dafür, dass ich tatsächlich wieder bereit bin.

»Er war blond und hatte blaue Augen. Sah wirklich gut aus. Fast so gut wie dein Kleid. Schöne Hochzeit war das.« Sie seufzt und beißt in ihr Brötchen.

»Wann und wo wird dieses Ereignis stattfinden?«, frage ich vorsichtig. Schließlich brauche ich konkrete Informationen.

»Na ja, es war sommerlich warm. Und ich war dabei. Ich bin jetzt 81. Lass mich noch zehn Jahre leben, dann wohl innerhalb der nächsten zehn Jahre.«

»Hatte er einen Namen?«, frage ich gespannt und rutsche auf dem Stressless-Sessel hin und her.

Sie runzelt die Stirn und spitzt die Lippen. »Hatte er … aber den habe ich jetzt wieder vergessen. Es war ein komischer Name«, murmelt sie dann und beißt erneut in ihr Brötchen.

»Mann, Oma. Der Name wäre jetzt schon wichtig gewesen.« Empört sehe ich sie an. Sie übergeht diesen Vorwurf und fragt mich stattdessen neugierig: »Gibt es denn einen blonden Mann in deinem Leben?«

Faktisch gesehen gibt es seit drei Jahren gar keinen Mann in meinem Leben. Und blonde Männer sind ja auch wirklich selten. Die sind regelrecht vom Aussterben bedroht, habe ich mal gelesen. Die sind also sozusagen wie die Bückware im Suppenregal. Bedauernd schüttele ich den Kopf.

Sie kaut und murmelt: »Na, dann geh mal auf die Suche nach einem blonden Mann.«

In den folgenden Tagen ertappe ich mich doch tatsächlich dabei, wie ich Ausschau nach blonden Männern halte. Nicht dass ich dringend heiraten wollte, aber den Richtigen zu finden wäre schon mal ein Anfang. Und es macht wenig Sinn, sich gegen die Prophezeiungen meiner Oma zu wehren. Sie hat da eigentlich immer recht.

Es gibt durchaus blonde Männer in meiner Umgebung, aber wenn sie richtig blond sind, sind sie meistens noch keine vier Jahre alt. Zwei Exemplare im geschlechtsreifen Alter habe ich gesehen, wobei einer eine stattliche Brut von drei Kindern vor sich hertrieb und der andere einen tiefergelegten Opel Corsa mit aufgesprühten Flammen auf der Motorhaube fuhr.

Solche wichtigen Informationen, meine Zukunft betreffend, kann ich natürlich nicht für mich behalten, und so habe ich auch Elisabeth und Kerstin, meine Schweizer Schokoladenschmugglerin, damit beauftragt, den Markt bezüglich ansehnlicher blonder Männer zu sondieren. Zu reinen Forschungszwecken, versteht sich. Unsere Studie ergab, dass es hier im Großraum Hannover wenige, dafür aber in und um Luzern herum sehr viele dieser Exemplare gibt. Kerstins Vorschlag, deswegen umgehend auszuwandern, musste ich jedoch ablehnen. Ich stehe nicht so auf Berge. Und vielleicht hat Kerstin diese Statistik, dass mehr blonde Männer am Vierwaldstätter See als am Maschsee leben, auch gefälscht. Sie ist nämlich zwischen Kinderaufzucht, Kochen und Sockenbügeln ein bisschen einsam und würde sich über Gesellschaft freuen.

Am Mittwoch dann stehe ich vor meiner Praxistür und versuche, selbige durch energisches Schlüsseldrehen, Gegen-die-Tür-Treten und mit Hilfe von wüsten Beschimpfungen zu öffnen. Dr. Grosser, der sein PKRS glücklicherweise überwunden hat, unterstützt mich bei dieser Aktion durch seine Anwesenheit und interessiertes Schweigen.

»Scheiß Tür. Jetzt ist das Schloss endgültig kaputt«, stöhne ich nach zehn Minuten entnervt.

»Ja, es sieht ganz danach aus. Was schlagen Sie vor?«, fragt Dr. Grosser leise und reicht mir einen Grünen Tee.

»Eintreten«, knurre ich und versetze der alten Holztür erneut einen Tritt.

»Frau Fuss, dieses Haus und damit auch diese Tür stehen unter Denkmalschutz. Ich muss Sie um einen etwas pfleglicheren Umgang mit ihr bitten!«

»Jaaa … aber ich habe gleich einen Termin. Und dann habe ich noch zehn weitere Termine.« Ich fluche genervt und trinke einen Schluck Tee, statt noch einmal gegen die unkooperative Tür zu treten, als im selben Moment die Hauseingangstür ins Schloss fällt.

Dr. Grosser und ich drehen uns gleichzeitig um, wohl in der Hoffnung, dass das Universum meine missliche Lage erkannt hat und Rettung schickt. Aber es ist nur Schröder, der sein Rad auf der linken Schulter balanciert und eine dicke Umhängetasche über der rechten trägt. Er betrachtet Dr. Grosser und mich skeptisch und springt, immer noch mit dem Fahrrad auf der Schulter, die Stufen zu uns hoch. Direkt vor meiner Nase bleibt er stehen.

»Kleine Teeparty?«, fragt er und lehnt das Fahrrad gegen die Treppenhauswand.

»Nein, Herr Schröder. Ein technischer Notfall«, antwortet

Dr. Grosser an meiner Stelle. »Frau Fuss' Praxistür geht nicht mehr auf. Möchten Sie auch einen Tee, während wir alle weiteren Handlungsoptionen durchdenken?«

Schröder guckt irritiert. Sein Blick wandert von mir zu Dr. Grosser und zurück.

»Darf ich?«, fragt er mich knapp und nimmt mir den Schlüssel aus der Hand. Eine Minute später ist meine Tür offen. Und das relativ gewaltfrei.

»Ich hole dir später ein neues Schloss aus dem Baumarkt. Das kann ich dann heute Abend noch einbauen«, sagt er, schultert wieder sein Rad und die Tasche und verschwindet die Treppen hoch und in seinem Büro.

Dr. Grosser und ich stehen noch ein wenig im Flur herum, bis mein Nachbar verstört murmelt: »Das war jetzt aber wirklich …«

»Genau. Das war wirklich …«, echoe ich verwundert, und dann begeben wir uns endlich in Gefilde, in denen wir uns besser auskennen. Er therapiert ein paar Seelen, ich ein paar Nackenverspannungen.

Kapitel 8

Zugeparkt

Schröder rettet mich und die Tür, indem er tatsächlich ein neues Schloss einbaut, und das ohne viel Aufhebens. Keine schlauen Sprüche, kein überhebliches »Ich rette jetzt das arme Weibchen«-Getue. Sehr angenehm, und so sperre ich die Emanze kurzerhand in die hinterste Ecke meines Kopfes und lasse mir endlich mal helfen. Insgeheim hatte ich natürlich schon Google befragt, wie man ein neues Türschloss einbaut, aber so ist es doch viel einfacher.

»Danke«, sage ich inbrünstig, als er mir den neuen Schlüssel hinhält.

»Gern geschehen«, antwortet er und grinst. Mit Grübchen. Dieses Grinsen tritt immer total unerwartet auf und passt so gar nicht zu ihm.

»Darf ich mich mit einem zackigen Espresso revanchieren?«, frage ich ihn und wundere mich zugleich über mich selbst. Bisher sind wir über die übliche Schokoladen-Spendenaktion, eine Stromrechnung, die Panikattacken bei allen Bewohnern auslöste, und eine Rettung nach plötzlich aufgetretenem Gasgeruch noch nicht hinausgekommen.

Schröder antwortet kurz und knapp: »Du darfst.«

Und so trinke ich also mit dem etwas muffeligen, aber extrem gut aussehenden Computer-Nerd einen Espresso.

»Was machst du eigentlich mit den vielen Bildschirmen auf deinen Schreibtischen, wo du doch ganz hervorragend Schlösser auswechseln kannst?«, frage ich und schiebe ihm ein paar Kekse rüber.

»Als ich fünf war, wollte ich Hausmeister werden. Mit fünfzehn habe ich dann aber festgestellt, dass ich doch besser mit Computern umgehen kann. Ich programmiere Webseiten. Hauptsächlich jedenfalls.«

Ich sehe ihn an und kaue auf meinem Keks herum.

»Grob umschrieben«, fügt er noch hinzu, als er mein Gesicht sieht, und nimmt sich ebenfalls einen Keks.

Für einen Strickmützen tragenden Nerd ist er erstaunlich gesellig, und so hocken wir noch einen weiteren Espresso lang zusammen, ehe ich schließlich meine Sachen packe und gemächlichen Schrittes zu meinem Auto im Hof wandere. Wer hätte gedacht, dass Schröder entgegen allen Erwartungen in der Lage ist, aus mehr als zwei Wörtern Sätze zu bilden? Man steckt Menschen ja doch gern in Schubladen. Umso erstaunter ist man, wenn sie da dann irgendwann mal einfach so rausklettern.

Deswegen bin ich ein wenig verwirrt. Und zugeparkt. Diesmal steht der dreiste Parksünder sogar mitten auf dem Hof und nicht nur davor. Und er hindert mich am Ausparken, und der freien Fahrt. Oh, wie ich das hasse!

Also das Standard-Programm: Hupen, warten. Mehmet kommt um die Ecke und gesellt sich zu mir. Erneut hupen, das feindliche Fahrzeug fixieren und es zum Mond wünschen.

Sieben Minuten später biegt endlich der Besitzer des schrottreifen BMW um die Ecke. Erbost bringt er sich vor seinem Wagen in Position, die Arme in die Seiten seines

Strickpullovers gerammt. Diese Geste passt nicht so recht zu seinem sonst recht harmlosen Anblick.

Renitentes Verhalten der Parksünder sind Mehmet und ich nicht gewohnt, deswegen warten wir erst einmal schweigend ab.

»Was soll das denn?« Er meint wohl mein energisches Hupen, und bei diesen Worten hüpft die kleine Nickelbrille auf seiner Nase ein paarmal auf und ab.

»Hassu Thea zugeparkt!«, sagt Mehmet erbost und spielt diese Tat gleich noch pantomimisch nach. Mehmet spricht immer unter vollem Körpereinsatz.

»Auf dem Schild steht: ›Einfahrt freihalten!‹ Und das habe ich ja wohl getan!« Herr Strickpulli (übrigens in den verwegenen Farben Dunkelgrün und Lila gehalten) schnaubt bei diesen Worten. Und er hat recht. Die Einfahrt hat er freigehalten. Wobei der Sinn und Zweck von Einfahrten natürlich fraglich ist, wenn sie dennoch niemand mehr passieren kann. »Und da passt ja locker noch ein LKW quer durch!« Herr Strickpulli deutet auf meinen GTI und seine Schrottlaube. Auch hier hat er recht, vorausgesetzt, die Fahrzeugführerin des GTI legt keinen gesteigerten Wert auf die Unversehrtheit ihres Fahrzeugs, die beim Passieren der Schrottlaube allerdings eindeutig nicht mehr gewährleistet wäre.

Ich steige aus, bringe mich ebenfalls in Position und sage: »Das Parken ist hier verboten. Und ein LKW würde hier keinesfalls mehr durchpassen, weder gerade noch quer. Zumindest nicht, wenn ich nicht möchte, dass mein Auto so aussieht wie Ihres. Und das möchte ich nicht. Würden Sie jetzt bitte umgehend diesen Parkplatz und damit diese Einfahrt verlassen!«

Mehmet schnaubt und stellt sich hinter mich. Ihm ist die Situation sichtlich unheimlich.

»Diesen Ton verbitte ich mir!« Herr Strickpulli wird puterrot im Gesicht, und Mehmet zieht hinter mir den Kopf ein. »Hat er doch angefangen«, flüstert er mir aufgeregt ins Ohr.

Ich lasse mir das alles durch den Kopf gehen. Herr Strickpulli parkt seine Schrottlaube unerlaubterweise auf unserem Hof, ist dann sehr grob und unhöflich, behauptet aber, sich korrekt und nach Anweisung des Schildes verhalten zu haben, und schließlich verbittet er sich, dass ich mich äußere?

Ich denke: Arschloch!, und sage laut: »Mehmet, hol deine Brüder. Hadi!« (Das heißt »Auf geht's!« auf Türkisch. – Ich hatte letztes Jahr einen Volkshochschulkurs, um meine Kommunikation mit Mehmets kochender Mutter zu verbessern, die nur »Guten Tag« auf Deutsch sagen kann.)

»Hab isch nisch!«, flüstert er mir jetzt höchst aufgeregt zu.

»Doch!«, sage ich laut. »Deine vier Brüder, die fast alle schon mal im Knast waren! Los!«

Jetzt endlich schnallt Mehmet, was ich will, und er richtet sich hinter mir auf. »Mach isch, Thea!«, sagt er laut.

Aber noch bevor er hinter seiner Deckung hervorkommt, springt Herr Strickpulli in die Schrottlaube und gibt Gas. Auf seinem Heck, das bis dahin haarscharf vor der Wand geparkt war, prangt ein Aufkleber »I love Waldorf«. Dann biegt er mit quietschenden Reifen um die Ecke.

»Bissu mutige Frau, Thea!« Anerkennend klopft Mehmet mir auf die Schulter. Und endlich kann ich mich zur großen Jahresfeier zu Elisabeth begeben.

Ich bin wegen des Vorfalls mit dem Herrn im Strickpulli spät dran, und auf dem Weg klingelt mein Handy penetrant in meiner Tasche vor sich hin. Erst nach dem dritten Anruf und der vierten roten Ampel (es sind heute aber auch alle gegen mich) fummele ich mein Headset aus der Tasche und stöpsele es mir leicht genervt ins Ohr. Prompt klingelt es wieder.

»Thea Fuss«, melde ich mich schwungvoll, während die Ampel endlich grün wird und ich energisch anfahre, wobei ich gekonnt einen Porschefahrer hinter mir lasse.

»Dr. Ravensbach.« Es folgt ein Schweigen. Ich krame kurz in meinem Hirn und werde fündig. Der jungdynamische Vertreter des mittleren Managements, der freie Wochenenden für unzumutbar hält und sich aufgrund meiner Vorliebe für ebensolche jemand anders suchen wollte.

»Ja«, sage ich fröhlich und verkneife mir das gesprochene Fragezeichen am Ende des Wortes. Nun soll er mal kommen, ich werde ihm keine Vorlage liefern und auch noch höflich nach dem Grund seines Anrufs fragen.

»Ich habe immer noch keinen Termin«, sagt er wütend. Kurz überlege ich. Leidet der Mann unter partiellem Gedächtnisverlust? Ist ihm entgangen, dass er bei mir keinen Termin mehr wollte und folglich natürlich immer noch keinen Termin bei mir hat?

»Das ist richtig«, bestätige ich deshalb erst mal abwartend seine Aussage.

»Sie waren noch die mit dem frühesten Termin«, knurrt er.

Süß.

Kein partieller Gedächtnisverlust, nur die empörende Erkenntnis, dass die Terminkalender meiner Kollegen aussehen wie meiner und offensichtlich auch von denen keiner bereit ist, sein Wochenende mit Dr. Ravensbach zu verbringen.

»Dr. Ravensbach, sind Sie blond?«, frage ich. So versuchsweise. Denn wenn er blond sein sollte, würde ich ihm vielleicht den Termin anbieten, den Frau Schulze morgen um neun abgesagt hat. Man darf ja keine Chance vertun. Auch wenn ich Dr. Ravensbach bis jetzt verbal ungefähr so attraktiv finde wie Brechdurchfall und ich für ihn offensichtlich nur ein kleineres Übel als die anderen Übel in Form meiner Physiotherapeuten-Kollegen darstelle.

»Wollen Sie mich verarschen?«, fragt er barsch.

»Nein.«

»Warum fragen Sie mich, ob ich blond bin? Glauben Sie, ich bin blöd?«, fragt er noch barscher. Interessant. Ich wusste gar nicht, dass das mittlere Management tatsächlich glauben könnte, jemand könne sie blöd finden.

»Es ist doch nun ein widerlegtes Vorurteil, dass blonde Menschen blöd sind. Ich bitte Sie. Außerdem bezog sich dieses Vorurteil auf Frauen. Sie sind ja aber wohl männlicher Natur. Also, sind Sie blond?«

»Bekomme ich einen Termin, wenn ich es bin?« Er klingt zum ersten Mal nicht überheblich, sondern verwirrt.

»Ja«, antworte ich fest.

»Okay. Blond. Wann?«

»Morgen um neun«, antworte ich. »Haben Sie ein Rezept?«, füge ich noch hinzu; nun muss ich ja mal geschäftlich werden.

»Nein, ich zahle das aus eigener Tasche«, knurrt er. Was mir persönlich egal ist. Wobei … eigentlich nicht, ich rechne lieber über die Kasse ab, da bekomme ich mein Geld nämlich immer, und das auch noch pünktlich. Aber er sagt das so, als wäre es ein Patienten-Qualitätsmerkmal – Selbstzahler.

Mit einer halben Stunde Verspätung erreiche ich Elisabeths kleines Häuschen, das in einer ruhigen Seitenstraße liegt. Ich folge dem mit alten Ziegelsteinen gepflasterten, verschlungenen Weg zur grün gestrichenen Haustür und klingele. Das Bullerbü-Haus hat Elisabeth sich gekauft, nachdem sie festgestellt hatte, dass Edgar 890 000 Euro auf dem Konto hatte. Umso erstaunlicher, dass sie damals mit zwei kleinen Kindern ein Jahr ohne Geschirrspülmaschine leben musste, weil sie angeblich kein Geld hatten, um eine neue zu kaufen.

Aber das war alles damals. Schlechte Zeiten, düstere Episoden. Jetzt ist alles sonnig, ruhig und warm.

Elisabeth öffnet die Tür und strahlt mich an. Sie sieht aus, als wäre sie eine zweifache Mutter Mitte dreißig mit Kleidergröße 42. Was den Tatsachen entspricht. Allerdings nur äußerlich – tief in ihrem Innern ist sie die Wendy aus *Peter Pan*.

Sie umarmt mich und ignoriert meine lautstarken Entschuldigungen, warum ich zu spät bin. Das sind Dinge, die Elisabeth nicht mehr aus der Fassung bringen können. Ich glaube, irgendwann ist man durch mit solchen Nichtigkeiten. Auf diesen Zustand warte ich allerdings noch. Ich finde zwar, dass auch ich ihn verdient hätte, aber der Kosmos scheint das anders zu sehen.

Ich folge ihr in die Küche, wo sie uns ein opulentes Mahl bereitet hat.

Während sie mir von ihrem Tag erzählt, den Champagner köpft und herumwuselt, fühle ich mich wohlig warm. Ich ziehe die Schuhe aus und lege entspannt die Füße auf den Stuhl neben mir.

Einmal im Jahr feiern wir. Still und leise, aber es geht definitiv als Party des Jahres durch.

Kapitel 9

Die Katastrophe

Am nächsten Morgen um neun klingelt es beim Schlag der Kirchturmuhr an meiner Praxistür. Dr. Ravensbach ist pünktlich. Und er sieht exakt so aus, wie ich ihn mir vorgestellt habe. Schwarzer Anzug, hellblaues Hemd, sehr dezent gemusterte Krawatte, Typ selbstbewusster Karrieregockel. Und tatsächlich ist er blond. Und blauäugig. Und sehr ansehnlich. Und ein wenig schief, wenn ich ihn genauer betrachte.

»Hallo«, sagt er reserviert, als ich die Tür öffne.

»Guten Morgen«, begrüße ich ihn schwungvoll. Da ich erst um halb zwei im Bett war und nun bereits den dritten Espresso intus habe, ist meine bleierne Müdigkeit einer zappeligen Koffein-Wachheit gewichen. Ich überlege noch, welcher Zustand besser ist, da zieht er eine Augenbraue in die Höhe und fragt mit unerwartetem Humor: »Blond genug? Darf ich reinkommen?«

»Sehr gut«, lobe ich ihn und trete einen Schritt zur Seite, um ihn hereinzulassen.

Etwas unschlüssig steht er im Flur herum, und ich weise ihm den Weg in den Behandlungsraum. Er betrachtet allerdings erst mal die weiß getünchten Wände mit den Fotos, die Elisabeth allesamt im Stadtwald geschossen hat und die so schön sind, dass ich sie mir aufgehängt habe. Anschließend betrachtet er mich. Ebenfalls eingehend. »Sie sind aber sehr jung«, sagt er dann.

Ich nicke nur. Ich bin nun mal jung. Abgesehen davon kann er aber auch nicht sonderlich viel älter sein als ich. Ich schätze ihn auf maximal dreißig.

»Und das sieht hier jetzt nicht so praxismäßig aus«, sagt er und linst in meine Kaffeeküche.

»Das sieht hier so aus, dass sich meine Patienten wohlfühlen und ich mich auch.« Will das mittlere Management etwa meinen Inneneinrichtungsstil kritisieren? Offensichtlich stehe ich, im Gegensatz zu ihm, nicht auf Leuchtstoffröhren und Linoleumböden in abgetöntem Mint.

Achselzuckend folgt er mir, und ich zücke meinen Fragebogen. Dann setze ich mich auf meinen Behandlungshocker, während er in dem Sessel, der neben der Liege steht, Platz nimmt. Immer noch schaut er sich argwöhnisch um.

»Ich verstecke hier keine kleinen behaarten Monster, die sich hinterrücks auf meine Patienten stürzen«, versuche ich ihn zu beruhigen, aber er guckt mich nur groß an. Vermutlich hätte ich das nicht erwähnen sollen, jetzt ist er wirklich beunruhigt.

»Wie kann ich Ihnen denn helfen?«, komme ich schließlich zur Sache.

Schweigen. Er kneift die Lippen zusammen. Denkt offenbar nach. Ich warte und hoffe, dass es Denkergebnisse zu vermelden gibt, bevor mein Koffeinflash wieder abgeklungen ist. Sonst könnte es sein, dass ich in einen zarten Schlummer falle, bei so viel nicht vorhandener Interaktion.

»Ich bin verspannt«, sagt er dann leise und in einem Tonfall, als wäre das schlimm. Nein, nicht nur das. Bei dem Tonfall denke ich erst, ich hätte mich verhört und er müsste gesagt haben, er sei impotent. Aber nein, er sagte ganz eindeutig »verspannt«.

»Waren Sie schon bei Ihrem Hausarzt? Der würde Ihnen sicherlich ein Rezept ausstellen, dann müssten Sie nur den üblichen Eigenanteil bezahlen.«

»Hausarzt? Bitte. Für Umwege habe ich keine Zeit. Ich bin verspannt, hier ist der richtige Ort dafür und basta.«

»Wo sind Sie denn verspannt?«

»Nacken«, antwortet er einsilbig.

Na dann … Ich gehe schnell noch den Fragebogen durch, belästige meinen neuen Patienten mit Fragen nach eventuellen Vorerkrankungen, sportlichen Vorlieben und halte einen kleinen Vortrag zur ergonomisch korrekten Sitzhaltung am Schreibtisch, woraufhin Dr. Ravensbach beleidigt ist.

»Wollen Sie auch noch meine Schuhgröße und mein Lieblingsessen wissen?«

Ich nicke ernst, obwohl mir eindeutig nach Lachen zumute ist.

Wofür sollte ich das wissen wollen, mal ganz ehrlich? Wohingegen die Frage nach bisher bekannten Venenerkrankungen doch durchaus sinnvoll ist.

»Ich habe Schuhgröße 40 und esse am liebsten Schokolade«, sagt er in diesem Moment völlig unerwartet. »Es ist schwer, in der Größe vernünftige Männerschuhe zu bekommen. Welche ohne rosa Gedöns und Absätze.« Er grinst und ist also offensichtlich nicht völlig humorlos zur Welt gekommen.

»Gut, dann wollen wir mal«, sage ich beschwingt, stehe auf und deute auf die Behandlungsliege.

Leicht ratlos sieht er mich an. Was ist denn nun wieder?

»Bitte einmal frei machen und hier drauflegen.«

Augenblicklich beginnt der gut aussehende Mann unruhig im Sessel hin und her zu rutschen. Ob er mal muss?

»Wie jetzt?«, fragt er dann, und ich denke kurz nach. Ob er mich verarschen will? Offenbar verfügt er ja wenigstens über einen Bruchteil von Humor, aber das könnte natürlich auch nur ein Zufallstreffer gewesen sein.

Ich gehe jetzt einfach mal davon aus, dass er wirklich keine Ahnung hat, was ich von ihm will. Man sollte meinen, dass in einer physiotherapeutischen Praxis das Entkleiden der zu behandelnden Körperpartie so schlüssig ist, wie Kaffee in eine Kaffeetasse zu füllen.

Okay, aber auf der anderen Seite glaubt das mittlere Management ja auch, wenn es anruft, sinkt ein Großteil der Weltbevölkerung ehrfürchtig zu Boden und erfüllt ihm jeden Wunsch.

»Also, lieber Herr Dr. Ravensbach, damit ich mir Ihre Schultern und den Nackenbereich etwas genauer ansehen und daraufhin geeignete Maßnahmen zur Beseitigung der Schmerzen einleiten kann, müssen Sie die betroffene Körperregion schon freimachen. Das ist doch einleuchtend, oder?«, behebe ich sanft und umsichtig seine Wissenslücke.

Er nickt einmal kurz. Ich kann ihm aber am Gesicht ablesen, dass er sich nicht ganz so gern in meiner Anwesenheit auszieht. Er tut es trotzdem. Denn offensichtlich ist auch das mittlere Management in der Lage, gewisse Notwendigkeiten zu erkennen und sich ihnen unterzuordnen.

Als er sich dann also des Jacketts, der Krawatte und des hellblauen Hemds entledigt und alles, feinsäuberlich gefaltet, über die Stuhllehne gehängt hat, legt er sich vorsichtig bäuchlings vor mir auf die Liege. Und das ist der Moment, in dem ich mich ganz ernsthaft frage, was bei diesem armen Mann schiefgelaufen ist. Er ist nämlich nicht nur im Gesicht sehr ansehnlich, sondern das geht auch vom Hals abwärts so weiter. Sehr hübsche Muskulatur, gut definiert, sehr feines Hautbild, leicht gebräunt. Bitte, warum geniert dieses optisch so ansprechend gelungene Exemplar der männlichen Gattung sich so dermaßen, die Kleider abzulegen? Bei anderen seiner Art kann das doch oft gar nicht schnell genug gehen, insbesondere in einem anderen Kontext und oftmals noch mit Haaren auf der Brust und Wohlstandsbäuchlein über dem Hosenbund.

Normalerweise interessiert mich die Optik meiner Patienten nur rudimentär bis überhaupt nicht. Aber ich bin ja nun mal nicht blind. – Und er ist blond. Und lecker. Und plötzlich sehr unsicher. Und so verspannt, dass man mit seiner linken Schulter problemlos einen Nagel in eine Betonwand hauen könnte.

Ich knete ein wenig in der Muskulatur herum und finde steinharte Knötchen, derer ich mich erst mal vorsichtig annehme. Dr. Ravensbach hat derweil aufgehört zu atmen und scheint sich totzustellen.

»Das tut sicherlich weh«, versuche ich ihn zu einem Schmerzenslaut zu animieren.

Aus eigener Erfahrung weiß ich nämlich, dass es ganz gut tut, ein wenig zu jammern und zu stöhnen. Und wenn er nicht bald Luft holt, werde ich bei ihm wohl mit einer Herz-Lungen-Wiederbelebung beginnen müssen.

Aber Dr. Ravensbach gibt keinen Laut von sich. Vermutlich hat er Märtyrer-Gene geerbt, oder er ist es gewöhnt, den Harten zu markieren.

Ich stelle kurzfristig meine Fingerakrobatik ein und beuge mich ein Stück vor. »Sehen Sie, um die Muskulatur zu lockern, muss ich da richtig zupacken. Hinterher fühlt es sich vielleicht ein wenig nach Muskelkater an, aber sicherlich schon besser als vorher. Es wäre nur sehr schade, wenn Sie niemals in diesen Genuss kämen, weil Sie vorher an akutem Sauerstoffmangel sterben. Womit Sie der Erste hier auf dieser Liege wären. Bitte atmen Sie also ganz normal weiter, und Sie dürfen auch ein wenig ächzen und stöhnen.«

»Geht«, japst er, und ich trete einen Schritt zur Seite, um seine Gesichtsfarbe zu kontrollieren.

Noch im grünen … oder vielmehr rosafarbenen Bereich.

Es klingelt an der Tür, was ich ignoriere. Ich gehe nie an die Tür, wenn ich einen Patienten habe. Aus Prinzip schon nicht; das ist ja wie Vordrängeln an der Kasse. Außerdem betreibe ich eine Bestellpraxis; bei mir stehen keine Patienten einfach so vor der Tür. Es sei denn, sie haben einen Termin. Und diesen Termin hat ja nun Dr. Ravensbach.

Es klingelt wieder. Diesmal sehr beharrlich, dreimal hintereinander.

»Vielleicht sollten Sie doch mal gucken, wer da Einlass begehrt?« Herr Dr. Ravensbach schielt aus seiner liegenden Position zu mir hoch.

Nachdem es erneut klingelt, diesmal Sturm, was wirklich einem akustischen Terroranschlag gleicht – meine Klingel ist nämlich aus den 50er-Jahren und macht sehr laut und sehr schnarrend »ZZRRRRRRRR!« –, sehe ich ein, dass es sinnvoller ist, an die Tür zu gehen. Bevor sich die Beschwerden hier im Raum noch von Nackenverspannungen auf einen gemeinsamen Tinnitus ausweiten.

»Tut mir leid«, sage ich also und eile zur Wohnungstür, an der es jetzt, zusätzlich zu dem ohrenbetäubenden Lärm der Klingel, auch noch klopft.

Ich reiße die Tür auf und brülle über den Lärm hinweg: »Verdammt, Schluss jetzt!«, ehe mir die Worte im Hals stecken bleiben.

Vor der Tür stehen drei Männer im schwarzen Anzug. Alle drei tragen identisch aussehende Hemden in Bleu, und alle drei haben den gleichen Gesichtsausdruck: hochgradig kämpferisch, unterlegt mit latenter Aggressivität. Das müssen die geübt haben, das ist eine echte Performance.

Erschrocken gehe ich im Geiste meine offenen Rechnungen durch und bin gerade bei der in russischer Hand befindlichen Druckerei, die meine neuen Flyer gemacht hat, angelangt, als jemand die Treppe aus dem Obergeschoss heruntergepoltert kommt.

Okay, die geklonten Herren in Schwarz sind keine Angehörigen der russischen Mafia. Sie gehören zu Herrn Pfeindober, der sich gerade vor mir in Position bringt.

Mein Vermieter. Oder vielmehr: unser aller Vermieter. Deswegen in Fachkreisen (unserer kleinen Fachwerkhausgemeinde) auch liebevoll »Herr Oberarsch« genannt.

»Wieso macht denn hier keiner auf? Die Mieter oben sind auch nicht da«, faucht er mich an, und ich sehe dabei sehr viel Weißes in seinen Augen. Bei Pferden ist das kein gutes Zeichen. Bei Vermietern bestimmt auch nicht.

»Äh, ich habe einen Patienten«, sage ich und halte mich dabei an meiner Tür fest. Ich kann diese Situation noch nicht richtig einschätzen, aber die drei Klone, die immer noch regungslos neben der gedrungenen Gestalt meines Vermieters stehen und mich anstarren, machen mir durchaus Angst.

»Sie haben alle eine Terminankündigung bekommen!« Sein Zeigefinger deutet mir mitten ins Gesicht, und instinktiv trete ich einen Schritt zurück.

»Wie bitte?«, frage ich entgeistert. Einen Termin? Wofür?

»Lassen Sie uns jetzt mal rein!«, sagt er ungeduldig und schiebt mich doch tatsächlich zur Seite. Mit der Schulter. Und seinem massigen Körper. Was mein Unterbewusstsein durchaus korrekt als gewalttätigen Akt bewertet, so dass es umgehend den Gegenangriff organisiert: Es lässt die Emanze frei, und die gibt ein tiefes »Ufff!« von sich und stemmt sich mit aller Kraft gegen den verschwitzten Körper des Herrn Pfeindober.

Wir ringen eine Sekunde lang im schmalen Flur meiner Praxis, bis er einen Schritt zurück macht. Offensichtlich hat er nicht mit Gegenwehr gerechnet, schon gar nicht mit körperlicher.

»Bei Ihnen piept es ja wohl!«, empöre ich mich, und Herr Pfeindober sagt: »Sie, Sie, Sie …!«

Die drei dunkel gewandeten Klone betrachten diese Szene durchaus interessiert. Ungefähr so, als wären sie erst gestern gemeinschaftlich mit ihrem Raumschiff auf dieser Welt gelandet und als habe Herr Pfeindober den wichtigen Auftrag, ihnen das menschliche Verhalten näherzubringen. Heutiger Programmpunkt wäre dann wohl: wutschnaubende, hochaggressive Frau.

»Das hilft Ihnen gar nichts! Ich sitze am längeren Hebel!«, brüllt Herr Pfeindober, und im selben Moment öffnet sich die Tür zu meinem Behandlungszimmer.

Auftritt Herr Dr. Ravensbach.

Minimales Augenbrauenheben der drei Klone, dafür tritt Herr Pfeindober einen weiteren Schritt zurück. – Unerwarteter zusätzlicher Programmpunkt: spontanes Auftauchen eines weiteren dominanten Männchens. Das ist ja wirklich ein lehrreicher Tag für die drei vom anderen Stern.

Ich werfe einen Blick über meine Schulter, ob Herr Dr. Ravensbach sich wenigstens vollständig bekleidet hat, aber er steht tatsächlich mit bloßem Oberkörper hinter mir.

Was Herrn Pfeindober sichtlich irritiert. Er vermutet in meiner Praxis sowieso Sodom und Gomorrha, was sich in seinen Augen nun wohl absolut bewahrheitet. Denn halbnackte Männer sind Sodom und Gomorrha. Da ist Herr Pfeindober sehr katholisch. Arbeitende Frauen fallen in die gleiche Kategorie. Und weibliche Familienministerinnen gehören sowieso zwingend und umgehend des Landes verwiesen.

»Was ist denn hier los?«, fragt Herr Dr. Ravensbach mit tiefer Stimme hinter mir. Er ist offensichtlich auch ohne Hemd in den Alphamännchen-Modus geschlüpft. Normalerweise ein Grund, ihn stehenden Fußes der Praxis zu verweisen, aber die Emanze ist abgelenkt und tief in ihrem Innersten durchaus froh, dass sie Rückendeckung bekommt.

»Das hier sind Mitarbeiter der H. S. Real Estate GmbH, die beabsichtigt, das Haus zu kaufen, und ich werde ihnen heute die einzelnen Wohnungen zeigen.« Herr Pfeindober klingt plötzlich völlig souverän und entspannt. Wieso musste er mich anrempeln und bedrohen und spricht in verständlichen Sätzen, sobald ein Mann auftaucht? Und was soll das mit dem Hausverkauf?

Etwas ratlos schweigen Dr. Ravensbach und ich.

»Das Haus soll verkauft werden?«, frage ich, nachdem wir alle ein wenig der Stille gehuldigt haben.

»Frau Fuss. Also wirklich!« Der katholische Vermieter atmet schwer durch. Als hätte ich ihn gefragt, ob es nachts draußen dunkel ist. Dann wendet er sich an Dr. Ravensbach und blendet mich aus, komplett und unwiderruflich.

»Das Haus ist zum 30.11. verkauft, und Frau Fuss wurde gekündigt«, sagt er nüchtern, und mir wird augenblicklich schwindelig, schlecht, und ich sehe gelbe Pünktchen. Einzig die Emanze hält mich aufrecht. Dennoch lehne ich mich hilfesuchend gegen die Wand – und zum Glück nicht an den spärlich bekleideten Dr. Ravensbach.

Der wiederum scheint nicht zu wissen, dass man sich bei der Physiotherapie ausziehen muss, aber im Umgang mit suspekten Vermietern und geklonten Außerirdischen erweist er sich als durchaus brauchbar. Er sagt nämlich: »Das ist hier ja ein sonderbares Auftreten! Mit einer angemessenen Frist ist eine Besichtigung auch überhaupt kein Problem. Bis dahin alles Gute!«

Und … zack … hat er meine denkmalgeschützte Holztür vor vier Nasen zugemacht. Dann packt er mich behände am Oberarm und zieht mich in meine kleine Küche. Dort setzt er mich auf einen der Hocker, und ich sage den einzigen Satz, zu dem ich mich in der Lage sehe: »Ich kann hier nicht ausziehen!«

Das ist unfassbar wahr, und augenblicklich habe ich Tränen in den Augen. Was mir natürlich sehr peinlich ist. Aber ganz offensichtlich stehe ich unter Schock. Und die Emanze auch.

Kapitel 10

Schockzustände an der Kühltheke

Leider muss Herr Dr. Ravensbach, kurz nachdem ich tatsächlich die Kündigung aus meinem Briefkasten gefischt habe, zu einem wichtigen Termin. Vorher verspricht er mir allerdings noch, dass er wiederkommen wird.

Kaum ist er weg, befällt mich eine Art Schockstarre, in der ich gern noch länger verweilt hätte, aber wenige Minuten später taucht Margarete mit einem hysterischen Anfall bei mir auf und droht, unserem Vermieter sofort sämtliche verfügbaren bösen Geister auf den Hals zu hetzen, und da ist es mit meiner Lethargie leider zügig wieder vorbei. Zumal eine halbe Stunde später auch Dr. Grosser bei mir in der Küche aufschlägt. Schwer mitgenommen und ebenfalls kurz vor einem Anfall, welcher Art auch immer, wedelt er minutenlang nur schweigend mit der Kündigung vor meiner Nase herum.

Schließlich nehme ich ihm das Schreiben aus der Hand, lege es auf den Küchentisch und sage: »Ja, lieber Herr Nachbar. Auch ich habe diesen Brief bekommen. Wir trinken jetzt alle einen Kaffee und überlegen, was wir tun werden.«

Das klingt hochgradig vernünftig und hilft zumindest ihm und Margarete, von ihrem Bluthochdruck und den Panikschüben etwas herunterzukommen. Mir nicht. Ich sehne mich zurück in die Schockstarre, womit aber eine ordnungsgemäße

Betreuung meiner beiden aufgelösten Mitmieter nicht mehr gewährleistet wäre.

Jetzt hocken wir also alle jammernd in meiner Küche, und ich vermerke leise für mich, dass mich die Anwesenheit des verspannten mittleren Managements ein wenig aufgebaut hat. Dass er zudem blond ist, nehme ich jetzt einfach mal so hin.

Kurze Zeit später betritt Schröder meine Küche. Er sieht aus, als wäre er unter eine Dampfwalze gekommen. Das hat ihn offensichtlich wütend gemacht. Muss wirklich an der Dampfwalze liegen; von der Kündigung kann er ja noch nichts wissen. Er war heute Vormittag wohl den ganzen Tag bei Kunden unterwegs.

»Margarete, bist du verrückt, mir solche Dinge auf die Mailbox zu sprechen?«, fragt er völlig atemlos und stinksauer, als er gegen meine Küchenzeile sinkt.

Nun ist die Frage, ob Margarete verrückt ist, nicht so gut, weil Margarete voll Inbrunst verrückt ist und dies bei jeder sich bietenden Gelegenheit auch immer wieder gern unter Beweis stellt.

Sie setzt gerade an, wohl um eine ausladende Erklärung abzugeben, als Dr. Grosser ihr mit Grabesstimme zuvorkommt: »Uns allen wurde gekündigt.«

Schröder schweigt einen Moment, dann nimmt er seine Strickmütze ab, fährt sich mit den Händen durch die dunklen, wohl durch das Zusammentreffen mit der Dampfwalze ziemlich platt anliegenden Haare und sieht uns bestürzt an.

»Das ist krass. Aber nach Margaretes Nachricht auf meiner Mailbox dachte ich, einer von euch sei gestorben«, sagt er dann und versucht noch einmal, seine jetzt ein wenig verstrubbelte Frisur unter Kontrolle zu bringen.

»Gekündigt!«, faucht Margarete in diesem Moment und schlägt mit der Faust auf meinen kleinen, wehrlosen Küchentisch.

»Krass. Wie gesagt. Aber ›Komm sofort, hier ist etwas ganz Fürchterliches passiert!‹, zusammen mit einem leisen Schluchzen, ließ mich eher an das Ableben eines unserer Mitmieter denken. Mord. Brand. Überfall. So etwas«, stellt Schröder konsterniert fest und nimmt endlich das Kündigungsschreiben aus Dr. Grossers Hand entgegen, der ihm schon seit fünf Minuten damit vor der Nase herumwedelt. – Manchmal kann er ja schon etwas penetrant sein, der Herr Psychotherapeut.

»Wir stehen alle Ende des Jahres auf der Straße«, jammert Margarete und zeigt sich wenig einsichtig, dass ihre Mailboxnachricht Schröder schwer verstört hat.

Mir wird bei ihren Worten schwer ums Herz. Ich werde doch nie wieder so eine schöne Praxis finden. Und vor allen Dingen: so wunderbare Nachbarn. Mit wem soll ich denn bei Kaffee oder Tee gepflegte Kommunikation betreiben, wenn nicht mit Dr. Grosser? Wer wird meinen Behandlungsraum von negativen Schwingungen reinigen, und das ganz unaufgefordert, wenn nicht Margarete? Und wer ergreift Wiederbelebungsmaßnahmen bei meinem permanent abstürzenden PC, wer wird mich mit Schokolade retten, wenn nicht Schröder?

»Wir werden Herrn Oberarsch verklagen!« Margarete hat das Tal des Jammerns offensichtlich verlassen und geht zum direkten Angriff über.

»Das hat keinen Zweck, er kann uns kündigen«, murmelt Schröder, vertieft in den Brief in seiner Hand. »Und wir zwei haben ja noch nicht mal einen Wohnraummietvertrag, Margarete. Herr Oberarsch hat bis heute nicht begriffen, dass du samt deinen Büchern auch höchstpersönlich eingezogen bist«, sagt er trocken. Dann legt er den Brief mit nachdenklicher Miene hinter sich auf die Spüle, woraufhin Dr. Grosser ihn sofort wieder an sich nimmt.

»Was sagen Sie?«, fragt er ängstlich und fängt erneut an, mit dem Papier zu wedeln. Das muss irgendwie zwanghaft sein.

»Er kann uns kündigen. Die Frist hat er auch eingehalten. Seine Kündigung kam zu spät, die Zeit hat er aber beim Auszugstermin wieder draufgeschlagen. Und er kann auch die Mieträume vorab besichtigen lassen. Also gehen wir auf die Suche nach etwas Neuem.«

Wir starren ihn schweigend an. Nur Margarete gibt hin und wieder leise Hicksgeräusche von sich. Schockbedingter Schluckauf. Aus irgendeinem Grund hat Schröder plötzlich den Rudelführer-Status inne.

Geht es um körperliche Beschwerden, Marketingmaßnahmen oder zwischenmenschliche Problematiken, bin ich die Hauptansprechpartnerin in unserer kleinen Fachwerkhaus-Mietergemeinde. Aber offensichtlich hören wir alle auf Schröder, wenn es um plötzlich auftretenden Gasgeruch, ausfallende Internetverbindungen, exorbitante Stromrechnungen und eben Kündigungsschreiben geht.

Sogar ich, wie ich fast erstaunt feststelle. Während die Emanze verwirrt neben mir steht, die ja eigentlich toben müsste bei so viel Alphamännchen-Einsatz. Tut sie aber nicht.

Wir trinken alle noch ein Glas »Edelsteinwasser«, von Margarete persönlich angesetzt, dann trennen wir uns schweren Herzens voneinander, nicht ohne einen weiteren Notfalltermin für den nächsten Morgen anzuberaumen.

Dr. Grosser geht mit düsterer Miene zurück in seine Praxis. Ich denke, er wird die Sachlage noch einige Stunden lang intensiv analysieren. Margarete verspricht uns, noch heute Abend eine spezielle Form von Magie zu praktizieren und Juckpulver zu züchten (wozu auch immer das gut sein soll), und Schröder tut etwas sehr Seltsames. Er nimmt mich kurz in den Arm. Das hat er noch nie gemacht.

Schröder ist nicht so der körperliche Typ, der permanent seiner Umwelt ein Küsschen aufdrücken möchte. Aber heute ist das anders. Er drückt mich an sich und sagt: »Mach dir keine Sorgen, wir finden schon eine Lösung!« Und er ist warm und riecht gut. Und … während ich noch höchst irritiert herumstehe und sich ein seltsam angenehmes Gefühl in meiner Brust ausbreitet, ist auch er verschwunden.

Allerdings erhasche ich im nächsten Moment einen Blick in den Spiegel und verstehe augenblicklich, warum Schröder mich an seine Brust drücken musste: Ich sehe total scheiße aus. Der kurze Nahkampf mit Herrn Oberarsch hat Spuren hinterlassen. Mein Pagenkopf steht in sehr lustigen Büscheln um meine Ohren herum ab, und sogar meine Augenbrauen tragen heute Igellook.

Schnell bringe ich mich optisch wieder etwas auf Vordermann und widme mich dann meinem nächsten Patienten, der sehr rücksichtsvoll kurzerhand im Flur gewartet hat.

Nach einem Meniskus, einem Tinnitus und einem kleinen, dicken Jungen, der nicht rückwärts laufen kann, packe ich endlich meinen Einkaufskorb und verlasse die Praxis.

Im Treppenhaus ist es seltsam ruhig. Ich bleibe unvermittelt stehen und bin traurig. Ich war damals, vor drei Jahren, so froh, eine wunderschöne Praxis und so nette Menschen gefunden zu haben. Die hatte ich zu dem Zeitpunkt auch bitter nötig.

Ich schließe einen Moment die Augen. Oft hört man um

diese Uhrzeit eine Mozartsonate aus den Praxisräumen von Herrn Grosser. Oder ein wenig Tastaturgeklapper aus Schröders Büro; der lässt nämlich manchmal einfach die Wohnungstür offen stehen. Oder Margaretes dumpfes Trampeln, wenn sie einen Beschwörungstanz für ihre Lavendelwurzeln aufführt und sich dabei, sich wiegend und brummend, über das knarrende Parkett bewegt.

Ich amte tief die leicht staubige Luft ein. Egal wie oft das Treppenhaus gewischt wird, es riecht immer ganz leicht nach Staub. Was nur normal ist, denn dieses Haus ist über 400 Jahre alt.

Traurig laufe ich in den Hof und setze mich in meinen GTI, um mich zum nächsten Supermarkt meines Vertrauens aufzumachen. Denn auch bald obdachlose Physiotherapeutinnen müssen essen. Und meine Seele gelüstet es nach Streicheleinheiten. Deshalb stürze ich mich, kaum dass ich den Laden betreten habe, auf das Kühlregal.

Kein Mensch braucht Brot, wenn es Schokoladenpudding mit extra viel Sahne gibt. Als ich mich allerdings nach vorn beuge, um nach einem der verlockend aussehenden Becher zu greifen, kneift mir meine Jeans hinterhältig in die Taille. Augenblicklich richte ich mich wieder auf.

Ich besitze keine Waage. Deswegen ist mir eine konsequente Gewichtsüberwachung nicht möglich, aber wenn meine Lieblingsjeans mich beißt, bin ich knapp vor dem Dickwerden. Und da mich sowohl das leichte Ziehen in der Herzgegend als auch die unerwartete Kündigung zu einem recht unkontrollierten Schokoladenkonsum animiert haben (eine komplette Tafel seit Lektüre des Kündigungsschreibens), ziehe ich meine Hand wieder zurück. Keinen Schokoladenpudding mit extra viel Sahne für mich. Ohne berufliche Bleibe und nichts

Passendes zum Anziehen mehr im Kleiderschrank – das geht ja nun gar nicht.

Deshalb trete ich zwei Schritte nach rechts und befinde mich augenblicklich im Diät-Paradies. Alles fettarm. Und vermutlich auch geschmacksarm, aber wenn die Hose kneift, kneift sie. Da gibt es dann keine Diskussion. Interessiert lasse ich meinen Blick schweifen.

Fettarme Produkte sollen ja angeblich die Fruchtbarkeit einschränken. Das ist doch keine so schlechte Sache. Vielleicht sollte ich grundsätzlich mit dem verstärkten Konsum fettarmer Produkte beginnen und kann mir dann irgendwann die Pille schenken? Das wäre ja wohl so etwas wie natürliche Verhütung. Wobei … so richtig viel zu verhüten gibt es ja gerade nicht in meinem Leben.

Nachdenklich mache ich noch einen kleinen Schritt weiter und stehe jetzt vor einer spannenden Auswahl an fettarmen Joghurts. Die bunten Plastikbecher reihen sich, ordentlich aufgestellt, aneinander. Unglaubliche Auswahl in diesem Laden. Jetzt muss ich mich nur noch zwischen 0,1 und 0,8 % Fettgehalt entscheiden. Ich greife nach den 0,8 %. Schließlich nehme ich die Pille noch, und Sex habe ich ja nun gerade keinen, und so doll kneift die Hose auch wieder nicht. Und ein klitzekleines bisschen Geschmack darf Nahrung dann doch haben.

Kurz danach liegen fünf fettarme Joghurts mit Chemiegeschmack und eine fettfreie Gurke in meinem Weidenkörbchen, das ich wie Rotkäppchen an meinem Arm baumeln lasse. Schwungvoll drehe ich mich um und will zur Kasse eilen, als ich direkt vor dem Regal mit dem Fisch eine optisch sehr ansprechende männliche Rückseite entdecke. Es gibt wenige Männer, die von hinten so exorbitant sexy aussehen. Dieser schon. Und er ist blond.

Ich nutze den Schwung und schlängele mich elegant an den diversen Feinkostsalaten vorbei, bis ich ebenfalls vor dem Fisch zum Stehen komme.

Fisch fällt für mich zwar grundsätzlich nicht in die Kategorie »genießbare Nahrungsmittel«, aber ich kann ja wenigstens mal gucken. Erst starr geradeaus und dann schräg zur Seite. Meine persönliche Taktik des visuellen Anpirschens. Vor mir stapelt sich Fisch jeglicher Couleur und Konsistenz. Schräg neben mir steht der leckere Typ, offensichtlich tief versunken in den Anblick der toten Fische. Er schaut nach rechts. Richtung Lachs. Das verhindert, dass ich sein Gesicht betrachten kann. Also begnüge ich mich erst mal mit dem Rest.

Der ist, wie bereits erwähnt, fein. Muskulös, guter Anzug, ausreichend lange Hosenbeine, offenes Hemd, keine Krawatte, kein sich lockendes Brusthaar.

Er blickt immer noch wie gebannt Richtung Lachs. Dann endlich kommt Bewegung in die Sache, denn langsam hat mein Anstarren auch nichts mehr mit visuellem Anpirschen zu tun, und er dreht den Kopf.

Ich kann sein Profil sehen.

Exakt sechs Sekunden später stehe ich an der Kasse.

Drei Minuten später sitze ich in meinem GTI.

Nein, es ist nicht notwendig, jedem blonden Mann auch nur den Hauch einer Chance zu geben. Ich schüttele mich innerlich.

Aber irgendwie ist es schon gemein von Mutter Natur. Da sieht einer aus wie Brad Pitt in seinen besten Zeiten – und dann das. Obwohl … vielleicht war das Absicht? Eine Art ausgleichende Gerechtigkeit? Frei nach dem Motto: Den gestählten Luxusbody und den guten Kleidungsstil kannst du haben, aber der geht nur in Verbindung mit dieser Nase.

Die Nase wäre unter normalen Umständen auch kein Problem, aber ich verfüge über Hintergrundinformationen. Sehr schwerwiegende und äußerst intime Hintergrundinformationen, um genau zu sein. Aus sicherer Quelle.

Meine Freundin Heike hat nämlich einen Freund. Der sieht sehr gut aus. Er ist zu sehr eloquenter Kommunikation in der Lage und eine Rakete in Sachen Immobilienvertrieb. Sehr sexy, der Mann. Zumindest dachte ich das, bis es zu folgendem kleinen Dialog zwischen Heike und mir kam:

Heike: »Thea, er ist zu lang!«

Ich: »Hä?«

Heike: »Sein Schwanz ist zu lang!« Sie flüstert und kneift schmerzerfüllt die Augen zusammen.

Ich: »Hä?«

Heike: »Stell dir vor, ich habe eine Gebärmuttermund-Entzündung, weil er zu lang ist!«

Ich: »Würg!«

Heike: »Jetzt nehme ich Antibiotika. Aber ich kann ja nicht ewig Antibiotika nehmen, weil das Problem ja dadurch nicht kleiner wird. Bei jedem Sex stößt er wieder an und … schwupp: Gebärmuttermund-Entzündung. Was soll ich denn jetzt tun?«

Ich: »Ins Kloster gehen?«

Heike: »Das kann einfach nicht wahr sein. Da treffe ich meinen Traummann, und dann sind wir körperlich nicht kompatibel, weil er zu lang ist. Er behauptet, dass ihm das noch nie passiert ist. Was ich nicht glaube. Ihm hat nur einfach keine je zuvor die Wahrheit erzählt!«

Und jetzt kommt die Kernaussage, zu der ich mich die ganze Zeit vorarbeite. Sie sagte dann nämlich: »Ich habe mir das gleich gedacht. Hätte ich mal auf meinen Instinkt gehört. Ein

Kerl mit solch einer Nase muss ein riesiges Ding haben. Thea, halte dich von Kerlen mit großen Nasen fern! Das bringt nur Probleme.«

Tatsächlich bin ich der Meinung, dass wir Frauen aus dem breiten Erfahrungsschatz unserer Freundinnen lernen können.

Deswegen sitze ich jetzt in meinem Auto und fahre nach Hause. Aber immerhin habe ich geschlagene 23 Minuten lang nicht an die Kündigung gedacht.

Kapitel 11

Auf der Suche

Kaum zu Hause angekommen, reinige ich Bernds Gehege und besprühe ihn – oder vielmehr seinen Panzer – mit Wasser. Dann schnippele ich ihm sein persönliches Feldsalat-Möhren-Potpourri, worüber er sich sicherlich sehr freut. Tief in seinem Herzen. Oder Panzer.

Ich nehme ihn, wie jeden Abend, kurz hoch und linse in den Kopf-Ausschnitt. Irgendwie habe ich Angst, dass er einfach mal so verschwindet. Was natürlich nicht geht.

Seufzend mache ich mich dann über meine Rechnungen her. Was sein muss, muss sein. Lustlos kämpfe ich mich durch Zahlenreihen, Rezepte und unbezahlte Rechnungen. Leider ist mein Gehirn sehr abgelenkt und verweigert die korrekte Addition der einzelnen Posten. Und das trotz des hemmungslosen Einsatzes meines Taschenrechners. Egal, was ich tippe, es ist falsch. Als ich schließlich anfange herauszufinden, ob man mit Zahlen auch Wörter schreiben kann (man kann! Zum Beispiel: ESEL und LIEBE), verlasse ich entnervt meinen Schreibtisch und rufe meine Oma an. Ich brauche Zerstreuung.

Sie meldet sich mit den Worten: »Wann kommst du?«

»Mann, Oma, sagst du das eigentlich zu jedem?«, frage ich zurück.

»Ich wusste doch, dass du es bist, Thea, Schatz. Also, wann kommst du?« (Ich sagte ja schon, manchmal ist sie ein wenig unheimlich.)

»Morgen oder übermorgen. Soll ich dir mal was erzählen?«

»Nur zu, nur zu. Ich kann sowieso grad nicht raus, weil Herr Lüdenscheid vor meinem Zimmer lauert. Er will mich wieder zu einer stinklangweiligen Gesangsdarbietung einladen, auf der nur alte Spießer rumhocken.«

»Mir wurde die Praxis gekündigt!«

»Und?«

»Mir wurde die Praxis gekündigt!«, sage ich mit Nachdruck.

»Such dir einen Mann«, erwidert sie mit ebenso viel Nachdruck.

»Oma, bitte. Was hat das damit zu tun?«, frage ich erschöpft.

»Ein Mann mit einem guten Einkommen, und du musst nicht arbeiten, kannst dein Leben genießen, und wir können jeden Tag zusammen frühstücken. Guter Plan?«, fragt sie mit zuckersüßer Stimme zurück.

Was, bitte, soll ich dazu sagen? Egal, was ich tue oder sage, meine Oma hält diese Versorger-Nummer für die absolut legitime Lösung für jede Frau. Sie ist 81 Jahre alt, und egal, wie hart ich in der Vergangenheit argumentiert habe, egal, wie intensiv ich versucht habe, ihr den emanzipatorischen Gedanken der Eigenverantwortung nahezubringen, sie ist nach wie vor der festen Meinung, reich zu heiraten wäre das Nonplusultra.

Also spare ich mir meine Worte und schweige. Wenn auch bedeutungsschwanger, was meine Oma glatt ignoriert, unsensibel, wie sie manchmal ist.

Stattdessen sagt sie: »Apropos Männer. Was machen denn die blonden Männer in deinem Leben? Ist der zukünftige Gatte schon aufgetaucht?«

Ich grunze.

»Kind. Antworte, wenn ich dir eine Frage stelle«, sagt meine Oma in jetzt deutlich strengerem Ton.

Ich grunze erneut und denke nach. »Es gibt einen blonden Mann in meinem Leben.«

»Einer ist besser als keiner.« Meine Oma klingt zufrieden, versucht noch kurz, mich zu überreden, sofort zu ihr zu kommen, lässt dann aber von ihrem Vorhaben ab, weil ich es schaffe, ihr glaubhaft zu versichern, dass ich sie morgen besuchen werde.

Ich lege auf und lasse den Kopf auf die Tischplatte sinken. Bis mein Telefon erneut klingelt. Es ist Dr. Grosser.

»Liebe Frau Fuss, ich habe hier ein interessantes Inserat in der Zeitung gefunden. Darf ich es Ihnen vorlesen?«

»Nur zu, Herr Nachbar«, erwidere ich matt.

»Also: ›Alter Resthof zu verkaufen. Nutzung gewerblich wie auch zu Wohnzwecken.‹ Das ist ganz in unserer Nähe. Möchten Sie, dass ich einen Besichtigungstermin vereinbare?«

Unbewegt liegt meine Stirn auf der Tischplatte. »Das geht mir zu schnell«, murmele ich in den Hörer.

»Frau Fuss, es kann nicht schnell genug gehen!«

»Ich habe kein Geld, um etwas zu kaufen.«

»Das bekommen wir schon hin! Ich werde mich darum kümmern. Bis morgen!«

Am nächsten Morgen um kurz vor elf bricht ein Tumult vor meiner Praxistür aus. Herr Eder, dem ich gerade die Wirbelsäule zurechtrücke, hebt irritiert den Kopf.

»Was ist da los, Frau Fuss?«, fragt er und starrt mit zusammengekniffenen Augen in Richtung Flur.

Ich wische mir das Massageöl von den Händen, laufe zur Tür und reiße sie auf.

Als Erstes sehe ich Schröder, der peinlich berührt die Decke anstarrt. Dann Dr. Grosser, der mit einem Brief herumwedelt und sonderbare Beschimpfungen ausstößt, und dann erst sehe ich Margarete, die die Hände in die Hüften gestemmt hat und ebenfalls schimpft.

»Was ist hier los?«, frage ich streng, und sofort habe ich das Stück Papier vor der Nase.

»Der Investor kommt. Um unsere Räumlichkeiten zu besichtigen. Und er kommt schon am Dienstag. Heute ist Freitag! Das ist keine angemessene Frist. Ich habe Dienstag drei Essstörungen!« Dr. Grosser ist empört. Ich bin genervt.

»Ich habe gerade einen Patienten«, flüstere ich scharf, aber mein Nachbar zuckt nur die Achseln.

»Hatte ich auch, werte Frau Fuss. Bis Margarete bei mir klingelte und mir diesen«, angewidert wirft er den Brief auf den Boden, »Wisch überreichte. Da musste meine Patientin gehen, denn wir müssen umgehend handeln!«

»Genau!«, schaltet Margarete sich jetzt ein. Nur Schröder sagt nichts und steht mit verschränkten Armen herum.

»Wann will der kommen? Dienstag?«

»Ja!«, zischt Margarete. »Er muss aber eine angemessene Frist einhalten. Oder besser gesagt, der Vermieter muss das.«

»Wir können darüber sprechen, aber erst muss ich mich um die Wirbelsäule meines Patienten kümmern.« Energisch schließe ich die Tür wieder und eile zu Herrn Eder, der sich aufgesetzt hat und gespannt auf meine Rückkehr wartet.

»Probleme?«, fragt er, wobei er seine buschigen Augenbrauen mehrfach hebt.

»Umpf«, sage ich und mache eine ausladende Bewegung, damit Herr Eder sich wieder in die Waagerechte begibt. »Nur so ein Praxiskündigungs-Mist«, murmele ich und greife erneut nach dem Massageöl.

Herr Eder liegt wieder auf dem Bauch, gibt aber durch das kleine Loch, in dem sein Gesicht jetzt steckt, verbal etwas von sich.

»Wie bitte?« Ich beuge mich zu ihm hinunter, und er wiederholt, was ich eben nicht verstanden habe: »Im Industriegebiet entsteht ein neues Ärztehaus. Die suchen noch Mieter. Wäre das nichts für Sie?«

Ich gebe einen unverbindlichen Laut von mir und widme mich wieder der Muskelverhärtung.

Zwanzig Minuten später begleite ich Herrn Eder zur Tür und laufe gleich weiter über den Flur zu Dr. Grossers geöffneter Praxistür.

»Frau Fuss?«, begrüßt Herr Dr. Grosser mich freudig, als ich in das elegante Behandlungszimmer trete. Margarete hockt mit düsterer Miene auf dem alten Ledersofa, das die klassische Therapeutencouch darstellt, und Herr Dr. Grosser hängt, offensichtlich ermattet von so viel Stress, in seinem Ohrensessel, von dem aus er sonst Phobien und Psychosen kuriert.

Schröder sitzt immer noch mit verschränkten Armen, als wären sie in dieser Position festgewachsen, auf einem Stuhl. Die alten Dielen knarren, ehe ich mich auf den freien Stuhl neben ihm sinken lasse.

»Wir haben tatsächlich einen Stuhlkreis gebildet«, murmelt Schröder und sieht mich unter seiner etwas sonderbaren Frisur hervor an. Er hat heute sogar die Strickmütze vergessen – ein Zeichen seiner groben Verwirrung.

»Wenn Sie jetzt frei hätten, könnten wir in einer halben Stunde den Resthof besichtigen«, lässt Herr Dr. Grosser sich vernehmen. Ich habe eigentlich nicht frei, weil ich heute Nachmittag meine Homepage aktualisieren wollte, sehe aber die Notwendigkeit dieses Vorhabens ein.

»Und Herrn Pfeindober habe ich auch angerufen, um den Termin zu verschieben. Aber er und der Investor kommen trotzdem Dienstag um vier. Angeblich geht es nicht anders. Herr Pfeindober war sehr unhöflich zu mir«, fügt er noch hinzu. »Er verfügt wirklich über sehr geringe Fähigkeiten auf dem Gebiet der empathischen Kommunikation.«

»Ich hätte ihn anrufen sollen«, murmelt Schröder, »aber er hat mich nicht gelassen.« Herr Dr. Grosser schnaubt nur.

»Gut. Dann fahren wir jetzt«, sage ich und stehe auf.

Einige Minuten später finde ich mich auf der unkomfortablen Rückbank von Dr. Grossers sehr altem BMW wieder. Der Wagen ist vermutlich älter als er selbst, womit er wirklich nahezu steinalt ist, doch die Nutzung meines Wagens wurde kollektiv abgelehnt, da beim zukünftigen Vermieter ein falsches Bild hinsichtlich unserer finanziellen Mittel entstehen könnte, wenn wir mit meinem »schnittigen Sportwagen« vorfahren würden. So die einhellige Meinung von Dr. Grosser und Margarete. Schröder hat sich der Stimme enthalten, und somit war ich überstimmt.

Schröder hockt nun stumm neben mir, während wir stadtauswärts in Richtung Höfingen fahren.

Der universell nutzbare Resthof entpuppt sich als kümmerlicher Rest von einem Hof. Wie der Name schon sagt. Da hätten wir im Grunde bereits im Vorfeld hellhörig werden müssen. Es gibt noch genau ein Gebäude, das nicht akut vom

Einsturz bedroht ist, aber auch bei dem kann dieser Zustand nicht mehr lange auf sich warten lassen.

Eine resolute ältere Dame, die gegenüber wohnt, führt uns über das Grundstück. Sie findet es wohl mehr als nur leicht befremdlich, dass Menschen freiwillig mit dem Gedanken spielen, so einen Haufen alter Steine käuflich zu erwerben. Ich glaube, wenn wir wieder fahren, geht sie nach Hause und lacht bis morgen früh durch. Was auch daran liegen wird, dass Herr Dr. Grosser permanent Dinge murmelt wie »Hübsch!«, »Das hat Charme!«, »Sehr nett!« und »Sehr viel Karma hier!«.

In letzterem Punkt stimmt Margarete ihm zu. Sehr viel Karma hier. Leider sonst nichts. Als wir zum Abschluss die Scheune ohne Dach von außen betrachten, höre ich, wie Schröder leise zu ihm sagt: »Herr Dr. Grosser. Hier muss man alles abreißen und neu bauen. Das geht nicht unter 500 000 Euro. Haben wir die?«

Herr Dr. Grosser schüttelt langsam den Kopf, und wir klettern alle wieder in sein Auto. Und weil wir so schlecht drauf sind, fahren wir auch gleich noch in dem von Herrn Eder erwähnten Industriegebiet vorbei. Hier steigen wir allerdings gar nicht erst aus. Das halbfertige Ärztehaus ist von so exorbitanter Hässlichkeit, dass wir vor Schreck nur gemeinschaftlich schweigen können. Vermutlich wird das auch nach Fertigstellung nicht besser. Und Sachbuchautorinnen und IT-Nerds sind hier sicher auch nicht willkommen. Schon gar nicht als Dauerbewohner.

»Überhaupt kein Karma«, konstatiert Margarete schließlich, und wir fahren ziemlich frustriert wieder in die krumme Marktgasse, und alle gehen deprimiert nach Hause: Herr Dr. Grosser zu Gaby, Schröder und Margarete ein Stockwerk höher, und ich fahre zu Bernd.

Kapitel 12

Der blonde Prinz und sein Schimmel

Am Montag stürme ich die Treppe zu meiner Praxis hinauf und treffe auf einen auf den Stufen hockenden Dr. Ravensbach. Er trägt heute keinen Anzug, sondern ein modernes Freizeit-Ensemble, wie Männer von Welt es in ihrer Freizeit so tragen: Jeans und ein blaues Hemd, nur den Pullover mit dem Krokodil auf der Brust hat er wohl zu Hause vergessen. Dafür strahlt er mich an.

»Sie sind zu früh!«, sage ich streng und schließe schnell meine, dank Schröder, wieder funktionsfähige Tür auf.

»Aber nur drei Minuten.« Er folgt mir in den Flur. »Haben Sie sich ein wenig erholt von dem Schock?«, fragt er dann erstaunlich mitfühlend, während er mich eingehend betrachtet. Bewegungslos stehen wir auf dem alten Parkett herum.

Mir ist ein wenig unwohl zumute bei dieser intensiven Musterung. Auch weil er sehr hübsche blaue Augen hat. Und so blond ist. Und das blonde Haupthaar wieder absolut makellos sitzt. Und das Blau seines Hemdes seine sowieso schon sehr ausdrucksstarken Augen noch zusätzlich hervorhebt.

Ein Anblick, bei dem wohl jede normale Frau umgehend einen Hormonschub erwarten dürfte. Aber offenbar bin ich nicht normal. Keine Hormone weit und breit.

»Nein. Aber noch einmal danke für Ihre tatkräftige Unterstützung. Und jetzt mal ab auf die Liege und vorher freimachen«, ordne ich an.

Diesmal ist Herr Dr. Ravensbach vorbereitet und gehorcht mit einer Schnelligkeit, als hätte ich ihm mit einer Nadel in den Hintern gepikt. Er reißt sich förmlich das Hemd von der Brust und liegt schon bäuchlings vor mir, da habe ich noch nicht einmal zum angewärmten Massageöl gegriffen.

»Brav«, murmele ich und befasse mich mit seinem steinharten Rückenstrecker.

Er grunzt, und ich massiere kraftvoll weiter. Ich massiere nicht nur. Ich gucke auch. Also, ehrlich gesagt, gucke ich nicht nur, ich halte regelrecht Ausschau. Nach einem Körperteil, der besonders sexy ist. Den gibt es immer. Ich neige nämlich dazu, mich zuerst in einen Körperteil zu verlieben und dann in den Rest des Mannes.

Dr. Ravensbach hat viele tolle Körperteile. Aber keiner spricht mich bis jetzt an. Christian habe ich am Strand von St. Peter-Ording kennengelernt und mich umgehend in seinen Trizeps verliebt.

Dr. Ravensbach grunzt wieder, und ich wiederhole »Brav«, während ich meine Hände mit einem kraftvollen Schwung über seine Nackenmuskulatur gleiten lasse.

»Aua«, keucht er, und ich sage leise, während ich meine Fingerknöchel in einen besonders harten Teil seines Muskels drücke: »Früher hießen wir Krankengymnasten.«

»Ah«, murmelt er pseudointeressiert. Er ist nämlich gerade intensiv damit beschäftigt, den Schmerz wegzuatmen.

Ich beuge mich etwas näher zu seinem Ohr. »KG. Das passte besser als Physiotherapeut; es war nämlich die Abkürzung für ›kalt und grausam‹.«

Er lacht. So ein bisschen, für mehr hat er keine Luft, denn ich beginne den Trapezmuskel noch intensiver zu bearbeiten.

»Wohl eher ›keine Gnade‹, oder?«, japst er unter meinen Händen.

Zwanzig Minuten später sitzt Herr Dr. Ravensbach halbnackt auf meiner Liege und lässt die Schultern kreisen.

»Das tut wirklich sehr gut, Frau Fuss.« Er lächelt mich an und entblößt zwei Reihen perfekter Zähne. Perlweiß, versteht sich. »Ich hätte gern einen weiteren Termin.«

Ah. Es war ein suggestives Lächeln. Er will mich bloß motivieren, noch mehr Platz für ihn in meinem Kalender freizuschaufeln. Seufzend hole ich meinen dicken Terminkalender und blättere ihn durch. Sieht schon wieder sehr mager aus mit freier Zeit.

»Ich hatte großes Glück, blond zu sein.« Er steht plötzlich hinter mir, immerhin wieder komplett bekleidet, und linst mir über die Schulter. »Erzählen Sie mir mal, was es damit auf sich hat?«

»Bestimmt nicht«, antworte ich und überlege zugleich, ob ich wohl Frau Kosinger in zwanzig Minuten von ihren Rückenschmerzen befreien könnte, statt die gesamten angesetzten 30 Minuten zu benötigen. Dann könnte ich den Mann im blauen Hemd nämlich gleich übermorgen dazwischenschieben. Ich bin durchaus gewillt, das zu tun. Und … ich muss leider zugeben, dass es etwas mit seiner Haarfarbe zu tun hat, denn vielleicht haben meine Hormone ja lediglich Startprobleme?

Herr Dr. Ravensbach ist ansehnlich. Und ich kann ihn gut riechen. In meinem Job kommt man den Menschen zwangsläufig so nahe, dass man sehr schnell feststellt, wen man gut riechen kann. Und wen nicht.

Der wohlriechende Herr Dr. Ravensbach zieht also samt neuem Termin ab und steht exakt eine Minute später wieder vor meiner Tür. Ich habe sogar noch die Türklinke in der Hand.

»Zugeparkt«, seufzt er.

»Verdammte Scheiße«, fluche ich. Was ist los mit den Leuten? War was in den Brötchen? Hat uns jemand unser Schild geklaut?

»Wie gehen Sie hier üblicherweise in einem solchen Fall vor? Abwarten? Polizei rufen?«, erkundigt sich Herr Dr. Ravensbach interessiert.

»Hupen. Viel Hupen. Lang, kurz, zweimal lang, viermal kurz und dann kräftig beschimpfen.«

»Hilft das?«

»Sie kommen danach nie wieder. Aber dafür kommen andere.«

Er runzelt die Stirn.

Ich schnappe mir meinen Schlüssel und schiebe Herrn Dr. Ravensbach auf den Flur. »Ich komme mit und unterstütze Sie. Mein nächster Patient braucht nämlich den Parkplatz, der ist nicht so gut zu Fuß.«

Wir eilen auf den Hof, und Herr Dr. Ravensbach springt in seinen weißen Golf GTI. Baugleich mit meinem. Ich zolle dieser Tatsache kurz Respekt und verwünsche meine Oma mit ihren blöden Träumen. Hätte sie das Ganze nicht etwas allgemeiner halten können? Musste sie explizit sagen, dass mein zukünftiger Gatte blond sein wird? So bin ich doch quasi genötigt, Dr. Ravensbach gut zu finden. Ich finde ihn ja auch gut. Aber ich müsste ihn eindeutig noch viel besser finden, um mit ihm den Rest meines Lebens verbringen zu wollen. Auch wenn ich jetzt weiß, dass wir sogar denselben Autogeschmack haben.

Er hupt. Mehrmals, intensiv, anklagend.

Dr. Grosser taucht auf dem Hof auf. Mit düsterer Miene fixiert er den im Weg stehenden VW-Bus. Dr. Ravensbach hupt erneut. Mehmet kommt um die Ecke gelaufen, die Hände ringend. Er stoppt neben mir und murmelt: »Schon wieder zugeparkt!« Pointiert wie immer.

»Mehmet, das ist Dr. Ravensbach.« Ich deute auf den Hupenden, und Mehmet macht eine kleine Verbeugung. Herr Dr. Ravensbach hupt ungerührt weiter, grinst aber kurz. Wieder beide Zahnreihen. Perlweiß, wie vorher auch. Optisch ein Fest. Aber wo bleiben die Hormone?

Mehmet schimpft ein wenig auf Türkisch, und Herr Dr. Grosser kommt mit wilder Miene um das Auto herum. – Zurzeit ist mein Nachbar seelisch doch etwas angeschlagen.

»Es ist unglaublich«, verkündet er und fuchtelt mit den Armen. »Wie sind die Menschen ichbezogen! Egozentrisch! Nicht mehr in der Lage, die Konsequenzen ihres Handelns abzusehen …«

Er würde die Rage, in der er sich befindet, vermutlich noch intensiver ausnutzen, aber Dr. Ravensbach stellt kurz das Hupen ein und sagt »Hallo!« aus dem Fahrerfenster heraus.

Herr Dr. Grosser hält inne und sagt ebenfalls »Hallo!«, dann allerdings startet er übergangslos in die zweite Runde und schimpft weiter. Er benutzt sogar mir bis zu diesem Zeitpunkt unbekannte Schimpfwörter. Es ist durchaus beängstigend.

Mehmet wirft mir einen verstörten Blick zu. Dr. Ravensbach zieht eine Augenbraue in die Höhe. Und ich stupse meinen Nachbarn kurzerhand sanft in die Rippen, um ihn zum Schweigen zu bringen.

In diesem Moment kommt der Delinquent um die Ecke. Eine junge Frau mit strähnigem Haar. Sie trägt links eine Babyschale über dem Unterarm, aus der jemand hemmungslos brüllt, rechts ungefähr 82 Tüten und scheint noch über eine dritte Hand zu verfügen, an der ein lautstark quengelnder kleiner Junge hängt. Die Frau sieht so müde aus, dass man augenblicklich zu ihr eilen möchte, um ihr ein Bett anzubieten. Oder einen extrem starken Kaffee.

Als sie uns vier in Kampfstellung erblickt, verliert ihr Gesicht noch das letzte bisschen Farbe. Sie wird kalkweiß und bleibt schlagartig stehen. Das Baby brüllt weiter, der kleine Junge quäkt und zerrt an ihr.

Das ist der Moment, in dem zwei meiner drei Mitstreiter in ein uraltes Ritterprogramm verfallen, das trotz der modernen Lebensweise noch tief in ihnen zu schlummern scheint.

Noch während die Frau Entschuldigungen stammelt, rennen Mehmet und Dr. Grosser zu ihr und bieten ihr jede erdenkliche Hilfe an. Nur Dr. Ravensbach scheint nicht über dieses interne genetische Programm zu verfügen. Er stellt lediglich das Hupen ein und gluckst leise vor sich hin.

Der jungen Mutter wird die Babyschale abgenommen, der Kofferraum wird geöffnet, umsichtig werden die Tüten gestapelt, Mehmet erzählt dem Kleinen eine Geschichte auf Türkisch, und die Frau bekommt langsam wieder eine normale Gesichtsfarbe. Was auch daran liegen könnte, dass das Baby spontan aufgehört hat zu schreien, seit Herr Dr. Grosser die Babyschale sanft hin und her wiegt.

»Entschuldigung!«, sagt die Frau, erstaunlicherweise in meine Richtung. Sie hält mich wohl für die Anführerin der kleinen Eingreiftruppe. »Ich habe das Schild gesehen, aber das Baby hat eine Mittelohrentzündung, und ich musste in die Apotheke, und es war kein Parkplatz mehr frei. Und dann hat das da so lange gedauert …«

»Klar. Kein Problem.« Ich winke ab. Was soll man dazu auch sagen.

»Ich will meinen Parkplatz!« Mein nächster Patient lugt um die Ecke. Er hat offensichtlich etwas dazu zu sagen. Mit seinem Stock humpelt er noch ein Stück näher. »Jetzt stehe ich in einer anderen Einfahrt!«, sagt er entrüstet und betrachtet das ganze Spektakel in unserem Innenhof.

»Sie müssen mal ein paar Minuten warten. Eine Mutter mit zwei Kindern«, Dr. Grosser hält zwei Finger hoch, um diese Tatsache auch optisch darzustellen, »benötigt Hilfe!«

»Oh, natürlich!« Mein nächster Patient zeigt sich beeindruckt und wandert gemächlich von dannen. Vermutlich, um in seinem Auto auf seinen Parkplatz zu warten.

»Frau Fuss?« Es zupft an meinem Ärmel. Herr Dr. Ravensbach schaut zu mir auf. »Würden Sie mal mit mir essen gehen?«, fragt er ganz leise, und ich glaube den Anflug einer leichten Röte auf seinem Gesicht zu erkennen.

Oh, denke ich und sage: »Äh.« Das kommt jetzt etwas plötzlich. Ich bin doch immer noch dabei, mir Mühe zu geben, ihn gut zu finden.

Trotzdem sage ich: »Okay.« Dr. Ravensbach nickt zufrieden. »Aber ich fahre und bezahle selbst!«, schiebe ich noch hinterher.

»Ich habe nichts anderes erwartet«, erwidert Dr. Ravensbach und fährt los, denn unsere Einfahrt ist endlich wieder frei.

Nachdenklich blicke ich ihm hinterher und beschließe, einfach niemandem von meinem Date zu erzählen. Dann kann ich hinterher so tun, als ob es nie stattgefunden hätte.

Kapitel 13

Familienglück

Gegen sieben bin ich kurz zu Hause, um noch schnell Bernd zu versorgen. Es ist nämlich Montag, und montags gucke ich mit meiner Oma immer »Singen für die Zukunft«, eine dieser grausigen Gesangs-Castingshows. Während ich Bernd frischen Salat ins Gehege lege und ihm sanft über den Panzer streiche, tausche ich mich mit ihm über meinen Tag aus.

Ich meine, als ich zu der Date-Geschichte mit Herrn Dr. Ravensbach komme, ein minimales und nur für das Kennerauge erfassbares Zucken unter dem Panzer zu sehen. Ich glaube, Bernd ist aufgewühlt. Ich auch ein klein wenig. Leider nicht, weil ich Herrn Dr. Ravensbach so unfassbar sexy finde, dass die Gefahr besteht, dass ich ihn anspringe und zu Boden reiße. Es ist mehr die Tatsache, überhaupt mal wieder ein Date zu haben, welche mich so ein bisschen in Aufregung versetzt.

Vor lauter innerer Aufgewühltheit komme ich beinahe nicht rechtzeitig zu meiner Oma, die auf Verspätungen meinerseits immer sehr ungehalten reagiert. Aber eben nur beinahe. Auf die Sekunde pünktlich lasse ich mich in den Stressless-Sessel fallen, streife mir die dicken Wollsocken über und stürze das erste Glas Prosecco hinunter; dann läuft auch schon die Titelmelodie der höchst peinlichen Castingshow. Bereits nach den ersten zehn Minuten schüttelt es mich vor Fremdschämen. Eine sehr hübsche Frau mit sehr großen Ohrringen und sehr wenig an glaubt singen zu können wie Celine Dion. Es reicht in Wirklichkeit aber leider gerade mal für »ferkelnde Sau«. Und ihren BH hat sie auch vergessen. Schockschwerenot.

Ich muss mich ablenken und frage meine Oma: »Hättest du nicht was anderes träumen können?«

»Kann ich doch nix für, was ich träume. Wird ja auch Zeit mit der Hochzeiterei. Hol mal den Schokoladenpudding«, sagt meine Oma und starrt weiterhin wie gebannt auf den Bildschirm.

Mit einem tiefen Seufzen hole ich den Pudding.

»Was seufzt du so?«, fragt meine Oma knapp, schnappt sich den Becher und einen Löffel und macht sich über das süße Zeug her.

»Blonde Männer und die Kündigung. Mein Leben ist gerade kompliziert. Ich habe ein Recht zu seufzen«, antworte ich melodramatisch und kann dabei den Blick ebenfalls nicht vom Fernseher abwenden. Der nächste Kandidat ist nämlich auch nicht besser. Haben die alle keine Freunde, die sie von solch peinlichen Aktionen abhalten?

»Oma, ich habe was gesagt!«, knurre ich unwirsch. Sie kann mich doch nicht einfach ignorieren!

Doch sie braucht noch weitere drei Minuten, bis sie wieder mit mir spricht. »Du findest schon was Neues. Ist manchmal ganz gut, was Neues anzufangen. Sonst köchelt man so im eigenen Saft«, sagt sie mit Pudding im Mund.

Ich bin ein bisschen beleidigt, wie sie das Ganze so einfach abtut, und wende mich daher schnell dem nächsten Thema zu: »Herr Lüdenscheid würde gerne mal mit uns gucken.«

Herrn Lüdenscheid habe ich tatsächlich vorhin im Aufzug getroffen. Er hat mir viel Spaß gewünscht und hatte dabei einen ganz sehnsüchtigen Blick.

»Ich habe nur zwei Sessel«, antwortet meine Oma knapp.

»Ich könnte mir einen Stuhl holen.«

Das entlockt meiner Oma einen scharfen Seitenblick.

»Okay. Schon gut. Ich meine ja nur …«

»Was macht der Mann?«, fragt sie ebenso knapp, allerdings klebt ihr Blick jetzt wieder am Bildschirm, auf dem nun ein schräg singendes Pummelchen aus Castrop-Rauxel herumhüpft.

»Wir haben ein Date.«

Anerkennend hebt meine Oma eine wohlgezupfte Augenbraue. Sagen tut sie nix. Geht auch gerade nicht, denn das Pummelchen wird in genau diesem Moment von drei Jurymitgliedern fertiggemacht. Als es endlich aufhört zu weinen, sich vor Scham windet und sich die Haare rauft, meint meine Oma: »Wird ja auch mal Zeit, dass du wieder unter Leute kommst.«

»Ich bin jeden Tag unter Leuten«, antworte ich unwirsch und suche im Chaos auf dem kleinen Couchtisch nach den Nougatpralinen.

»Hör auf zu wühlen, die sind alle. Und deine komischen Kollegen meine ich nicht. Ich meine Nachtleben, Partys, Alkohol, Sex.«

Spontan stelle ich die Suche nach Nervennahrung ein und starre sie an.

»Ey, Oma. Du bist 81 Jahre alt. Könntest du bitte etwas mehr auf die moralischen Werte deiner Enkelin bedacht sein?«

»Das bin ich.« Ich bekomme immer noch keinen Blick von ihr. Der klebt jetzt an einem mit Ecstasy gedopten Typen mit Rastazöpfen, der nervtötend siegessicher in die Kamera grinst.

»Aber ehe du endlich verheiratet bist, solltest du mal ein bisschen was erleben. Danach ist das nämlich vorbei. Und davon mal ganz abgesehen: Bevor man jemanden heiratet, muss man ihn ja auch erst mal kennenlernen. Und das geht nicht in deinem kleinen komischen Fachwerkhaus. Da kommen nur Schultern und Kniegelenke. Die willst du ja wohl alle nicht heiraten.« Meine Oma wirft mir einen kurzen Seitenblick zu, bevor sie sich wieder voll und ganz den Halbirren mit debiler Selbstüberschätzung widmet. Das Thema ist abgehakt für sie.

Gedankenverloren löffele ich meinen Pudding. Haben eigentlich auch andere Menschen so sonderbare Omas, oder trifft dieses Schicksal mich ganz allein?

Der nächste Morgen beginnt zunächst harmlos und freundlich. Ich habe eine SMS von meinem Vater, der mich mittags zum Lasagne-Essen einlädt. Die Lasagne meines Vaters ist kulinarisch ganz großes Kino, und mein Kalender sagt mir, dass dem nichts außer meiner elenden Steuererklärung im Wege steht. Die Steuererklärung wird mir aber nicht davonlaufen, und ich benötige dringend eine Stärkung, bevor der böse Investor unser kleines gemütliches Heim in Augenschein nimmt.

Pünktlich um zwölf parke ich vor dem adretten Einfamilienhaus meiner Eltern. Eigentlich lebt hier nur mein Vater – meine Mutter weiß vermutlich noch nicht einmal, wo die Waschmaschine steht; sie ist immer nur kurz da, bevor sie wieder in ihrer Gärtnerei Obstbäume veredelt oder Petunien in Sonderfarben züchtet.

»Prinzessin!«, begrüßt mein Vater mich an der Tür. Er trägt eine bizarre grüne Schürze mit Blumenmuster und drückt mir einen Kuss auf die Wange. Ich verdrehe die Augen. Was er nicht sehen kann, weil er schon wieder in die Küche sprintet.

Dass ich bei diesem Kosenamen die Augen verdrehe, nimmt er wohl einfach an, denn er ruft um die Ecke: »Darf ich meine Tochter wohl Prinzessin nennen, ohne dass sie Grimassen schneidet?«

»Ich trage kein Pink, und ich glitzere auch nicht«, antworte ich erbost und folge ihm. Insgeheim bin ich allerdings froh, dass die MacGyver-Ära überstanden scheint. Vielleicht weiß mein Vater auch, dass ich in den vergangenen drei Jahren nur sehr entfernt Ähnlichkeiten mit diesem Typen hatte, der selbst einen Flugzeugabsturz aus 10 000 Metern Höhe überlebt, weil er sich schnell noch aus einem Bindfaden und einem Taschentuch einen Fallschirm baut.

»Nein. Kein Pink. Kein Glitzer«, leiert Lukas, mein Bruder, der, über der Zeitung brütend, am Küchentisch sitzt. »Du kannst mit der Schlagbohrmaschine umgehen und erlegst deine Mammuts selber. Große Heldin. Es lebe das Östrogen!«

»Kann ich was dafür, dass dich der Flamingo gebracht hat?«, frage ich scharf, lasse mich aber neben ihm am Esstisch nieder. Mein Bruder kann weder mit der Schlagbohrmaschine umgehen, noch hat er je einen Mammut aus der Nähe gesehen.

»Ihr könnt gleich im Garten essen«, droht mein Vater, während er weiter mit Töpfen und Schüsseln und am Backofen hantiert.

Wir wissen, dass er das nicht ernst meint. Er hat uns schon mit allen möglichen Dingen gedroht, aber nichts davon je in die Tat umgesetzt. Ein hervorragendes Beispiel für inkonsequente Erziehung. Erstaunlicherweise hat es uns nicht geschadet. Zumindest glaube ich das.

»Deine Schwester ist immerhin in jungen Jahren schon selbstständig. Da kannst du dir mal 'ne Scheibe von abschneiden.« Mit einem Rums stellt mein Vater die dampfende Lasagne vor uns auf den Tisch.

Erstaunt sehe ich ihn an. Bis vor wenigen Wochen hätte er der Beschreibung meiner Person noch die bedeutungsschweren Worte »trotz des schweren Schicksalsschlags« hinzugefügt. Doch offenbar ist es damit jetzt vorbei.

Mein Bruder gibt ein undefinierbares Grunzen von sich. Er ist ein Jahr älter als ich und studiert. Schon sehr lange. Was daran liegt, dass er Geschichte und Philosophie studiert. Inhaltlich ist das angeblich sehr umfangreich. Jedenfalls, wenn man als Abschluss einen Master anstrebt. Aber vermutlich will er auch gar nicht aufhören zu studieren, weil er dann mit diesem ganzen angehäuften Wissen nichts anfangen kann. Es handelt sich nämlich um ziemlich brotloses Wissen.

Es klingelt. Mein Vater reißt sich die Schürze vom Leib und hetzt zur Tür.

»Kommt Marie auch?«, flüstere ich Lukas zu. Der aber zuckt nur die Schultern und liest weiter Zeitung. Die Sterbeanzeigen. Er hat schon seltsame Hobbys, mein Bruder.

Im Flur brüllt ein Kind. Ben. Mein Neffe. Dann brüllt meine Schwester Marie. Dann brüllt wieder Ben.

Mein Vater kommt um die Ecke. Er sieht blass aus. Das ganze Gebrüll macht ihn fertig. Er ist ausgesprochen harmoniebedürftig.

»So. Dann sind alle da, und wir können essen.« Etwas fahrig richtet er das Besteck und nimmt Platz.

Und dann: WUMS! Auftritt große Schwester und kleiner Neffe. Schlagartig leiden alle anderen Familienmitglieder unter Sauerstoffmangel. Denn Sauerstoff gibt es nur für Marie und Ben. Und Sue Ellen, meine Nichte, aber die ist vermutlich im Kindergarten, womit wenigstens ein klitzekleines bisschen Luft für uns bleibt.

»Setz dich dahin!« Meine Schwester dirigiert Ben zu einem Stuhl, auf dem ein Kissen liegt. »Hallo.« Geistesabwesend nickt sie uns zu.

»Thea«, brüllt Ben und grinst mich an. Ich grinse zurück und beuge mich zu ihm, um ihm einen Kuss auf das zarte Kinderhaar zu drücken.

»So ein beschissener Tag!« Marie lässt sich auf einen Stuhl fallen und guckt böse in die Runde. »Ich musste Ben aus der Kita abholen, weil er angeblich krank ist. Sieht so ein krankes Kind aus?« Anklagend deutet sie auf Ben, der augenblicklich ein wenig hustet. Wir anderen schweigen und geben uns meinungslos.

»Ich lege uns dann, äh, schon mal auf.« Mein Vater beginnt langsam und bedächtig die Lasagne zu verteilen. Als er bei Bens Teller angelangt ist, sagt er leise: »Ben kann doch hierbleiben. So krank sieht er in der Tat nicht aus.«

»Ja, das wäre hervorragend! Ich muss dringend zurück ins Büro. Meine Chefin dreht schon allmählich durch, weil Ben immer krank ist.« Meine Schwester arbeitet bei einer Versicherung. Angeblich Teilzeit, aber wenn diese vielen Stunden Teilzeit sind, dann bin ich ein Boxprofi. Und nach der angeblichen Teilzeitarbeit kümmert sie sich um zwei Kinder und den Haushalt. Das sind also insgesamt drei Jobs. Ihr Mann hat nur einen Job. Aber er wird nie mit solch lästigen Angelegenheiten wie kranken Bens belästigt.

Müßiges Thema. Wir hatten schon diverse sehr laute Diskussionen diesbezüglich, die allesamt recht nutzlos verlaufen sind. Meine Mutter – hin und wieder ist sie ja auch mal da, und sie ist nie meinungslos – und ich vertreten den Standpunkt, dass auch Bens Vater mal ranmüsste. Doch Marie sieht das anders. Vielleicht ist sie heiß auf einen mir unbekannten Märtyrerpreis für Mütter.

»Warum guckst du so miesepetrig aus der Wäsche?«, fragt Marie mich im nächsten Moment mit vollem Mund. Übersetzt heißt das: Du bist doch allein, trägst keine Verantwortung, genießt den ganzen Tag deine Freiheit, was kannst du bitte für Probleme haben, die dich veranlassen, so zu gucken?

»Mir wurde die Praxis gekündigt.«

»Oh nein!«, murmelt mein Vater, ebenfalls mit vollem Mund.

»Das ist ja Mist!« Lukas. Voller Mund.

»Verdammte Kacke!« Marie. Lasagne im Mund. Ist eine Familienkrankheit. Alle sprechen immer, während sie essen.

Ich nehme noch einen Bissen, kaue, schlucke und erzähle dann in Kurzform von der Kündigung und der anstehenden Besichtigung durch den bösen Investor.

»Das hört man ja in letzter Zeit häufig. Dass sie alle Mieter vor die Tür setzen, um die Häuser komplett zu sanieren und anschließend für viel Geld weiterzuverkaufen. Ganze Stadtteile verändern sich dadurch. Tragisch ist das. Es ist so ein hübsches Haus.«

»Wir suchen etwas Neues«, berichte ich. »Aber es ist wirklich schwer, weil wir als Mietergemeinschaft gern zusammenbleiben würden.«

Gern zusammenbleiben würden. Das klingt, als ob man gern etwas Milch in den Kaffee hätte. Ohne ist auch nicht schlimm. Ohne meine Nachbarn wäre aber alles schlimm. Sie sind nicht wie die Milch im Kaffee. Sie sind der Kaffee. Nachdenklich schweige ich, während alle mich anstarren.

»Wir passen halt beruflich eigentlich nicht zusammen, und es ist recht unwahrscheinlich, dass wir vier zusammen etwas finden werden.«

»Du kannst deine Praxis in unserem Keller aufmachen.« Mein Vater ist plötzlich Feuer und Flamme. »Den streichen wir, dann kommt ein neuer Boden rein, und dann sieht das ganz hübsch aus. Das ist doch eine gute Idee!« Er strahlt über das ganze Gesicht.

Ich ringe mir ein Lächeln ab und sage: »Danke, Papa. Wenn es hart auf hart kommt, kann es sein, dass ich darauf zurückkomme.«

Eine Praxis im Keller meiner Eltern. Oh ja, das lässt mein Herz doch gleich höherschlagen. Da können meine Patienten im Wohnzimmer warten, während mein Vater für die Unterhaltung sorgt und Gebäck reicht.

Seufzend widme ich mich wieder der Lasagne, um zehn Minuten später zügig in die Praxis zurückzufahren.

Vor Ankunft des bösen Investors habe ich schließlich noch ein neues Knie und eine Bandscheibe. Um zwanzig vor vier höre ich, wie sich Margarete polternd nach unten begibt. Seufzend räume ich die Handtücher in den Wäschekorb, wasche mir die Hände und öffne die Praxistür. Dr. Grosser und Margarete stehen etwas steif im Treppenhaus herum und sehen mir düster entgegen.

»Was macht ihr hier?«

»Wir warten auf den Investor«, entgegnet Dr. Grosser dumpf und lehnt sich mit dem Rücken gegen die Wand.

»Wozu soll das gut sein?«, frage ich verwirrt.

»Thea!« Strafend schaut Margarete mich an. Sie sieht aus, als wolle sie gleich los, um die Tagesschau zu moderieren. Ein hellblaues Kostüm mit hohen Schuhen in dazu passender Farbe. Sehr elegant. Nur ihr Gesichtsausdruck passt gerade nicht dazu. »Es wäre gut, wenn wir unsere Energien ein wenig sammeln würden. Schließlich wollen wir nicht kampflos das Feld räumen, sondern deutlich zeigen, was wir von Herrn Pfeindobers Plan halten.«

»Ob das hilft?« Zweifelnd betrachte ich meine beiden Mitstreiter, die ein wenig grün im Gesicht wirken. »Und wo steckt überhaupt Schröder?«

Meine Nachbarn zucken die Schultern.

»Es sieht ihm nicht ähnlich, sich zu verspäten«, murmelt Dr. Grosser verstört und linst auf seine Armbanduhr. »Er hat noch eine Viertelstunde. Sicher kommt er gleich. Er wird uns schon nicht im Stich lassen. In seiner Wohnung ist er allerdings nicht. Ich habe bereits bei ihm geklingelt.«

Ein paar Sekunden stehen wir im Treppenhaus herum, bis es mir zu blöd wird. »Ich finde es wirklich doof, hier das Empfangskomitee abzugeben. Wollen wir nicht noch alle einen köstlichen Espresso in meiner Küche trinken?«

Der Vorschlag wird einstimmig angenommen, und ich koche uns heißen, hochwirksamen Minikaffee. Während ich gerade noch Kekse zur Beruhigung verteile, klingelt mein Handy.

»Scheiße«, sagt Schröder in mein Ohr.

»Oh«, erwidere ich, ziemlich überrascht über diesen Gesprächsauftakt.

»Ich habe einen Salto über eine Motorhaube gemacht.«

»Ach du Schreck!«, rufe ich aus und fuchtele gleichzeitig mit meiner freien Hand in der Luft herum, um für Ruhe zu sorgen. Margarete und Dr. Grosser schwingen nämlich unter dem Koffeineinfluss großspurige und vor allem laute Reden, was sie dem bösen Investor gleich alles an den Kopf werfen werden.

»Was ist passiert und wo bist du?«, frage ich energisch.

»Im Krankenhaus. Mir hat jemand mit so einem scheiß Geländewagen die Vorfahrt genommen.«

Mir wird ganz flau im Magen. Aber immerhin kann er noch sprechen. Das werte ich mal als gutes Zeichen. »Okay. Dann komme ich jetzt sofort ins Krankenhaus«, sage ich.

»Nein!« Schröder ist jetzt ebenfalls energisch. »So schlimm ist es nicht, und du kannst unsere beiden hochsensiblen Irren nicht mit dem Investor und dem Oberarsch allein lassen. Ich kann bloß nicht kommen …« Im Hintergrund höre ich Stimmen. »Du kümmerst dich um die beiden und meldest dich hinterher bei mir, okay?«

»Nein, ich komme!« Ich höre selbst den unangemessenen Anflug von Panik in meiner Stimme. Ist vermutlich nur der Gedanke an eine Klinik, beruhige ich mich selbst und versuche augenblicklich, mich zusammenzureißen.

»Du bleibst, wo du bist! Hier kannst du jetzt sowieso nichts tun. Ende der Diskussion. Ruf mich an, wenn die Delegation wieder abgezogen ist.«

Er legt auf, und meine beiden Nachbarn starren mich mit großen Augen an.

»Schröder ist über eine Motorhaube geflogen. Aber er kann noch sprechen.«

»Wir müssen sofort zu ihm!« Margarete ist kreideweiß im Gesicht.

»Nein. Er sagt, wir sollen hierbleiben und uns danach melden.« Ich muss den beiden ja nicht sagen, dass er eigentlich möchte, dass ich sie beaufsichtige.

Im nächsten Moment geht unten die Haustür. Das können wir glasklar hören, weil meine Praxistür offen steht. Gedämpfte Stimmen dringen zu uns, und augenblicklich knallen zwei

Espressotassen auf den Tisch. Meine Nachbarn sind kampfbereit. Und schon klingelt es an meiner Tür.

»Frau Fuss!«, ruft Herr Pfeindober, und dann klopft er auch noch an den Türrahmen. Ich seufze und gehe vor, Margarete und Dr. Grosser im Gefolge.

Kapitel 14

Men in Black

Herr Pfeindober schnaubt, als er uns erblickt. Dann wendet er sich um und verkündet: »Hier zeige ich Ihnen die erste Wohnung. Die kleinste der vier Wohneinheiten. 63 Quadratmeter. Küche, Bad. Alles gut in Schuss …«

»Guten Tag!«, unterbreche ich seinen Redefluss zum Zustand meiner Praxis. So ein Mindestmaß an Höflichkeit und Umgangsformen kann man doch wohl auch von Herrn Oberarsch erwarten.

Überrascht sieht er mich an, ehe er sich daran erinnert, dass ich ja sprechen kann, woraufhin er ein »Guten Tag!« in meine Richtung knurrt. Dabei entgeht mir sein leicht zweifelnder Blick auf die Tür zum Behandlungsraum nicht. Vermutlich fragt er sich, ob ich dort wieder irgendwelche halbnackten, angriffslustigen männlichen Wesen verstecke, die gleich wie Springteufel die Besichtigung vereiteln.

Ich reiche ihm provokant die Hand, die er erst nach einigem Zögern ergreift. Den drei Klonen vom anderen Stern, die hinter Herrn Oberarsch Stellung bezogen haben, nicke ich zu. Unangenehm erinnern sie mich an »Men in Black«, und mit einem gewissen Entsetzen stelle ich fest, dass sie sogar identische schwarze Hornbrillen Typ »Management – ich lasse nicht mit mir spaßen« tragen. Und heute sind sie nicht allein. Heute haben sie ihren Chef vom anderen Planeten mitgebracht. Erkennbar daran, dass sie sich ehrfürchtig um ihn geschart haben.

Das Ober-Alphamännchen (gar nicht sonderlich groß und – man achte und staune – blond!) schickt sich an, meine Praxis zu betreten, und reicht mir im Vorbeigehen noch schnell und etwas gelangweilt die Hand. Sie ist warm und feucht. Der Oberarsch und die Klone folgen ihm in gebührendem Abstand, wobei sie sowohl Margarete als auch Dr. Grosser nahezu komplett ignorieren. Die beiden stehen schweigend in meinem Flur. Die Übermacht an schwarzen Klonen hat ihnen wohl das Gehirn leergefegt.

»Unsäglich schlechte Manieren«, flüstert Dr. Grosser, sobald der böse Investor in meiner Küche herumpoltert. Was poltert er da eigentlich? Ich schieße um die Ecke und sehe gerade noch, wie er sich anschickt, meinen Kühlschrank zur Seite zu schieben. Die Küche ist mit all den Anzugträgern und unserem wohlbeleibten Vermieter akut überfüllt, was den kleinen, wendigen Ober-Chef nicht daran hindert, wie ein Trüffelschwein bis in die letzte Ecke meiner Küche zu kriechen. Und somit auch hinter den Kühlschrank. Herr Pfeindober schaut zwar etwas verwirrt aus der Wäsche, aber die Klone gucken eher gelangweilt. Offenbar neigt ihr Chef zu diesem sonderbaren Verhalten, und sie kennen das schon.

»Was machen Sie da?«, frage ich scharf, als er ein kleines Gerät zückt, sich bückt und damit unter meinen Küchentisch kriechen möchte.

»Ich suche Schimmel und Feuchtigkeit«, bekomme ich zur Antwort, während er das Gerät an die Wand presst. Es piept kurz. »Dafür muss man in die Ecken. Wenn ich meine Mitarbeiter das prüfen lasse, übersehen die immer etwas. Und Gutachter sind ebenfalls schlampig und zu teuer noch dazu.«

Er scheint aber nichts dergleichen gefunden zu haben, denn er richtet sich wieder auf und streicht seinen Anzug glatt.

Die angeblich so schlampigen Mitarbeiter scheinen es gewohnt zu sein, dass ihr Chef ihnen die erforderliche Gründlichkeit nicht zutraut und sie öffentlich kritisiert. Sie sehen nur gelangweilt zu, wohingegen Herr Pfeindober etwas pikiert dreinschaut. Offenbar hat er nicht damit gerechnet, dass sein altes Haus noch einmal so auf die Probe gestellt wird. Und mir geht ein Licht auf. Das Haus ist noch gar nicht verkauft!

Ein Typ wie der böse Investor kauft bestimmt nichts, was er nicht vorher persönlich unter die Lupe genommen hat. Und eben Letzteres tut er ja gerade. Ein klitzekleiner Keim der Hoffnung beginnt in meinem Innersten zu sprießen.

»'s gibt hier keinen Schimmel oder Feuchtigkeit«, brummt Herr Pfeindober, und der Hoffnungsschimmer erlischt so schnell, wie er gekommen war. Leider hat er recht. Man kann Herrn Oberarsch diverse Dinge vorwerfen, unter anderem seine mangelhafte Kommunikationsfähigkeit, aber er hat das Haus immer sehr gut in Schuss gehalten. Wenn man vom Schloss meiner Wohnungstür mal absieht, wurden fällige Reparaturen eigentlich immer recht zügig ausgeführt. Und die Hütte ist trocken wie die Wüste Gobi.

»Sieht tatsächlich gut aus«, stimmt der böse Investor zu, schiebt sich eine sehr blonde Haarsträhne aus dem Gesicht und sagt: »Dann schauen wir jetzt die anderen Wohnungen an, und dann können Sie quasi schon mal Ihre Sachen packen!« Er deutet auf mich und grinst.

Fassungslos angesichts so viel bösartiger Dreistigkeit, fällt mir noch nicht einmal eine scharfe Bemerkung ein. Ich glaube, die Emanze in mir ist kurzfristig in Ohnmacht gefallen. Wegen des vielen Testosterons. Schweigend, allerdings mit einem Puls nur knapp unter 200, starre ich den Anzugträgern hinterher, wie sie sich anschicken, Dr. Grossers Praxis in Augenschein zu nehmen.

Der folgt der ganzen Belegschaft und sieht aus, als ob er hyperventiliert. Margarete, die mit mir nun im Flur steht, murmelt leise vor sich hin. Vermutlich bösartige Verwünschungen – genau verstehe ich sie nicht, aber es kann ja nichts Gutes sein.

»Sollten wir da hinterher?«, frage ich leise. Sie nickt nur knapp und marschiert los.

»Die Heizung läuft nicht, die Fenster schließen nicht richtig, und wenn Sie hier mal schauen wollen …« Mein Nachbar schiebt den bösen Investor mit düsterem Blick und einer für ihn gänzlich untypischen Vehemenz zum Zählerkasten und reißt die kleine Blechtür auf. »Hier ist alles alt!«

Der Investor verzieht keine Miene; nur Herr Pfeindober bellt los wie ein Rottweiler: »Das stimmt alles nicht. Jetzt ist aber Schluss!«

Doch das ist es nicht. Denn Dr. Grosser ereilt just in diesem Moment ein akuter Schub des Präkommunikativer-Rüpel-Syndroms. Also kann nicht nur Gaby dieses sonderbare Syndrom auslösen, sondern auch bösartige Investoren und Vermieter sind dazu in der Lage.

»Mehr Respekt im Umgang mit uns, die hier leben und arbeiten, würde Ihnen gut stehen! Sie leiden beide, und das kann ich Ihnen mit ziemlicher Sicherheit ärztlich bestätigen, an einer massiven Form von Narzissmus.« Dr. Grosser holt tief Luft und atmet hörbar wieder aus. »Das ist eine schwere Persönlichkeitsstörung«, fügt er, an die Klone gewandt, hinzu.

»Sollte ich jemals ernsthaft darunter leiden, werde ich mich an Sie wenden. Wo auch immer Sie dann praktizieren«, antwortet der böse Investor aalglatt und wirft noch einen letzten Blick in den Zählerkasten, während Herr Pfeindober mit größter Selbstbeherrschung versucht, nichts zu sagen, und dabei zittert wie eine Dampflok im Leerlauf.

Die dunklen Anzüge rauschen ab. Ich höre, wie sie ins Obergeschoss steigen, und Dr. Grosser sagt aus tiefstem Herzen ein Wort, von dem ich nicht wusste, dass es wirklich zu seinem aktiven Wortschatz gehört: »Scheiße!«

»Ja«, stimme ich ihm zu, und Margarete ruft entsetzt: »Oh Gott, jetzt wollen sie zu mir!«, und jagt los.

Dr. Grosser und ich folgen ihr etwas langsamer und erleben das Spektakel vor Margaretes Wohnungstür deshalb mit leichter Verspätung. Vermutlich haben wir das Beste verpasst. Margarete nötigt nämlich die Außerirdischen in den dunklen Anzügen, ihre Schuhe auszuziehen: »Ich habe den Schlüssel. Den werde ich erst benutzen, wenn Sie auf Socken sind.«

Das Gemurre ist einhellig, und Herr Oberarsch lässt beeindruckend die Augen rollen, aber Margarete steht mit verschränkten Armen vor ihrer Haustür wie ein Türsteher vorm Nachtclub.

Die Herren fügen sich schlussendlich, und einige Minuten später stehen acht Paar Schuhe wie ein Kunstwerk verteilt im Hausflur. So gänzlich unbeschuht, verlässt den bösen Investor ein klein wenig seine Bösartigkeit.

Die dunklen Anzüge tapsen also relativ friedlich und leise durch die Wohnung, bis sie in Margaretes Schlafzimmer angekommen sind.

»Sie wohnen hier?« Ein Ausruf des Erstaunens wogt durch die Menge.

»Ja, ich wohne hier. Herr Schröder auch«, antwortet Margarete hoheitsvoll.

»Davon habe ich nichts gewusst. Beide haben nur einen Gewerberaummietvertrag«, faucht Herr Pfeindober. Was leider stimmt.

»Glück gehabt.« Der böse Investor lächelt schmallippig und meint wohl die Tatsache, dass man Wohnraummietverträge nicht einfach so kündigen kann. Hätte Herr Oberarsch gewusst und gebilligt, dass die beiden hier leben, wäre er sozusagen ihr Komplize gewesen, und dann hätte hundertmal »Gewerbemietvertrag« auf dem Dokument stehen können, eine Kündigung wäre dann nicht so leicht gewesen.

»Wo ist denn Herr Schröder?«, reißt Herr Pfeindober mich aus meinen Gedanken.

»Der hatte einen Fahrradunfall«, antworte ich wahrheitsgemäß, was die dunklen Anzüge aber offenbar nicht weiter juckt. Sie durchstreifen weiter Margaretes Wohnung auf der Suche nach Schimmel und Schlimmerem.

»Wir sollten uns kurz besprechen«, raunt Dr. Grosser, und wir ziehen uns gemeinsam auf den Flur zurück. »Sollen wir denen die Tür aufschließen, obwohl Schröder nicht da ist?«, fragt er mit Sorgenfalten im Gesicht.

»Schröder schließt fast nie ab«, sage ich, aber er winkt nur ungeduldig ab.

»Schon klar. Das war metaphorisch gesprochen; schließlich weiß der Investor das nicht.«

»Unbedingt. Sonst kommen sie wieder. Das können wir nicht gebrauchen. Margarete, was denkst du?«, frage ich ernst.

Sie nickt zögerlich. »Eigentlich ist das ein Eingriff in die Privatsphäre«, sagt sie streng. »Aber er wusste ja, dass heute diese Besichtigung sein würde. Insofern wird er Vorsorge getroffen haben.«

Hoffentlich hat er seine Pin-up-Girl-Kalender gut versteckt.

Kapitel 15

Der Nerd auf der Mauer

Ich kehre in Margaretes Wohnung zurück, wo die Anzugträger einen Kreis gebildet haben und leise miteinander reden. »Ich habe einen Schlüssel von unserem Nachbarn und mache Ihnen die Tür auf. Sie können Ihre Schuhe auch wieder anziehen.«

Doch schon in Schröders Flur fängt der böse Investor an, sich sonderbar zu verhalten. Er verharrt vor den drei Haken an der Wand, die Schröders Garderobe darstellen und an denen seine Lieblings-Nerdpullover hängen. Ich glaube, er hat mindestens fünf davon. Sie sind dunkelblau mit Kapuze, und auf der Vorderseite prangen die kopulierenden Hasen.

Dieses Motiv hat es dem Investor offenbar derart angetan, dass er von seinem Gefolge erst daran erinnert werden muss, nach hinterhältigem Schimmelbefall Ausschau zu halten. Und in Schröders kombiniertem Arbeits- und Wohnzimmer schickt er sich sogar an, mit langem Hals ein paar Unterlagen auf Schröders Schreibtisch zu begutachten.

Bevor ich noch reagieren kann, springt Dr. Grosser wie ein geölter Blitz des Datenschutzes hinzu und verdeckt die Papiere mit seinem Arm. »Das ist privat!«, schnauft er und schafft es zum Glück, den augenscheinlich angedachten, wirklich sehr bösen Zusatz zu verschlucken. – Ich glaube, er hatte ein »Sie Arschloch!« auf den Lippen.

Der Investor hat noch nicht einmal den Anstand, betreten zu gucken. Stattdessen visiert er eine Kommode an. Ob er mal flugs einen Blick in die oberste Schublade werfen will? Zügig trete ich vor das Möbelstück und verschränke die Arme vor der Brust. Hat den Mann plötzlich eine nicht eindämmbare Neugierde befallen?

»Und wer, sagten Sie, lebt hier?«, fragt er und fixiert nun mich anstelle der Kommode.

»Herr Schröder«, antworte ich fest.

»Und er hatte einen …«, fragend hebt er die Hände.

»… Fahrradunfall«, vervollständige ich seinen Satz.

Ganz unerwartet, zuckt etwas im Gesicht des Investors. »Schlimm?«, fragt er mit leiser Stimme, und ich kann mich gerade noch zusammenreißen, sonst hätte ich nämlich, verwirrt wie ein Wackeldackel, den Kopf geschüttelt.

»Wissen wir noch nicht. Er ist in der Klinik«, antworte ich vorsichtig. Vielleicht war das eine Art Fangfrage?

»Ah«, sagt er nur, und die Besichtigung ist schlagartig beendet. Die Anzugträger verlassen im Pulk unser altes Fachwerkhaus, und ich zücke umgehend das Handy, um Schröder anzurufen.

Er geht sofort dran und bittet darum, abgeholt zu werden. Ohne alle anderen, wie er sich ausdrückt. Also ohne Dr. Grosser und Margarete. Der Bitte komme ich gern nach und springe in meinen GTI.

Schröder sitzt zum Glück an dem Parkplatz vor dem Krankenhaus auf einem kleinen Mäuerchen, was mich doch sehr erleichtert. Wer auf Mäuerchen herumhockt, kann nicht allzu schwer verletzt sein. Und außerdem muss ich selbst das Krankenhaus auf die Weise nicht betreten.

Auf den ersten Blick sieht er auch aus wie immer. Neben ihm sitzt eine junge Frau mit wallendem blonden Haar. Erst auf den zweiten Blick sehen beide etwas verstört aus. Ich parke direkt neben einem zerbeulten, riesigen SUV und entdecke auf den dritten Blick einige Schrammen in Schröders Gesicht.

Die Frau hält eisern einen Coffee-to-go-Becher umklammert und sagt, kaum dass sie mich sieht: »Es tut mir so leid!« Aha, offensichtlich die »Unfallgegnerin«.

»Er lebt ja noch«, antworte ich und lasse mich neben Schröder auf die Mauer sinken. Sein Blick ist eine gelungene Mischung aus hilfesuchend und stinkwütend. Interessante Kombination.

»Das ist Thea. Meine Freundin. Du kannst jetzt wirklich fahren, Kornelia.«

»Hallo!« Kornelia hat es geschafft, ihre roten Nägel vom Pappbecher zu lösen, und reicht mir ihre Hand. Ich schüttele sie, und Schröder verdreht in meine Richtung ganz leicht die Augen.

»Es tut mir so leid. Ich habe ihn nicht gesehen!«

»Ja, man kann ihn leicht mal übersehen. Er ist so unscheinbar«, sage ich, und Schröder versucht mir einen Stoß in die Rippen zu versetzen, was aber misslingt, weil er mit schmerzverzerrtem Gesicht innehalten muss.

»Sie wollten ihn über Nacht dabehalten, aber er hat sich selbst entlassen.« Die junge Frau ist empört.

»Ist dein Kopf okay?«, frage ich ihn.

Er nickt. »Der hat durch den Helm nichts abbekommen.«

»Geröntgt? Innere Verletzungen ausgeschlossen?«

Wieder nickt er.

»Oh!«, haucht Kornelia, die sich wieder am Pappbecher festhält. »Sind Sie Ärztin?«

»Physiotherapeutin«, antwortet Schröder an meiner Stelle. Ich scheine heute eine leichte Wahrnehmungsstörung zu haben, denn ich finde, er klingt ein wenig stolz.

»Aber Sie sind noch so jung«, haucht Kornelia weiter.

Ich lächele mühsam. Es ist doch immer das Gleiche. Ja. Ich bin jung. Aber Alter ist doch nicht automatisch ein Qualitätsmerkmal! Bloß auf die Diskussion habe ich jetzt keine Lust.

»Komm, Schröder, dann lass uns mal nach Hause fahren«, sage ich stattdessen.

Beflissen springt Kornelia auf. »Ich melde das alles gleich meiner Versicherung. Und um dein Fahrrad kümmere ich mich auch. Ich rufe dich morgen an, um zu fragen, wie es dir geht, okay?« Ihr Ton hat plötzlich etwas Flehentliches, aber Schröder reagiert überhaupt nicht.

Ich nicke Kornelia freundlich zu, denn es ist ja schon sehr nett von ihr, sich um alles zu kümmern, und reiche Schröder eine Hand. Etwas mühsam kommt er auf die Beine.

»Diagnose?«, frage ich knapp, weil ich ihm zu gern unter die Arme greifen würde, mich aber aufgrund seines abweisenden Gesichtsausdrucks nicht traue. Männer leiden ja doch zuweilen etwas suspekt und unkalkulierbar.

»Nix gebrochen, Prellungen, Hirn intakt.«

Er faltet sich umständlich auf dem Beifahrersitz zusammen und versinkt in Schweigen, bis wir wieder auf der Hauptstraße sind.

»Die Frau lässt einen soziophob werden«, sagt er unvermittelt.

»Cornelia? Corinna? Wie war noch ihr Name?«

»Kornelia mit K.« Er atmet ein paarmal tief durch, was vermutlich an der straffen Sportfederung meines Wagens und den schlechten Straßen von Hameln liegt, fährt dann aber fort: »Sie hat sich mit ihrem Freund gestritten und ist dann mit quietschenden Reifen aus der Ausfahrt gerast. Und da kam ich ihr in die Quere. Danach stand sie kreischend neben mir. Den Notarzt habe ich selbst gerufen, weil sie dazu schlichtweg nicht in der Lage war.« Er klingt ernsthaft angepisst.

»Ich kann nur froh sein, dass ich diesem riesigen, Unmengen an Sprit saufenden Ungetüm nicht unter die Räder gekommen bin, sondern mich mit höchster Eleganz über die Motorhaube abgerollt habe.«

Schröder hat in den vergangenen fünf Minuten mehr gesprochen als in den ganzen Wochen davor. Das kann eigentlich nur gut sein, oder? Dr. Grosser würde das so sehen, deshalb gebe ich ein aufmunterndes und bewusst vage gehaltenes »Mh?« von mir.

»Kornelia mit K. und einem ›von‹ im Titel. Zum 18. Geburtstag gab es von Papi diese Radfahrer-Tötungsmaschine, und in einem Monat geht sie in die USA zum Studium an einer Elite-Uni, die wöchentlich so viel kostet, wie ich im Monat verdiene.«

»Schröder«, sage ich vorsichtig. »Kann es sein, dass du doch einen Schlag auf den Kopf bekommen hast?«

Er schenkt mir ein ganz kleines, schiefes Grinsen.

»Bestimmt«, murmelt er dann. »Aber ich muss bis nächste Woche drei wichtige Aufträge fertig machen. Wie das mit dieser Schulter gehen soll, ist mir schleierhaft.«

»Ich kann dir vielleicht helfen«, sage ich todesmutig. Vielleicht kann ich auf Anweisung irgendwelche Dinge tippen? »Ich bin lernfähig«, füge ich noch hinzu, weil Schröder begonnen hat zu lachen. Nur leise, weil ihm alles andere wohl zu weh tut, aber er lacht.

»Ich finde es total lieb, dass du mich aus den Fängen dieser Kornelia befreit hast. Das sollte reichen.«

Als ich auf dem Hof parke und Schröder aus dem Auto helfe, bin ich mir allerdings nicht mehr so sicher, ob das reicht. Ihm tut alles weh, und erfahrungsgemäß ist das nach solch einem Unfall an Tag zwei noch schlimmer.

»Du solltest jetzt nicht alleine sein«, sage ich, während wir uns gemeinsam die Treppe hinaufarbeiten.

»Mir geht es gut«, murmelt er, sieht allerdings aus, als würde er gleich kotzen.

Da kommt mir ein Geistesblitz. »Ich könnte deine Mutter anrufen!« Nicht dass ich eine Mutter hätte, die in einer Situation wie dieser herbeigeeilt käme, aber andere Menschen haben solche Mütter. Da bin ich mir sicher.

Schröder hält abrupt inne und sieht mich an, als ob ich ihn gefragt hätte, ob ich ihm schnell noch ein Paracetamol-Zäpfchen in den Hintern schieben soll und wir uns danach gemeinsam ein Tütchen reinziehen wollen.

»Du hast doch eine Mutter?«, frage ich zögerlich, etwas erschrocken über diese Reaktion.

»Ja. Habe ich. Die können wir aber nicht anrufen.« Mit diesen Worten nimmt er seinen mühsamen Weg eine weitere Etage nach oben wieder auf.

Okay. Keine Mutter.

Zum Glück erwartet uns stattdessen Margarete und überhäuft Schröder mit Heilsteinen, komischen Kügelchen und einem sonderbaren grünen Schleim in einer Flasche, sodass ich Schröders Betreuung vorerst in ihre Hände legen kann.

Ich habe nämlich noch einen Patienten, und meine Oma wartet auch schon wieder.

Kapitel 16

Es ist nicht, wonach es aussieht

Ein Mann im Pullunder steht vor meiner Praxistür, als ich die Treppe wieder hinunterstürme. Aha, das neue Hüftgelenk. Etwas atemlos sage ich: »Hallo, Herr Meiniger!«

Der Mann sieht mich an, zupft an seinem Pullunder und bedenkt mich dann mit einem vorsichtigen Lächeln. Das hält allerdings nur so lange, bis er im Behandlungszimmer steht und wahrnimmt, dass ich ihn tatsächlich auch behandeln werde.

»Äh … also«, stammelt er. Ich warte geduldig ab. Ich kenn das schon.

»Äh … also, es wäre mir lieber, wenn der Chef mich behandeln würde.«

Ich bin für einen bestimmten Schlag von Patienten zu jung oder zu weiblich. Oder auch beides zugleich. Sie wünschen sich einen Chef. Mindestens fünfzig und ohne Brüste.

»Der bin ich, der Chef.«

»Oh!«, sagt der Pullunder erschrocken. Aber er hat eine gute Erziehung genossen, denn er traut sich nicht, den Wunsch nach einem Chef zu wiederholen, und fügt sich in sein Schicksal.

Eine halbe Stunde später geht der Pullunder. Ich springe schnell die Treppe hinauf und sehe nach Schröder. Margarete sitzt in einem Sessel in seinem Arbeitszimmer und guckt böse. Schröder indes hängt etwas schief in seinem Schreibtischstuhl und hackt einhändig auf die Tastatur ein. Was mich erstaunt und zugleich davon abhält, spontan alle restlichen Termine des Tages abzusagen, um an seinem Krankenbett auszuharren.

»Er tut nicht, was ich ihm sage«, schnaubt Margarete, als ich eintrete.

»Ich habe die Kügelchen geschluckt, den Stein gestreichelt und diese stinkende grüne Medizin genommen. Was willst du mehr?«

»Er muss sich hinlegen«, sagt sie, an mich gewandt. »So ein Autounfall ist doch keine Lappalie, nach der man einfach so zur Tagesordnung übergehen kann.« Damit hat sie zweifelsohne recht.

»Schröder …«, setze ich vorsichtig an, aber er unterbricht mich.

»Hört zu, Mädels. Wenn ich diese Aufträge nicht fertig bekomme, kann ich im nächsten Monat keine Miete mehr zahlen. Dann bin ich raus aus der ›Die Gemeinschaft zieht um‹-Nummer.«

»Oh«, sagt Margarete betroffen.

Und schon sehe ich ihn und mich vor meinem inneren Auge künftig im düsteren Kellerraum meiner Eltern hocken: Er tippt, und ich behandle Pullunder, die den Chef sprechen wollen. – Unser aller Zukunftsaussichten sind zurzeit wohl eher mau.

»Was hat eigentlich dieser Investor gesagt? Habt ihr ihm auch meine Wohnung gezeigt?«

»Wir dachten, das sei in deinem Sinne. Sonst wäre der ja noch einmal wiedergekommen, und ich wollte dich nicht extra deswegen im Krankenhaus anrufen.«

Er nickt und tippt.

»Wie hieß der Typ?«, fragt er beiläufig, während er weitertippt. Wie kann man einhändig so schnell tippen? Eine wirkliche Nischenbegabung.

Ich zucke die Achseln. »Keine Ahnung, ob er sich mir überhaupt vorgestellt hat.«

»Aber ich weiß es.« Margarete kramt in der Tasche ihrer Kostümjacke, als suche sie etwas. Nach ergebnislosem Gewühle schnaubt sie, kneift die Augen zusammen und sagt: »Ich meine, er hieß Schröder. Die Visitenkarten, die er mir vorhin, als er sich die Schuhe partout nicht ausziehen wollte, ausgehändigt hat, habe ich wohl schon mit Salbei im Räucherschälchen verbrannt.«

»Tut mir leid, wenn er deinen Namen trägt. Aber tröste dich. Schröder ist nicht sonderlich ausgefallen. Vermutlich gab es auch schon Massenmörder und Diktatoren mit diesem Namen«, erkläre ich unserem Schröder, der sich etwas tiefer über die Tastatur gebeugt hat und tatsächlich einen Moment innehält in seiner Tipperei.

»Ja, Thea. Das tröstet mich.« Er versucht sich an einem Lächeln, das seine Augen definitiv nicht erreicht, und sieht plötzlich bedenklich schlecht aus.

»Vielleicht solltest du dich doch hinlegen?«, versuche ich einen weiteren Vorstoß in diese Richtung, aber wieder schüttelt er den Kopf, und ich beschließe, dass er sicherlich alt genug ist, um diese Dinge für sich selbst zu entscheiden.

»Ich muss los. Ich habe ein straffes Abendprogramm vor mir. Ich rufe dich nachher noch einmal an. Wenn du etwas brauchst, rufst du mich an! Ist das inhaltlich in deinem Großhirn angekommen?«, frage ich streng.

Schröder hört auf zu tippen, nickt und sagt geistesabwesend

»Danke« in den Raum. Ob er die Jalousien, Margarete oder mich meint, bleibt dabei offen.

Nachdem ich meine Praxis für heute geschlossen habe, eile ich zu meinem Wagen und fahre zu meiner Oma. Die wartet nämlich sehnlichst auf mich, weil ich ihr versprochen habe, ihr den neuesten Roman von Nora Roberts vorbeizubringen. Der liegt bereits seit gestern in meinem Auto und lässt sich von mir durch die Gegend kutschieren. Bevor ich mich mit Elisabeth zum Kino treffe, bleibt mir noch ein bisschen Zeit – ideal für die Lesestoff-Übergabe. Ich parke, sprinte zum Fahrstuhl und stehe nur wenige Minuten später vor der Zimmertür meiner Oma.

Ich klopfe. Keine Reaktion. Ich klopfe erneut, diesmal etwas energischer.

Im Zimmer räuspert sich jemand, was ich als Aufforderung werte, hereinzukommen, und staune nicht schlecht, als ich die Tür öffne.

Meine Oma sitzt in ihrem gelben Stressless-Sessel. Und ihr gegenüber Herr Lüdenscheid. Mit einem sehr zufriedenen Gesichtsausdruck. Anders kann man es nicht beschreiben.

Ich fühle mich ein wenig, als hätte ich die beiden bei irgendetwas ertappt.

»Hallo, Oma, Herr Lüdenscheid«, entsinne ich mich meiner guten Kinderstube.

Flink kommt Herr Lüdenscheid auf die Beine, sieht jetzt tatsächlich irgendwie ertappt aus, schnappt sich seinen Rollator und wandert gemächlichen Schrittes an mir vorbei. – Nicht ohne mir verschwörerisch zuzuzwinkern, wobei er mich an eine alte, würdevolle Eule erinnert.

»Thea. Was machst du denn hier?«, fragt meine Oma streng. Sie trägt wie immer Lippenstift, doch heute eine neue, mir an ihr unbekannte Farbe. Ein verwegenes Dunkelrot.

»Dir dein Buch bringen«, sage ich verwirrt. Sonst soll ich doch auch zu jeder Tages- und Nachtzeit hier auftauchen.

Und dann wage ich einen zugegebenermaßen etwas unzusammenhängenden Vorstoß: »Das ist aber schön … also, dass ihr … Herr Lüdenscheid und du …«

Aber meine Oma winkt nur ab. »Es ist nicht so, wie es aussieht«, sagt sie schlicht, und ich muss mir in die Wange beißen, um nicht loszulachen.

»Natürlich nicht.« Das ist es ja nie.

»Danke für das Buch. War heute der Mensch da, der sich euer Fachwerkdings angeschaut hat?«

Erstaunt sinke ich in den freien Sessel. Meine Oma kann sich an diesen Termin erinnern? Dabei vergisst sie doch sogar regelmäßig meinen Geburtstag.

»Ja. Es war schrecklich. Der Typ ist so unfassbar arrogant, und dann hatte Schröder auch noch einen Fahrradunfall.«

»Ja. Das sind sie meistens«, sagt meine Oma mit Kennermiene. Woher sie dieses Wissen bezieht, verrät sie mir nicht. Ob es universell ist?

»Und dieser Schröder?«

»Einige Prellungen, sonst aber nicht so schlimm.«

»Ist er blond?«, fragt sie ganz unvermittelt.

»Nein. Blond ist der, mit dem ich morgen ein Date habe.« Ich dachte, das Wörtchen »Date« würde sie umgehend neugierig werden lassen, dem ist aber nicht so.

»Bist du sicher, dass dieser Schröder nicht blond ist?«, fragt sie und bedenkt mich mit einem eindringlichen Blick.

»Ja, Oma. Ich habe nämlich Augen im Kopf. Er hat dunkle Haare. Aber der Investor war blond. Nur den möchte ich aus den bekannten Gründen nicht in die engere Auswahl der potenziellen Kandidaten aufnehmen.«

Meine Oma murmelt etwas in ihren nicht vorhandenen Bart und blickt verträumt vor sich hin.

»Bist du sehr traurig wegen dem Fachwerkdings?«, fragt sie im nächsten Moment völlig unvermittelt. Ein interessanter Themenwechsel. Und wieder staune ich, dass sie auch das Thema »Fachwerkdings« nicht schon längst wieder vergessen hat.

»Ja«, antworte ich vorsichtig, weil ich nicht weiß, worauf das hier hinausläuft. »Sehr. Ich fühle mich dort sehr wohl. Zu Hause. Auch wenn ich nicht dort wohne. Verstehst du?«

Wieder sieht sie mich scharf an. Dann nickt sie knapp, greift nach ihrem neuen Buch, seufzt behaglich und schmeißt mich raus, indem sie mir ein »Tschüüüs« zuflötet.

Verdutzt stehe ich auf und mache mich auf den Weg, um mir gemeinsam mit meiner Freundin Elisabeth im Kino einen Film über das authentische Verhalten echter Kerle anzuschauen. Das sind Kerle, die Frauen aus brennenden Häusern retten, sich für sie prügeln, bis man ihnen die Nase bricht, und den Frauen auf Knien ihre Liebe beteuern, während ihnen noch das Blut aus der Nase tropft. Dazwischen trinken sie Bier, entschärfen Bomben nur mit einem Tic Tac und einer Haarnadel und stehen blutverschmiert und ohne Hemd herum.

Die gibt es ja nicht in Echt. Die will in Echt vermutlich auch keine von uns haben. Aber es ist doch mal hübsch, sie auf der Leinwand anzuschauen. Tief in meinem Innersten, also an dem Ort, zu dem die durchgeknallte Emanze keinen

Zutritt hat, habe ich das Gefühl, ich würde ja auch gern mal gerettet werden. Zum Beispiel, wenn ich mitten in der Quartalsabrechnung stecke und mein Computer abstürzt. Dann wäre es schon ganz toll, wenn ein Typ (er darf auch ruhig sehr gut aussehen und spärlich bekleidet sein, nur bluten muss er nicht) in mein Wohnzimmer käme, mich siegessicher anlächeln, den Laptop nehmen und mit (aufgrund von viel zu viel Testosteron) wahnsinnig tiefer Stimme sagen würde: »Lass mich mal machen, Baby!«

Sollte es solche Typen allerdings wirklich geben, würde ich sofort einen Emanzen-Anfall bekommen, woraufhin der Typ, Testosteron hin oder her, mit vor Angst geweiteten Augen das Weite suchen würde. Ein Teufelskreis.

Als ich wieder zu Hause ankomme, hocke ich mich zu Bernd an sein Gehege. Ich erzähle ihm von meinem Tag und esse scharfe Chips. Ob es an den Chips liegt, die meine Geschmacksnerven reizen, oder an den vielen Dingen, die in zu kurzer Zeit passiert sind, weiß ich nicht. Jedenfalls ist mir ganz plötzlich ein wenig nach Weinen zumute. Ich ziehe die Knie an und lege die Stirn darauf. Meine Tränen kullern über meine Wangen und fallen ungebremst auf den flauschigen Teppich, wo sie kleine, dunkle Flecken hinterlassen.

Just in diesem Moment ist das Kneifen wieder da. Ich lege vorsichtig eine Hand auf die Stelle zwischen Herz und Magen und wünsche mir, es gäbe jemanden außer Bernd, der sich meinen Bericht vom Tag anhören würde. Jemanden, der mir Mut macht, dass wir schon etwas Schönes finden werden, wo meine Mitmieter und ich einziehen können. Denn gerade in diesem Moment ist mir mein Mut leider verloren gegangen.

Kapitel 17

Der blonde Prinz bei Kerzenschein

Am nächsten Tag pendele ich zwischen meiner Praxis und Schröders Krankenlager hin und her, unterbrochen durch kurze Einlagen von Dr. Grosser, der offenbar die Wohnungs- und Gewerberaum-Mietsituation in Hameln analysiert hat und nun der festen Ansicht ist, dass wir niemals etwas Passendes finden werden. Er prophezeit uns düstere Zeiten, da wir, verstreut in alle Himmelsrichtungen, unsere jeweilige Tätigkeit in den dunkelsten Ecken von Hameln ausüben und ein trauriges Leben fristen werden. Einsam werden wir sein. Einsam und im Laufe der Zeit immer verhaltensgestörter, weil uns der direkte Kontakt zu Gleichgesinnten und somit der sozial wichtige Austausch fehlt.

»Haben Sie denn heute gar keine Patienten? Keine Depression, keine Essstörung, die in Ihrem wunderbaren Wartezimmer auf Sie wartet?«, frage ich ihn, nachdem er mich zum vierten Mal abgefangen hat, um mir Bilder des Grauens von Gewerberäumen in Hameln auf seinem Tablet zu zeigen.

»Nein. Ich habe mir frei genommen, um diesen schlimmen, orientierungslosen Zustand für uns alle schnell zu beenden«, antwortet er hoheitsvoll, aber doch ein wenig eingeschnappt.

»Wir müssen positiv denken, Herr Nachbar. Wir finden schon etwas«, sage ich und tätschele ihm die Schulter. Nicht dass ich meinen Mut wiedergefunden hätte, aber einer muss hier ja den Kopf oben behalten.

Mit zusammengekniffenen Augen blickt er mich an. »Werte Frau Fuss. Positives Denken in allen Ehren, aber ich halte nichts davon, negative Zustände positiv zu besetzen. Das führt schlussendlich immer zu einer Ablösung von der Realität.«

Ich lasse seine Worte auf mich wirken. Es wäre eigentlich nicht schlecht, wenn ich mich mal von der Realität lösen könnte. Zumal ich jetzt noch ein vorderes Kreuzband und eine Kniearthrose habe, all meine Überredungskünste werde einsetzen müssen, um mir Schröders Prellungen genauer ansehen zu dürfen, immer noch nicht weiß, was ich heute Abend zu meinem Date mit Dr. Ravensbach anziehen soll, und außerdem nach wie vor keinen frischen Löwenzahn für Bernd gepflückt habe.

Dr. Grosser deutet meinen Gesichtsausdruck richtig. Er muss glasklar erkennen, dass ich gedanklich anderweitig unterwegs bin.

»Für Sie steht ja auch nicht so viel auf dem Spiel«, murmelt er plötzlich und lässt die Schultern hängen. »Sie sind jung und fangen einfach noch einmal von vorn an. Für Margarete und mich ist das schwieriger.«

Derart entmutigt kenne ich meinen Nachbarn gar nicht. Augenblicklich wird mir schwer ums Herz. Aber was er gesagt hat, ist schon fast unverschämt.

»Dr. Grosser«, sage ich deshalb empört. »Das stimmt überhaupt nicht. Was denken Sie denn von mir?«

Er seufzt abgrundtief, zuckt die Achseln und macht Anstalten, in seine Praxis zurückzuschlurfen.

Ich beschließe, dass Bernd heute eben mit Kopfsalat aus dem Supermarkt vorliebnehmen muss, dass ich eventuell doch einfach das anlasse, was ich schon trage, und dass ich Schröder mit Gewalt davon überzeugen werde, mir seine Blessuren zu zeigen.

Von diesem Moment an habe ich ein freies Zeitkontingent von mindestens einer Stunde, und ich packe den enteilenden Dr. Grosser unsanft an der Schulter. »Nix da! Wir trinken jetzt einen Espresso zusammen.« So kann er mich doch nicht einfach stehen lassen. Das ist überhaupt nicht seine Art.

»Oh. Okay«, sagt er, und so sitzen wir ein paar Minuten später in meiner kleinen Küche und trinken gemeinsam einen Mini-Kaffee »mit richtig viel Wumms«, wie mein Nachbar es, jetzt plötzlich schon viel fröhlicher, ausdrückt.

»Wir könnten uns ein paar alte Bauwagen kaufen und sie einfach in den Park stellen«, bemerkt er zwischen einem Schluck Kaffee und einem von diesen unfassbar leckeren Haferflockenkeksen, die es in einem schwedischen Möbelhaus gibt.

»Wie Peter Lustig? Oh, ich wäre dabei. Um noch einmal auf das Thema von eben zu kommen – Sie wissen, wie viel mir diese Gemeinschaft bedeutet? Ich bin sehr gern Ihre Nachbarin und möchte keinesfalls die Nachbarin eines anderen …«

»Haben Sie ein Date?«, unterbricht er mich plötzlich und betrachtet mich hochinteressiert. Er lässt auch die Schultern gar nicht mehr hängen, sondern schiebt sich zufrieden noch einen Keks zwischen die Lippen.

»Äh …«, sage ich überrumpelt.

»Fragen Sie nicht, woher ich das weiß«, sagt er kauend und nickt. »Ich bin sehr gut darin, Ihre Körpersprache zu lesen.«

»Und die ist so hinterhältig und verrät Ihnen, dass ich ein Date habe?«, frage ich fassungslos.

»Ja, könnte man so sagen.« Er zuckt entschuldigend die Achseln. »Liebe Frau Fuss. Es geht mich ja nichts an, aber ich würde Ihnen gern einen Rat geben. Ich bin wesentlich älter als Sie und verfüge über eine mich für solche Dinge qualifizierende Ausbildung. Dementsprechend bitte ich Sie, mir einfach zuzuhören.«

Ich nicke. Was soll ich auch sonst tun? Fliehen? Ihn mit der Keksdose bewerfen?

»Sie dürfen Männer nicht immer so behandeln, als wären sie minderbemittelte, dumme Erscheinungen, die nur aufgrund weiblicher Fürsorge noch nicht ausgestorben sind. Männer können sehr nützlich und nett sein.«

Mir steht der Mund offen, und für einen Moment fehlen mir die Worte.

»Das aber, liebe Frau Fuss, werden Sie erst herausfinden, wenn es mal wieder ein Mann bis auf Armeslänge an Sie heran schafft, ohne von Ihnen vorher niedergeknüppelt zu werden. Und ich benutze bewusst diesen archaischen Ausdruck ›niedergeknüppelt‹.« Er untermalt das Ganze mit einer entsprechenden Handbewegung. »Eine Partnerschaft lebt vom Nehmen und Geben. Es geht um ein vertrauensvolles Sich-aufeinander-Einlassen.« Zufrieden nickt er und nippt erneut an seinem Espresso. Dann sagt er leise: »Wir alle müssen unsere alten Verletzungen überwinden.«

Erstaunt sehe ich ihn an. Ob er es weiß? Das mit Christian?

Wir schweigen, und für den Bruchteil einer Sekunde ziehe ich ernsthaft in Erwägung, es ihm zu erzählen. Allein schon die Vorstellung hat allerdings keine reale Chance, sondern wird umgehend von anderen, weniger weitreichenden Gedanken (wie die spontane Frage, woher ich jetzt auf die Schnelle neue Haferflockenkekse bekomme, wenn Herr Dr. Grosser meine alle aufisst) abgelöst. War nur ein vorübergehender Schwächeanfall. Stattdessen sage ich: »Okay«, und nicke wissend.

Er senkt die Stimme noch weiter. »Ich weiß, dass ich das selbst nicht so gut kann, aber ich wüsste zumindest theoretisch, wie es geht.«

Augenblicklich strahlt er mich wieder an und rutscht von seinem Hocker. »Nach diesem Exkurs über vorbildliches Verlieben und die Führung einer Beziehung empfehle ich mich und wünsche Ihnen einen wunderbaren Abend!«

Mit diesen Worten geht er.

Ich laufe die Treppe zu Schröder hinauf und treffe Margarete, die in einem reichlich bunten Gewand ziemlich hässliche Steine auf der Treppe drapiert. Ich lächele ihr zu. Als ich aber die Hand auf die Klinke von Schröders Tür lege, raunt sie: »Geh da nicht rein. Er ist der anstrengendste kranke Mann, den ich je kennengelernt habe. Und ich bin wirklich nicht mehr die Jüngste und habe viele kennengelernt.«

»Oh«, sage ich betroffen. »Geht es ihm nicht gut?«

»Ich weiß es nicht. Er leidet nicht so offensichtlich, aber er ist sehr schlecht gelaunt. Sehr schlecht!« Bei den letzen Worten senkt sie dramatisch die Stimme. »Ich habe ihm gesagt, er muss sich mit der Situation aussöhnen. Es ist eine Auszeit für ihn. Aber er wollte nichts davon wissen.« Sie wendet sich wieder ihren Steinen zu.

»Ich sehe mal nach ihm«, sage ich energisch und klopfe vorsichtshalber an die Tür, bevor ich sie öffne.

Schröder hockt an seinem Schreibtisch und tippt einhändig. Seine linke Hand ruht auf seinem Oberschenkel und er sitzt krumm wie ein Fragezeichen. Zweifelsohne tut ihm alles weh.

»Hi, wie geht es dir?«, frage ich und lasse mich in den Sessel sinken, der seinem Schreibtisch am nächsten steht.

»Gut«, antwortet er knapp und schenkt mir ein wirklich minimalistisches Lächeln.

»Brauchst du irgendeine Form von Fürsorge?«, frage ich und verwerfe den Gedanken, mir zur Not unter Androhung von Gewalt seine Blessuren genauer anzusehen. Wenn er meint, dass es ihm gut geht, muss ich das auch glauben.

»Ich habe einen Fürsorge-Overload von Margarete. Alles bestens«, sagt er knapp. Sein Gesichtsausdruck macht deutlich, dass die Ereignisse ihn in seine Nerd-Schublade haben zurückkrabbeln lassen. Ich habe deutlich das Gefühl zu stören.

»Okay, dann bin ich wieder weg«, sage ich ebenfalls knapp und erhebe mich rasch. Ob ich ihm irgendetwas getan habe?

Draußen steht Margarete mit verschränkten Armen. »Er tut so, als wäre nichts gewesen. Das ist nicht normal. Aber er hat ja auch keinen Vornamen. Das ist auch nicht normal«, murmelt sie, ganz offensichtlich ungehalten darüber, dass Schröder sich nicht pflegen lassen möchte.

Ich zucke die Achseln. »Er ist alt genug. Lass ihn einfach in Ruhe, das gibt sich schon wieder. Er sieht zumindest nicht so aus, als ob er demnächst tot umfallen würde.«

Das vordere Kreuzband und die Kniearthrose kommen und gehen, ich kaufe Salat, füttere Bernd, ziehe mir dann doch noch eine enge Jeans, Stiefel und mein rotes Lieblingsjackett an und stehe um Punkt halb acht vor einem sehr hübschen Flachdachbungalow mit großen Bäumen darum herum. Etwas unsicher mache ich den Motor aus. Ich kann ja schlecht nach Dr. Ravensbach hupen, oder? Ich finde, dass das definitiv ein schlechter Auftakt für ein Date wäre, und beschließe, einfach ein paar Minuten regungslos abzuwarten. Vielleicht ist er so klug und kommt nach draußen.

Also warte ich. Ich bin in vielen Dingen wirklich gut. Warten gehört leider nicht dazu. Außerdem bin ich nervös, weil ich so unfassbar lange kein Date mehr hatte, und mit einem Date verhält es sich meiner Erfahrung nach nicht wie mit Fahrradfahren oder Sex: Man verlernt es sehr wohl. Und diese Situation ist besonders schwierig, weil es sich bei Dr. Ravensbach ja durchaus um den durch den Traum meiner Oma vorhergesagten Auserwählten handeln könnte. Das erhöht bei der ganzen Angelegenheit doch irgendwie den Druck.

Es klopft auf der Beifahrerseite an der Scheibe, und ich zucke erschrocken zusammen. Dr. Ravensbach steht dort und winkt.

»Steigen Sie ein«, rufe ich ihm zu, und er öffnet die Tür und lässt sich auf den Beifahrersitz sinken.

»Nettes Auto«, sagt er, grinst und sieht dabei aus wie ein Filmstar. Der Typ kann irgendwie nicht echt sein. Sogar seine blonden Haare sitzen bis auf das letzte Strähnchen perfekt und akkurat. Meine Oma muss sich vertan haben, oder er ist einfach nicht der Vorhergesehene. Vielleicht hat er sich die Haare gefärbt, obwohl er Gegenteiliges behauptet?

»Danke«, antworte ich mit etwas Verspätung, abgelenkt durch die optische Perfektion, die neben mir Platz genommen hat. »Ich dachte, wir fahren ins ›La Fattoria‹?«

Dr. Ravensbach freut sich, nickt und grinst noch breiter.

Der weitere Verlauf des Abends lässt sich schlicht unter einem einfachen und treffenden Schlagwort zusammenfassen: Nett!

Wir essen Pizza, erzählen uns Dinge aus unserem Leben, fangen an, uns zu duzen (er heißt Alexander – ein wirklich passender Name für ihn), mögen die gleichen Filme, und es funkt so überhaupt gar nicht.

Null Komma null Anziehungskraft. Er ist so aalglatt, dass ich nirgends an ihm hängen bleibe. Die Kellnerin hingegen findet ihn gut, die Dame vom Nachbartisch schaut immer wieder verstohlen herüber, und als wir auf dem Rückweg noch Schokolade an der Tankstelle kaufen, sieht die Dame an der Kasse aus, als wolle sie bei seinem Anblick umgehend auf die Knie sinken und irgendeiner höheren Instanz für diese Erscheinung danken, aber Alexander lässt mich, was das Sexuelle angeht, so kalt wie Wackelpudding aus der Tüte.

Wie kann es sein, dass ich Dr. Alexander Ravensbach nicht rattenscharf finde, wenn alle anderen Östrogenproduzentinnen doch offensichtlich problemlos dazu in der Lage sind?

Vielleicht lag meine Oma doch nicht richtig, und ich bin einfach noch nicht bereit?

Samt Schokolade sitzen wir eine Weile vor seinem schicken und perfekten Flachdachbungalow im Auto.

»Thea«, sagt er sehr vorsichtig, nachdem er mir sehr galant das letzte Stück Vollmilchschokolade angeboten hat. »Ob du noch einen Kaffee mit mir trinken magst?«

So. An diesem Punkt wird es jetzt richtig kompliziert, deswegen stecke ich mir erst mal die Schokolade in den Mund.

Ich weiß nämlich leider nicht, ob er das mit der Abwesenheit jeglicher sexueller Anziehung zwischen uns ebenso sieht. Vielleicht will er gar keinen Kaffee kochen, sondern umgehend mit mir ins Bett springen. Kaffee kochen ist doch das moderne Synonym für die Briefmarkensammlung. Ich gehe aber nicht mit Männern ins Bett, die ich nicht sexy finde. Und ihn finde ich ja nun leider aus unerfindlichen Gründen gerade mal so sexy wie meinen Badezimmerteppich. Mein

Blick bleibt an seinen vollen Lippen und den Grübchen in den Mundwinkeln hängen, und zum ungefähr millionsten Mal an diesem Abend muss ich mich der Erkenntnis stellen, dass ich nach wie vor ein wenig sonderbar bin. Leider lässt zugleich das Schokoladenvolumen in meinem Mund langsam nach, und Alexander wartet immer noch auf eine Antwort.

»Gerne«, antworte ich schließlich. Vielleicht hilft ja Koffein meinen verschollenen Hormonen auf die Sprünge. Und vielleicht muss ich mir einfach nur mehr Mühe geben.

Sein Haus ist natürlich genauso perfekt durchgestylt wie Alexander selbst. Ein wunderschöner Steinboden, eine strahlend weiße Küche, indirekte Beleuchtung und eine Kaffeemaschine, die mindestens so viel kostet wie mein Auto. Außerdem ist alles von erschreckender Ordentlichkeit. Ob er eine Haushälterin hat, die zu später Stunde in einem ungeheizten Kämmerlein hinter der Küche schläft?

Wir lehnen an der Küchentheke und rühren in unseren Tassen.

»Das war ein sehr schöner Abend«, sagt Alexander und schenkt mir einen tiefen Blick aus seinen schönen blauen Augen, wirkt aber plötzlich etwas nervös.

Ich räuspere mich und trinke einen Schluck. Ja, schön war es schon. Nur leider hat mich dieser Abend nicht, wie gewünscht, so weit stimuliert, dass ich diesem Mann jetzt umgehend die Klamotten vom Leib reißen, ihn auf den Boden zerren, hemmungslosen Sex mit ihm haben und ihn danach ehelichen möchte.

»Ja«, antworte ich zögerlich und überlege fieberhaft, ob ich wohl in der Lage bin, meine wirren Gedanken in eine sorgfältig formulierte wertschätzende Aussage zu verpacken.

»Es ist nur so …« Hilfesuchend sieht er erst seinen Backofen, dann den Kühlschrank an. Ich warte ab. Vielleicht helfen ihm ja seine Elektrogeräte dabei, die passenden Worte zu finden. »Also … äh …« Alexander tritt nervös von einem Fuß auf den anderen.

»Ich fand den Abend auch sehr nett, du bist ein sehr angenehmer Mensch, aber es kribbelt nicht«, sage ich plötzlich. Die Worte schießen aus mir heraus, ohne dass ich sie mir überlegt hätte, und ich zucke selbst zusammen. Was bin ich cool, dass ich diesen komplizierten Sachverhalt so unfassbar gut zusammenfassen kann.

Alexander sieht mich etwas ausdruckslos an, und ich höre auf, mir innerlich für diesen Geniestreich auf die Schulter zu klopfen. Aber er scheint weder erzürnt noch verwundert zu sein.

»Oh, Thea«, murmelt er schließlich. »Ich bin so froh, dass du das so auf den Punkt bringst und es dir ebenso geht!« Erleichterung macht sich in seinem Gesicht breit. »Ich wusste nicht, wie ich das sagen sollte.«

»Dann geht es dir also auch so?«

»Absolut. Du bist eine fantastische Frau, und die Gespräche mit dir sind wirklich wunderbar. Ich möchte dich auch wiedersehen. Aber ich möchte nicht mit dir ins Bett.«

Nachdem wir nun beide bekundet haben, dass wir einander nicht ins Bett zerren wollen, weder heute noch zu einem anderen Zeitpunkt, gucken wir noch, ganz harmonisch gemeinsam auf dem Sofa sitzend, eine Folge von »The Big Bang Theory«. Danach fahre ich nach Hause.

So viel zum Wunsch meiner Oma, ich sollte ein etwas zügelloseres Leben führen, bis ich den blonden Mann (wo auch immer er sich verstecken mag) endlich eheliche.

Kapitel 18

Ein Rücken zum Verlieben

Ich befinde mich gerade im intensiven Zwiegespräch mit Bernd, als mein Handy klingelt. Erschrocken zerre ich es aus meiner Handtasche, denn es ist bereits nach zehn. Anrufe nach zehn sind meistens mit Stress und schlechten Nachrichten verbunden – oder sie stammen von meiner nachtaktiven Oma.

Es ist erstaunlicherweise Schröder, der erst mal um den heißen Brei herumredet, bevor er auf den Punkt kommt.

»Also, es ist spät. Es tut mir leid, aber ich habe so kolossale Rückenschmerzen, dass ich nicht liegen kann. Oder stehen. Oder sitzen. Was meine Existenz erheblich einschränkt.« Er klingt dabei so jämmerlich, dass ich es mir verkneife, ihm umgehend einen Arztbesuch zu empfehlen. Ich kann es mir ja wenigstens mal anschauen. In die Klinik können wir dann immer noch fahren.

Also wieder rein in die Stiefel und das Jackett und auf zur krummen Marktgasse.

So leise wie möglich laufe ich die knarrende alte Treppe zu ihm hoch. Schröders Tür ist wie immer nicht abgeschlossen, und leise schlüpfe ich in den Flur.

»Schröder?«, flüstere ich und folge dem Brummen ins Wohnzimmer. Er sitzt mit ausgestreckten Beinen auf dem Boden, angelehnt ans Sofa, und sieht leicht grün im Gesicht aus. Rückenschmerzen können wirklich schlimm sein. Ich knie mich vor ihn hin und kann mich gerade noch selbst daran hindern, ihm tröstend über die Wange zu streichen.

»Wärst du wohl so freundlich, mir zu helfen?«, fragt er leise.

»Du hast Glück, dass wir befreundet sind, sonst müsstest du erst mal ein Rezept ranschaffen, bevor ich Hand an dich lege.«

»Hör mal. Ich wasche dein Auto, werde deinen Computer auf den neuesten Stand bringen, streiche deinen Flur und werde dich dein restliches Leben mit Schokolade versorgen, obwohl ich weiß, dass du das alles auch ALLEINE kannst, aber bitte schau es dir wenigstens an. Ich will jetzt nicht in die Klinik.« Er sieht ziemlich verzweifelt aus. Was ich verstehen kann. Ich will dort auch nicht hin. Außerdem ist es erstaunlich, wie gut Schröder mich mittlerweile kennt.

»Ist das so was wie ein Deal? Das ist sicherlich unmoralisch und gegen den Ehrenkodex der Physiotherapeuten«, murmele ich und versuche dabei entrüstet zu klingen.

»Das ist ein Deal, aber er ist nicht unmoralisch«, gibt Schröder mit einem leisen Stöhnen und halb geschlossenen Lidern zurück.

»Ich kann dich in die Klinik fahren und bleibe auch bei dir«, versuche ich einen erneuten Vorstoß, aber Schröder grunzt nur.

»Okay, zieh das Shirt aus.« Ich rutsche hinter ihn und fahre mit den Handflächen über seinen Rücken. Und das, was ich den ganzen Abend fühlen wollte, stellt sich in genau diesem Moment ein.

Leicht verwundert nehme ich meine Hände wieder von Schröders glatter, warmer Haut und verdrehe die Augen. Vermutlich ist das eine extreme nachträgliche Reaktion. Die Hormone sind mit massiver Verspätung aufgewacht und reagieren jetzt auf das erste sich bietende Testosteron, und das befindet sich nun mal in Schröder.

Aber wenigstens sind meine beruflichen Fähigkeiten durch diese Reaktion nicht beeinträchtigt – ich habe nämlich schon jetzt eine Vorstellung davon, was Schröders Schmerzen verursacht.

»Lass uns mal runtergehen. Da habe ich meine Liege und kann dir eine Wärmepackung machen.«

Für den Weg nach unten brauchen wir ein paar Minuten, aber Schröder presst eisern die Lippen zusammen und gibt keinen Laut von sich. Ich laufe neben ihm her und stütze ihn ein wenig, woraufhin meine blöden, verpennten Hormone wieder verrückt spielen. Und das bei einem Testosteronträger mit massiven Schmerzen. Ich schäme mich ein wenig vor mir selbst, weiß aber natürlich jetzt, dass das alles nichts mit ihm persönlich zu tun hat.

In meinem Behandlungszimmer angekommen, bitte ich ihn, mir den Rücken zuzudrehen und sich, soweit es geht, zu bücken. Er grunzt, tut aber wie geheißen. Woraufhin der arme Kerl leichte Atemnot bekommt.

Zügig taste ich mit den Fingern links und rechts die Wirbel ab und finde nur Sekunden später, was ich gesucht habe. Einige Brustwirbel haben sich verschoben. Das verursacht diese höllischen Schmerzen.

»Da hat sich was verschoben. Setz dich mal ganz an den Rand der Liege, und leg deine Hände in den Nacken. Die Ellenbogen dicht aneinander.«

Ich klettere hinter ihn und gehe auf Tuchfühlung. Das mache ich beruflich bei anderen mehrmals in der Woche. Da ist absolut nichts dabei. Ich schiebe meinen rechten Arm unter seiner Achsel hindurch, während mein linker Daumen auf dem Dornfortsatz des blockierten Wirbels ruht. Dann baue ich durch eine Drehung etwas Druck auf.

»Du brichst mir aber nicht das Genick?«, flüstert der Mann in meinen Armen leise und wendet mir sein Gesicht zu.

Wie gebannt starre ich ihn an. Er riecht sehr gut, was mich ziemlich irritiert.

Dann schüttele ich dieses sonderbare Gefühl ab und sage etwas lauter als beabsichtigt: »Natürlich nicht! Dreh dich mal vorsichtig in die andere Richtung.«

Ich spüre den Moment genau, in dem der Wirbel wieder an seinen angestammten Platz rutscht. Das ist auch der Moment, in dem ich den Mann in meinen Armen wieder loslassen sollte. Was ich nicht tue. Schröder hält ganz still. Ich glaube, er hat sogar das Atmen eingestellt. Glatt und warm spüre ich seine Haut unter meinen Fingern, und seine Körperwärme dringt durch meinen Rollkragenpullover.

Ich weiß, ich müsste mich jetzt von ihm lösen und die Wärmepackung holen. Doch leider kann ich ihn nicht loslassen. Er ist so warm, und es fühlt sich so gut an. Und er rührt sich immer noch keinen Millimeter. Vielleicht denkt er, dass das zur Behandlung gehört?

Ich schiele über seine Schulter in sein Gesicht. Seine Augen sind geschlossen, und er sieht verdammt noch mal so aus, als würde er das Ganze hier genießen. Schlagartig komme ich wieder zu mir und lasse ihn los.

»Ich hole mal die Wärmepackung. Alles okay bei dir?«

Er nickt, sieht aber ein klein wenig benommen aus. »Es hat geknackt«, murmelt er leise.

»Das muss so sein. Der Wirbel ist wieder an Ort und Stelle. Jetzt geht es um die Muskulatur.«

Ich rutsche von der Liege und laufe in meine Küche, wo der Ofen für die Wärmepackung steht, wobei ich mich dazu zwinge, nicht auf Schröders immer noch unbekleideten Rücken zurückzuschauen. Ich muss mich kurz sammeln. Das versuche ich, während ich die Wärmepackung aus dem Ofen nehme und sie ein wenig hin und her schwenke. Dann schlendere ich zurück und tue erst mal so, als wäre nichts gewesen.

Leider sitzt Schröder immer noch regungslos auf der Liege, sodass mein Blick nun quasi zwangsläufig an seinem unbekleideten Oberkörper hängen bleibt. Ein paar blaue Flecke und leichtere Abschürfungen zieren seine linke Schulter. Ansonsten ist das, was hier vor mir sitzt, ein Rücken zum Verlieben. Ich hätte nie gedacht, dass Schröder eine solchen Rücken hat.

Er dreht sich halb um und sieht mich an. Dabei zieht er eine Augenbraue hoch. Das ist kein neuer Gesichtsausdruck. Das tut er oft, besonders, wenn ihn etwas irritiert. Das letzte Mal hat er bei unserer Stromrechnung so geguckt, während Dr. Grosser fast in Ohnmacht gefallen ist. Da niemand außer uns hier ist, bin vermutlich ich diejenige, die ihn irritiert. Aber ich konnte doch, ganz ehrlich, nicht ahnen, dass ich mich in seinen Rücken verlieben würde. Also … verlieben könnte, korrigiere ich meine Gedankengänge sofort. Das ist doch nur Schröder, verdammt noch mal!

»Okay«, sage ich, weil ich irgendetwas sagen will, stehe aber ansonsten dumm in der Gegend herum. Ob ihm aufgefallen ist, welch massiver Verwirrung ich anheimgefallen bin? Ich betrachte ihn genauer. Er blickt mich an. Sieht mir direkt in die Augen. Und sagt kein Wort. Ich atme tief durch und platziere die Packung auf der Liege.

»Leg dich auf den Rücken. Auf die Packung«, sage ich.

Schröder kann nicht der durch meine Oma Vorhergesagte sein, da er die falsche Haupthaarfarbe hat. Außerdem stehe ich auf Männer, die wenigstens in Grundzügen freundlich sind. Und wie ich heute festgestellt habe, bin ich eigentlich auch noch nicht bereit, mich wieder zu verlieben.

Zweifelnd betrachtet Schröder meine Handgriffe. Er sieht aus, als sinniere er über die Optionen Flucht oder Kampf, und das, obwohl ich ihm gerade – auch ohne ärztliche Verordnung – den Arsch oder vielmehr den Rücken gerettet habe.

Ich straffe die Schultern. Das Ganze war wohl nur ein hormonelles Desorientierungsproblem. Es hat nichts zu bedeuten. Flugs schlüpfe ich in meine Therapeutenrolle und sage streng: »Jetzt leg dich endlich auf den Rücken.«

»Es geht mir besser, ich kann auch hochgehen. Dann kannst du nach Hause fahren.«

»Keine halben Sachen. Leg dich hin!« Jetzt ziehen wir das durch. Schröder seufzt, legt sich aber hin, und ich packe ihn nach allen Regeln der Kunst ein. Mit Laken und Handtuch, wobei es zu einem kleinen Handgemenge kommt, weil Schröder seine Arme nicht eingepackt haben möchte.

»Und jetzt entspann dich 20 Minuten«, weise ich ihn an und verlasse meinen Behandlungsraum. Ich schließe sogar die Tür.

Was soll ich jetzt machen? Ich kann mich ja schlecht bei der Wäsche verstecken. Ich gehe in meine Küche, wische den Kühlschrank aus, entdecke dort eine halbe Tafel Vollmilch-Nuss, verspeise sie bis auf den letzten Krümel, verbiete mir, über meine Gefühle nachzudenken, und schicke Schröder dann, eingerenkt und durchgewärmt, ins Bett.

»Danke«, sagt er an der Tür, sieht mich dabei aber nicht an.

»Bitte, gern«, sage ich freundlich und starre dabei auf Dr. Grossers Praxistür.

Danach sehe ich Schröder geschlagene zwei Tage nicht. Es ist, als ob er sich in Luft aufgelöst hätte. Ich weiß allerdings, dass er nicht bewegungsunfähig neben seinem Bett liegt und auf Rettung wartet, denn Margarete lässt ihn jeden Tag noch Steine streicheln und kleine Kügelchen schlucken, aber er kommt nicht runter. Ich gehe auch nicht rauf, noch nicht einmal, als ich Schokolade brauche. Stattdessen gehe ich zu Mehmet und esse einen ganzen vegetarischen Döner. Was nur bedingt einen Ersatz für jene geniale Kombination aus Fett und Zucker darstellt, wie sie sich in Schokolade findet. Ich denke zwar viel an Schröder, doch liegt das nur daran, dass das Ganze ein wenig peinlich ist. Vielleicht sogar sehr peinlich. Und da ich mir nicht sicher bin, welcher Grad der Peinlichkeit zwischen uns herrscht, muss ich so viel darüber nachdenken.

Zwischendurch kommt Alexander, alias Dr. Ravensbach, zu mir in die Praxis. Es ist sehr nett mit ihm, und ich bearbeite seine Verspannung mit großem Enthusiasmus, während ich noch einmal versuche, mich in seinen Rücken zu verlieben – aber leider erfolglos.

Am dritten Tag gebe ich es auf, die Situation mit Schröder entwirren, mich in Alexander verlieben und die durch meine Oma vorhergesagte Hochzeit herbeiführen zu wollen. Ich bin 27 Jahre alt. Ich kann auch noch in zehn Jahren heiraten. Punkt. Basta. Aus.

Die Emanze in mir reibt sich nach dieser Erkenntnis zufrieden die Hände. Zumal ich glaube, dass ich noch ein wenig Zeit brauche, um mich mit dem schmerzhaften Sehnen in meiner Herzgegend zu befassen. Außerdem gibt es dringlichere Probleme in meinem Leben, als da wäre die drohende berufliche Obdachlosigkeit.

So. Und um das alles zu vergessen, gehe ich mit Elisabeth tanzen. In der Hinsicht habe ich nämlich einen eklatanten Nachholbedarf, nachdem ich in der Zeit, in der andere Party gemacht haben, leider unerfreulichere Dinge tun und erleben musste.

Elisabeth kenne ich, seit wir gemeinsam vor sechs Jahren einen überaus lustigen VHS-Kurs unter dem Motto »Tanz dich ins Leben« besucht haben. Seitdem gehen wir in einen ganz fürchterlichen Club namens »Tanztempel«. Er hieß auch schon »Kiwi«, »Loch« und »Schwanenstein«, und selbst das hat uns nicht abgeschreckt, dort tanzen zu gehen. Die Musik ist nämlich nahezu durchgehend annehmbar, was daran liegt, dass der DJ seit sechs Jahren derselbe ist. Das Bier kostet immer zwei Euro, und der Rest ist uns eh völlig egal. Tanzen ist für uns beide eher eine sportlich ambitionierte Veranstaltung.

Ariane nehmen wir auch mit. Ariane sieht sehr gut aus, tanzt gern und ist im Grunde herzensgut, redet aber jede Menge oberflächliches Zeug, quasi ohne Punkt und Komma, sodass ich sie maximal einmal im Monat ertragen kann. Und das eigentlich auch nur beim Tanzen, weil man da ja doch eher mit dem Hintern wackelt, als tiefschürfende Gespräche zu führen.

Wir bezahlen den Eintritt und verstauen unsere Habseligkeiten in Elisabeths Rucksack. Den legt sie niemals ab, mit dem tanzt sie sogar. In dem befindet sich nämlich das Handy, falls mal was mit den Kindern ist. Seit ich sie kenne, war noch nie etwas mit den Kindern, die immer ganz hervorragend von einer Nachbarin gehütet werden, aber gegen Elisabeths Brutpflegetrieb habe ich eh keine Chance, deswegen akzeptiere ich dieses leicht schrullige Verhalten.

Ariane textet uns zu, bis wir endlich auf der dunklen, von

aufblitzenden Spots spärlich erleuchteten Tanzfläche angekommen sind. Dort hört sie zwar nicht auf zu reden, aber es ist zu laut, als dass wir sie verstehen könnten. »Get lucky«. Elisabeth und ich tanzen. Ariane sucht sich einen Typen und schreit ihm ins Ohr.

Nach einer Stunde schreit Ariane den Typen immer noch an, und ich habe Durst. Pantomimisch deute ich Elisabeth an, dass ich uns ein Bier hole, aber gerade läuft »Rather Be«, und Elisabeth übersieht meine gestische Darbietung.

Ich schlängele mich durch die vielen Menschen bis zur Bar durch. Hier ist es leiser, und ich schaffe es auch tatsächlich, den Barmenschen auf mich aufmerksam zu machen.

»Zwei Bier!«, brülle ich, weil mein Gehör nach der massiven Beschallung noch nicht wieder richtig eingepegelt ist. Der Barmensch nickt knapp. Er scheint es gewohnt zu sein, von den Gästen angebrüllt zu werden.

In dem Moment, als die zwei Flaschen vor meiner Nase landen, dreht sich der Typ direkt neben mir um und grinst mich selbstsicher an. Er ist blond. Was mir allerdings nur noch ein müdes Stirnrunzeln entlockt. Der Drops ist gelutscht. Die blonden Kerle können mich mal.

»Hi!«, sagt er und grinst weiter. Er sieht aus, als ob er dieses Grinsen vor einem Spiegel geübt hätte. »Hab dich hier noch nie gesehen!«

Ah. Eine Anmache.

Ich nehme einen Schluck Bier und warte. Sein Grinsen verblasst ein wenig. Ich reiße mich zusammen, erinnere mich an das von mir viel zitierte Mindestmaß an Höflichkeit und sage ebenfalls »Hi!«.

»Bist du häufiger hier?«, fragt er und beugt sich vertraulich zu mir herüber.

Ich nicke. Ist bis jetzt noch keine wahnsinnig innovative Anmache, aber immerhin hat er ja gerade festgestellt, dass er mich noch nie gesehen hat, wie sicherlich 90 % der anderen Besucher, und vielleicht kommt ja noch was.

»Ich bin Nick!«

»Hallo, Nick!«, sage ich artig. Nick trägt ein komisches T-Shirt mit der Aufschrift »Dreckskerl«, dazu hat er sich die blonden Haare nach hinten geschleimt, und er riecht nach Armani. Treffender ausgedrückt, stinkt er nach dem Zeug. Vielleicht ist seine Nase ja verstopft? Erschütternd finde ich auch die fette, goldene Armbanduhr an seinem Handgelenk.

Nick betrachtet mich derweil mit wachsendem Unmut. Vermutlich verhalte ich mich nicht wunschgemäß. Aber ich finde ihn doof. Blond hin oder her, und außerdem spielt die Haarfarbe nach meinen jüngsten Beschlüssen ja eh keine Rolle mehr.

Puh, er riecht so aufdringlich. Und er ist mir viel zu nah. Hat der Kerl noch nie etwas von der persönlichen Distanzzone gehört?

»Dann geh ich jetzt wieder zu meinen Kumpels. Das wird nix mit uns beiden«, sagt er im nächsten Moment schroff und schiebt mich grob zur Seite, um die Flucht zu ergreifen.

»Was auch immer hätte sein sollen. Ich sage mal nein!«, rufe ich ihm hinterher.

»Na, wieder einen erfolgreich in die Flucht geschlagen?« Elisabeth steht hinter mir und schüttelt sich vor Lachen.

»Ha, ha«, sage ich humorlos und halte ihr das Bier hin.

»Schatz. Es nervt langsam.« Sie nimmt einen tiefen Schluck aus der Flasche.

»Der Typ war ein Idiot«, antworte ich zu meiner Verteidigung.

»Und das hast du glasklar im Bruchteil einer Sekunde erkannt?«

Ich nicke ernst. »Ich habe ein untrügliches Gespür für Idioten.«

»Thea!« Sie verdreht die Augen und grinst.

»Ich werde nie wieder zur Minnie Mouse!«, antworte ich heftig.

»Definitiv nicht. Denn um zur Maus zu werden, bräuchte man erst mal einen Mäuserich.«

»Schlampige Schlampe!«, antworte ich und knuffe sie in die Seite.

»Ich bin zehn Jahre älter als du. Ich bin weise. Du nicht. Also habe ich recht und du nicht. Und jetzt lass uns tanzen.«

Und dann tun wir, was die alte, weise Frau verfügt hat, und tanzen, bis wir Sterne sehen.

Kapitel 19

Vom Geben und Nehmen

»Laut einer Studie lieben Männer es, wenn Frauen nach Vanille oder Kuchen riechen, das erinnert sie angeblich an ihre Kindheit. Da sie ja in gewisser Hinsicht dieses Entwicklungsstadium nie ganz verlassen, agieren sie dann schlicht gestrickt: Das riecht gut, das schmeckt, das will ich haben. Übersetzt: Komm nackt, und bring Essen mit!«

Elisabeth lacht sich schier scheckig, und ich nehme erschüttert einen Schluck Prosecco, während ich die Füße auf den Couchtisch lege. Nachdem wir getanzt haben, bis wir Sterne sahen, sind wir zu ihr gefahren, um die Nachbarin beim Babysitten abzulösen.

»Wo hast du das denn her?«, frage ich. Ich glaube, sie ist betrunken.

Sie zuckt die Achseln. »Frauenzeitschriften. Wo waren wir stehen geblieben?«

»Vor deinem sonderbaren Exkurs über nach Kuchen duftende Frauen? Beim Thema Anpassung in einer Beziehung«, knurre ich.

»Er liebt Frühstück, du nicht. Ist es da so schlimm, wenn du wenigstens am Wochenende richtig ordentlich mit ihm frühstückst? Verlierst du dich dann schon? Bist du dann schon überangepasst?«

»Es ist zumindest der erste Schritt, oder? Als Nächstes hänge ich in der Kletterwand, gehe surfen und gucke Fußball, weil er das alles super findet. Und dann folgt die Phase, in der ich glaube, allein nicht mehr existieren zu können. Ich weiß, wovon ich rede.« Düster sehe ich sie an. »Ich denke dann, dass ich kein Fahrrad mehr flicken kann, mir keine Autofahrt von über 50 Kilometern mehr zutraue und den Sonntagmorgen ohne Gesellschaft nicht überleben werde.«

Sie seufzt. »Du bist immer gleich so extrem. Das war damals alles schlimm und dramatisch. Aber was du empfunden hast, hatte vielleicht gar nichts damit zu tun.«

»Doch. Ich war plötzlich lebensunfähig.«

»Nein.« Energisch schüttelt sie den Kopf. »Du bist seither bloß bindungsunfähig.«

Ich verdrehe die Augen, um ihr zu demonstrieren, wie sehr ich diese Frauenzeitschriften-Psychologie hasse. Aber sie lässt nicht locker: »Du musst daran arbeiten. Wenn du offen bist und dich ein klein wenig anpasst, ist das doch toll für eine Beziehung. Das müssen doch beide. Es tut gut, mal Dinge zu wagen, die man sonst vielleicht nie ausprobiert hätte.«

»Ich …«, setze ich an, werde aber unterbrochen: »Und auf welchen Erfahrungsschatz greifst du bei allem, was du sagst, zurück? Christian. Christian. Und noch einmal Christian.«

»Hmpf«, antworte ich indigniert.

»Aber die Beziehung mit ihm zählt nicht. Zumindest nicht voll. Es waren sehr schwierige Umstände, und du warst im Grunde noch ein Kind. Auch wenn du so getan hast, als wärst du erwachsen.«

»Apropos Kind, wir müssen ein bisschen leiser sein, sonst wachen DEINE Kinder noch auf«, sage ich streng, woraufhin Elisabeth wieder ein wenig haltlos kichert.

»Wenn meine zwei Süßen etwas können, dann ist es schlafen. Und das weißt du …« Sie hört auf zu kichern und lächelt versonnen. »Also ich kann das jetzt bestimmt. Wenn ich mal wieder eine Beziehung haben sollte.«

»Was?«

»Eine gute Balance von Geben und Nehmen finden.«

Das glaube ich ihr. Wenn jemand das jetzt kann, ist es Elisabeth. »Warum hast du eigentlich immer noch dieses Bild dort stehen?« Ich deute auf ein in einem silbernen Rahmen steckendes Familienporträt. Elisabeth, Jonas, Emilia und Edgar, der Schuft.

Sie winkt ab und nippt noch einmal am Prosecco. »Ist ihr Vater«, sagt sie dann schlicht. »Sie können sich ohnehin nicht wirklich an ihn erinnern. Oder an das, was er getan hat.«

»Und das ist auch gut so …«, murmele ich.

»Ja. Sie haben ihn fast vergessen«, sagt sie leise. Eine Weile schweigen wir in freundschaftlicher Eintracht. Dabei verbindet uns so viel mehr als nur Freundschaft.

»Was soll ich denn jetzt machen?«, frage ich in die Stille hinein. »In den einen, in den ich mich verlieben sollte, weil er die richtige Haarfarbe hat, kann ich mich nicht verlieben, und der Rest des Marktes besteht aus Nicks, die goldene Fake-Rolex-Uhren tragen und einfach völlig dämlich sind.«

»Blödsinn. Wenn ich nach dem, was ich erlebt habe, sagen würde, alle Männer sind Schweine, wäre das durchaus nachvollziehbar. Tue ich aber nicht. Man kann verliebt sein und trotzdem unabhängig. Minnie Mouse war gestern. Deine Gefühle entstammen der Vergangenheit. Du musst jetzt mal anfangen, dich auf die Gegenwart zu konzentrieren. Im Klartext heißt das: Jetzt reiß dich mal zusammen. Oder stirb als verbissene alte Single-Frau. Kannst du dir ja aussuchen.« Sie sieht mich an, rollt wüst mit den Augen und murmelt dann noch: »Du bist 27. Jetzt entspann dich mal.«

Der nächste Tag ist ein Sonntag, den ich trotzdem in der Praxis verbringe, weil ich putzen muss. Das Einkommen, um mir eine Putzfrau leisten zu können, erwirtschafte ich noch; bis dahin mache ich selbst sauber. Was ich leider überhaupt nicht gut kann. Man könnte auch sagen, ich bin eine totale Putzniete.

Wenigstens bin ich angemessen gekleidet und rutsche um elf Uhr mit rosafarbenen Gummihandschuhen und einem lilafarbenen Stirnband durch den Flur und wische den Boden. Es soll Menschen geben, die in der Lage sind, diese Arbeit mit Hilfe eines Wischmops zu bewältigen. Wenn ich das versuche, sieht es hinterher schlimmer aus als vorher, weil ich den Dreck großflächig verteile. Folglich vollbringe ich dieses Werk auf Knien. Ich bin gerade dabei, die Fußleisten zu wischen, als es klingelt. Also rutsche ich zur Tür und öffne sie.

Oh!

Schröder.

»Ist es zwingend notwendig, dass du am Sonntag so einen Lärm machst?« Er hat eine neue Nerd-Strickmütze auf dem Kopf und ist unrasiert.

»Ich mache keinen Lärm, ich putze.« Wobei es schon sein kann, dass ich vor lauter Putzfrust ein wenig lauter als beabsichtigt mit dem Besen hantiert und den Eimer gegen die Fußleisten gedonnert habe.

»Klingt, als ob du das Haus einreißen willst«, stellt er fest und blickt von oben auf mich hinunter. Schröder ist ja nun mal groß und ich eher klein, womit der Höhenunterschied im Knien doch erheblich ist.

»Mann. Ich will nur sauber machen«, stöhne ich und richte

mich wieder auf. Ich lasse den Lappen in den Eimer fallen, woraufhin eine Fontäne Schmutzwasser in die Höhe schießt und sich über den frisch geputzten Fußboden ergießt.

»Sauber machen? Echt?« Er schenkt mir etwas, was entfernt an ein Grinsen erinnert.

»Gnrafmrhmp«, sage ich und gebe dem Eimer einen Tritt. »Ich hasse es zu putzen!«

»Dann mach mal eine Pause und komm mit nach oben. Ich habe Freundschaft mit einem großen Immobilienportal geschlossen.«

Ich streife die Handschuhe ab, fahre mir durchs Haar, entferne schnell das hässliche Stirnband und folge ihm die Treppe hinauf.

Schröder bewegt sich wieder ganz normal, also scheint er alles gut überstanden zu haben, womit mir dann wohl die Aussicht auf seinen unverhüllten, so entzückenden Rücken verwehrt bleiben wird. Es besteht damit aber auch keinerlei Gefahr mehr, hormonell verwirrt zu sein. Wunderbar. Ich folge ihm durch seinen kleinen Flur in das Wohn-Arbeitszimmer.

»Hol dir einen Kaffee«, sagt er geistesabwesend und zieht den zweiten Stuhl neben seinen Schreibtisch. Es ist alles wie immer. Keine absonderliche Anziehungskraft. Keine Hemmungen nach unserem nächtlichen Wirbeleinrenken. Erleichtert hole ich mir einen Kaffee und setze mich neben ihn.

»Es gibt drei ganz gut klingende Angebote. Wobei du mit Dr. Grosser zusammen sicherlich leichter etwas finden wirst. So etwas hier zum Beispiel.« Er ruft eines der Angebote auf und scrollt durch die Bilder einer sehr hübschen Altbauwohnung. »Ich kann mich in einer kleinen IT-Firma einmieten und mir eine WG suchen, und für Margarete habe ich eine ganz hübsche Wohnung im Klütviertel gefunden.«

»Das bedeutet aber, dass wir nicht zusammenbleiben«, sage ich tonlos, nachdem mich diese Information in ihrer ganzen Tragweite erreicht hat.

»Thea. Das bekommen wir nicht hin. Es wäre schon ein sehr großer Zufall, wenn in einem Haus vier bezahlbare Wohnungen frei würden und auch eine gewerbliche Nutzung selbiger möglich wäre.«

»Schröder. Du bist ein schrecklicher Realist.«

Er zuckt entschuldigend die Achseln. »Ja. Leider. Aber langsam müssen wir uns der Realität stellen. Sonst sitzen wir wirklich auf der Straße. Es ist nicht mehr lange hin bis November.«

Ich will es nicht. Wirklich nicht. Nichts liegt mir ferner. Und trotzdem muss ich ein paar Tränen wegblinzeln. Weil gerade alles so schlimm ist.

»Thea«, sagt Schröder empört und blickt mich entrüstet an.

»Hmpf«, murmele ich. »Kann nicht einmal etwas, was schön ist, einfach so bleiben?«

Schröder sieht mich an, und dann tut er wieder etwas sehr Sonderbares. Wie neulich, nachdem wir die Kündigung bekommen hatten. Etwas in meiner Welt geradezu Verwegenes. Er nimmt mich in den Arm.

Ich drücke mein Gesicht an seine Schulter und atme tief ein. Er riecht so gut. Frisch, sauber und nach Kerl. Wohingegen ich sicherlich nach Meister Proper und Wischwasser stinke. Trotzdem finde ich das hier gerade sehr gut. Angenehm. Schön.

Leider lässt Schröder mich nach ein paar Sekunden wieder los. Dafür streichelt er mir sanft über den Nacken. Was sicherlich nur als nette freundschaftliche Geste gemeint ist, löst bei mir umgehend eine Gänsehaut aus.

»Reiß dich zusammen!«, knurrt mir augenblicklich die Emanze in meinem Innern zu, und ich gehorche ihr mühsam. Und schaffe es auch noch, so zu tun, als wäre nichts. Also … es ist ja eigentlich auch nichts. Außer dass mein Kumpel mich zur Überwindung einer emotionalen Verstimmung in den Arm genommen hat.

Per Mail fordert Schröder dann noch einen Besichtigungstermin an, und ich gehe weiter putzen.

Verbissen reinige ich das Klo. Ich trage wieder meine Handschuhe, das Stirnband und hätte mir am liebsten auch noch einen Mundschutz vor das Gesicht gebunden. Was ich hier tue, ist nämlich echt ekelig. Es ist ja schließlich nicht mein Klo. Zumindest nicht ausschließlich, und irgendeiner meiner Patienten pinkelt immer meine Klobrille voll. Wobei anzunehmen ist, dass es sich um einen männlichen Patienten handelt.

Ich greife nach der Klobürste und bearbeite den Rest der Toilettenschüssel. Dabei starre ich in die weißen Tiefen, während ich energisch weiterschrubbe.

Danach wasche ich mir dreimal die Gummihandschuhe und blicke mein Spiegelbild an. »Da staunst du, was?«, sage ich zu mir selbst. »Ich habe mich an einen Mann angelehnt. Und er ist bemüht, mein größtes Problem zu lösen. Okay. Es ist vermutlich auch sein größtes Problem, aber so viel zum Thema *Ich soll mich entspannen.* Ich bin entspannt.«

Schließlich packe ich meine Sachen zusammen und fahre zu meiner Oma.

Der war den ganzen Tag langweilig. Und als ich ihr erzähle, dass ich den ganzen Tag Klo und Böden geputzt habe, fängt sie wieder mit der alten Leier an.

»Such dir einen Mann!«

»Putzt der dann für mich die Böden und das Klo?«, fauche ich sie an und schlage die Beine unter.

»Was war denn überhaupt mit dem Mann, mit dem du neulich abends ausgegangen bist?«

»Nix, Oma. Der war langweilig. Ich sollte doch hemmungslosen Sex in der Öffentlichkeit mit ihm haben, aber dafür war der ziemlich ungeeignet. Trotz der Haarfarbe.«

Entrüstet sieht sie mich an. »Habe ich das gesagt? Mit dem Sex?«

»Irgendwie schon … aber ist auch egal.« Ich winke ab. Es ist Sonntagabend, ich habe den ganzen Tag mit Dingen verbracht, die ich ehrlich doof finde, und jetzt will ich nur noch die vor mir liegende Pizza essen und Tatort gucken. Auch wenn meine Oma bereits nach fünf Minuten verkünden wird, wer der Mörder ist, und damit leider wie immer recht haben wird. – Sie ist manchmal eben doch etwas unheimlich.

Kapitel 20

Ein verlockendes Angebot

»Frau Fuss, Sie fahren immer noch mit Winterreifen durch die Gegend. Dabei haben wir Mai!« Dr. Grosser lehnt mit seinem blauen Pullunder lässig an der Flurwand. »Machen Sie doch bitte einen Termin in der Werkstatt. Das ist nicht gut und verbraucht zu viel Sprit. Zumal Ihr Wagen sowieso zu viel Sprit verbraucht.«

Ich brumme nur. Das muss er gerade sagen, mit seinem alten BMW.

»Manchmal befürchte ich in Ihrem Leben eine gewisse Desorganisationsproblematik«, fährt Dr. Grosser fort.

»Das brauchen Sie nicht zu befürchten, die existiert tatsächlich«, antworte ich schlecht gelaunt.

Ich habe auch meine Steuererklärung noch immer nicht fertig gemacht. Und bei meiner Krankenkasse wollte ich den Tarif gewechselt haben. Die GEZ (die sich inzwischen in »Beitragsservice« umbenannt hat, was an der Sachlage nicht viel ändert) weiß immer noch nicht, wo ich seit zwei Jahren wohne. Und meinen Handyvertrag muss ich auch dringend kündigen.

»Der Tag hat einfach zu wenige Stunden«, rechtfertige ich mich.

»Soll ich Ihnen noch einmal die Geschichte von dem Glasgefäß, den Steinen, dem Sand und dem Bier erzählen?«, fragt er zuvorkommend.

»Nein«, antworte ich hastig. Dr. Grosser erzählt immer nette Geschichten, die sein Gegenüber dazu anregen sollen, intensiv über die eigene aktuelle Situation nachzudenken. Nun muss ich aber nicht darüber nachdenken, dass meine Sommerreifen immer noch in der Garage herumliegen, ich muss sie einfach nur aufziehen.

»Ich würde Ihnen ja gern helfen, aber ich habe dazu leider kein Talent.« Das macht bei ihm immer Gaby.

»Ich kann das. Ich hatte nur bisher keine Zeit. Außerdem kann man bis April mit Bodenfrost rechnen.«

»Nun haben wir aber Mai.«

»Jaaa«, sage ich und denke: Klugscheißer!

Die Haustür klappert, und Dr. Grosser flüstert: »Meine Psychose. Ich muss rüber.« Mit einem strahlenden Lächeln und einer angedeuteten Verbeugung lässt er mich, jetzt auch leicht psychotisch, im Flur stehen und flitzt in seine Praxis.

Ich gehe in meine Küche, werfe einen Blick auf die Uhr und stelle fest, dass ich noch eine Stunde Zeit habe. Eigentlich wollte ich meine Steuerunterlagen sortieren. Aber draußen scheint die Sonne, und da ich den restlichen Tag Termine habe, ist es doch vielleicht sogar ganz nett, einen der ersten schönen Frühsommernachmittage auf dem Hof zu verbringen. Und die Reifen zu wechseln. Schnell schlüpfe ich in eine alte Jeans, die hier schon seit langer Zeit herumliegt, und laufe hinunter zu meinem Golf.

Aufbocken ist kein Problem. Das habe ich schon hundertmal gemacht. Aber mein spontaner Arbeitseifer wird durch eine festsitzende Mutter am linken Vorderrad erheblich gebremst. Ich bekomme das blöde Teil einfach nicht ab. Mit aller Kraft stemme ich mich gegen den Kreuzschlüssel, aber das Ding rührt sich nicht einen Millimeter. Ich fluche leise vor mich hin. Nachdem ich mir den Kreuzschlüssel aber auch noch ins Knie ramme, wird das Fluchen lauter.

Hinter mir lacht jemand. Ich fahre herum.

»Wow, kennst du schlimme Wörter!« Schröder. Neue Nerd-Mütze, neues Fahrrad, ein fettes Grinsen im Gesicht.

»Das ist nicht komisch!«, schnauze ich völlig humorlos zurück.

Er zeigt sich allerdings unbeeindruckt. »Darf ich mal?« Er lehnt sein Rad an das Garagentor und streckt die Hand aus.

»Nein«, sage ich barsch und drehe mich schwungvoll wieder zu der beknackten Radmutter um. Schröder schnaubt belustigt, lässt mich aber gewähren.

Leider ist das Ding weiterhin unkooperativ und rührt sich immer noch nicht. – Vermutlich jetzt erst recht nicht.

»Komm. Lass sie mich lösen, dann kannst du weitermachen.« Bevor ich mich wehren kann, nimmt er mir den Kreuzschlüssel ab, setzt ihn an, und die Mutter fällt klappernd zu Boden.

»Die war parteiisch«, sage ich unwirsch und verschränke die Arme vor der Brust.

»Darf ich weitermachen, oder wirst du dann handgreiflich?«

Ich denke an meine Steuererklärung, die drei Räder, die immer noch bombenfest montiert sind, und an Frau Kosinger, die in dreißig Minuten kommt. Es wäre durchaus erfolgsorientiert, wenn ich Schröder weitermachen ließe. Also zucke ich so unbeteiligt wie möglich die Achseln und trete der Emanze in meinem Innern gegen das Schienbein.

Schröder krempelt sich die Hemdsärmel auf, sehr männlich, und macht sich ans Werk. Er ist ziemlich effizient und flink. Das muss ich ihm lassen. Beim linken Hinterrad sagt er: »Du mutierst doch nicht gleich zur hilflosen Hausfrau, nur weil ich deine Reifen wechsele!«

»Doch«, antworte ich bockig und weiß selbst, wie bescheuert ich bin.

»Du bist sexistisch«, murmelt Schröder und arbeitet ungerührt weiter.

»Bitte was?«, fauche ich ihn an.

»Du diskriminierst mich. Wäre ich eine Frau, hättest du keine Probleme damit, dass ich deine Räder wechsele.«

An dieser Theorie ist eventuell sogar etwas dran. Erschüttert schweige ich, während Schröder weiter meine Räder wechselt. Kommentarlos, zügig, ohne viel Aufhebens darum zu machen.

Als er fertig ist, rollt er die Winterräder, nachdem er sie mit einem Stück Kreide markiert hat, in die Garage und wischt sich die Hände an einem alten Lappen ab.

»Darf ich dich was fragen?« Er lehnt sich neben mir an die Garagenwand und hält ebenfalls das Gesicht in die Sonne.

»Nur zu …« Es ist ein ganz neues Gefühl, dass ich hier so relativ entspannt herumstehe, nachdem ein Mann mein Auto sommertauglich gemacht hat. Früher hat Christian das gemacht. Ich musste allerdings förmlich darum betteln und vermute heute, dass er das total geil fand. Außerdem hat er immer erwartet, dass ich danach noch einige Wochen Dankbarkeit versprühe wie eine Wunderkerze Funken. Seit ich diese Dinge selbst in die Hand genommen hatte, war vieles einfacher.

Okay. Manches aber auch nicht.

»Hättest du Lust, mit mir auf eine Hochzeit zu gehen?«, fragt Schröder nun scheinbar beiläufig und mit geschlossenen Augen.

Aber er fühlt sich nicht so lässig, das kann ich an seinem Gesicht erkennen. Meine Augen sind nämlich offen, und ich starre ihn an.

»Eine Hochzeit?«, frage ich überrascht.

»Mein Bruder heiratet. In zwei Wochen. Ich würde dich gern einladen, mit mir zusammen dort hinzufahren.«

»Haben wir dann ein Date?«

Er grinst, aber seine Augen sind immer noch geschlossen und der Sonne zugewandt. »Nein. Du bist nur mein ›Plus eins‹. Kein Date.«

»Müssen wir so tun, als ob wir zusammen wären?« Wichtige Frage, ich kenne schließlich Hollywood-Liebesschnulzen, in denen das Drama immer mit genau solchen blöden Konstruktionen beginnt.

Er schüttelt den Kopf. »Ich weiß nicht, was die Leute denken. Könnte schon dazu kommen, dass der ein oder andere glaubt, dass wir ein Paar sind.« Er lächelt. Immer noch mit geschlossenen Augen. »Was natürlich sehr schmeichelhaft für mich wäre«, fügt er im nächsten Moment total unerwartet hinzu.

Hat er mir gerade ein Kompliment gemacht? Für einen Moment bin ich verwirrt. Schröder offensichtlich auch, denn er wird rot. Dunkelrot, um genau zu sein.

Jetzt mache ich schnell die Augen zu, halte das Gesicht in die Sonne und frage möglichst unverfänglich: »Wo denn?«

»Hannover. Nettes Hotel. Zwei Einzelzimmer. Wir fahren mit dem Zug, ich lade dich ein.«

Ich schlage die Augen wieder auf. Ich hasse Zugfahren. »Ich will mit dem Auto fahren.«

Ha! Er macht die Augen endlich auf und sieht mich verwundert an. »Geht auch. Aber fahren musst dann du. Ich habe weder ein Auto noch einen Führerschein.«

Hm. Diese Information muss ich doch tatsächlich kurz mal verarbeiten. Schweigend. Kenne ich jemanden in meinem Alter, der keinen Führerschein hat? Ich denke scharf nach. Ja. Zwei Freundinnen sind ohne Auto unterwegs. Beide leben allerdings auch in Großstädten, wo es ja durchaus eine Alternative sein soll, mit den öffentlichen Verkehrsmitteln zu fahren. Allerdings kenne ich keine Männer ohne Lappen. Ist das überhaupt möglich? Sind der Führerschein und das Auto nicht Ausdruck der männlichen Potenz und Stärke? Durchaus nervig und kindisch, wie ich finde, aber sehr realistisch.

Also … jetzt kenne ich jemanden, männlich, ohne Führerschein.

»So vorübergehend oder grundsätzlich nicht?«, frage ich vorsichtig nach.

»Grundsätzlich nicht. Hat sich nicht ergeben.«

»Ja, Führerscheine ergeben sich auch nicht einfach so. Die muss man machen.«

»Ach, wirklich?«, fragt er spitz zurück, und augenblicklich schäme ich mich für meinen dummen Spruch.

»Ich fahre gern mit dir nach Hannover«, sage ich versöhnlich. Warum auch nicht? Endlich mal raus hier. Eine gute Gelegenheit. Und wenn Schröder auch nicht mein Traummann ist, so ist mir seine Gesellschaft doch zumindest durchaus angenehm. Und wenn wir zwei Einzelzimmer haben, ist die Wahrscheinlichkeit, dass mich sein Rücken auf dumme Gedanken bringt, ebenfalls gering.

Frau Kosinger kommt auf den Hof geschlendert, heute in grelles Gelb gewandet und mit einer weißen Margerite im dunklen Haarturm. Sehr apart.

»Hallo, Frau Fuss«, begrüßt sie mich fröhlich und schwenkt ihre große Handtasche, offenbar zur Begrüßung.

»Mensch, Frau Kosinger. Ist es schon so weit?«

»Ich bin ein wenig früh. Ist das Ihr neuer Freund?« Sie besitzt noch nicht einmal den Anstand, bei dieser Frage diskret die Stimme zu senken.

»Nein«, antworte ich ein wenig schärfer als beabsichtigt. »Das ist nur mein Nachbar. Der mir freundlicherweise geholfen hat.«

Mit diesen Worten lotse ich sie in meine Praxis.

Bevor ich jedoch dazu komme, mich mit ihrem Rücken zu befassen, steht schon wieder Dr. Grosser vor meiner Tür. »Ich muss schnell mal weg, liebe Frau Fuss. Jetzt wollte aber der Telekomtechniker zwischen vier und sechs kommen. Margarete ist nicht da, und Herr Schröder hat eine Telefonkonferenz. Ob Sie den hereinlassen könnten? Dann würde ich einen Zettel unten an die Klingel kleben.«

Ich seufze. Eigentlich ist es mir nicht recht, wenn ich während einer Behandlung gestört werde. Aber Frau Kosinger hat sicherlich Verständnis dafür, zumal ich weiß, dass Dr. Grosser der gesamten Belegschaft des Callcenters der Telekom ein Teambildungs-Seminar zugesagt hat, nur um endlich diesen Termin zu bekommen. Ich willige also ein und kehre zu meiner wartenden Patientin zurück.

Kaum liegt sie bäuchlings auf der Liege, klingelt es an der Tür.

»Es tut mir leid«, murmele ich und lege ihr ein dickes Handtuch über den Rücken.

Sie hebt den Kopf, was in Anbetracht ihrer Haarmassen wirklich eine herausragende Leistung darstellt. »Macht nix. Lassen Sie sich Zeit. Vielleicht ist der Techniker ja der Mann fürs Leben«, sagt sie übermütig und lässt prustend ihr Gesicht wieder auf die Liege fallen.

Ich betätige den Türsummer und warte im Flur. Der Mann in Schwarz-Pink kommt die Treppe hinaufgewankt. »Hallo, wo ist der Router?«, fragt er übergangslos, ohne sich mit irgendwelchen langweiligen Förmlichkeiten aufzuhalten.

Ach, nö! Ich helfe gern, aber ich habe ja nun wirklich keine Ahnung, wo die Telefonsteckdose ist. Ich bin mir aber auch nicht sicher, ob Dr. Grosser das weiß.

»Keine Ahnung«, antworte ich deshalb wahrheitsgemäß.

»Uff!«, stöhnt der Mann und verdreht verzweifelt die Augen. »Ich bin schon viel zu spät dran und habe noch drei Kunden. Dann müssen wir den jetzt schnell suchen. Wohin?« Ich deute auf Dr. Grossers Praxis und schließe ihm auf.

»Ein kleiner weißer Kasten an der Wand«, informiert er mich und robbt schon durch den Flur.

Seufzend helfe ich ihm bei der Suche nach dem kleinen weißen Kasten, bis ein markerschütternder Schrei durch das Haus hallt. Erschrocken fahre ich aus einer Ecke auf, in der ich viele Kabel, aber leider keinen Kasten entdeckt habe, und treffe den ebenfalls total erschrockenen Telekomtechniker im Flur.

»Was war das?«, flüstert er.

Da der Schrei im nächsten Moment erneut ertönt, diesmal aber noch um einiges schriller, rase ich los und rechne es dem sich im Verzug befindlichen Techniker hoch an, dass er mir folgt.

Als ich mit ihm gemeinsam in den Hausflur stürme, kommt Schröder mir von oben entgegen.

»Sollte ich mich bewaffnen? Was war das?«

Ich zucke die Achseln. Mir ist ein bisschen mulmig, und mein Blick fällt auf meine Praxistür. Hatte ich die vorhin nicht offen gelassen, weil ich davon ausgegangen bin, dass ich eh in einer Sekunde wieder da sein würde? Jetzt ist sie zu. Und in meiner Praxis rummst etwas. Dann höre ich Frau Kosinger. Schimpfen. Und zwar laut.

Ich drücke meinen Daumen mit aller Macht auf den Klingelknopf, denn mein Schlüssel steckt von innen im Schloss.

Eine Sekunde später wird die Tür aufgerissen. Mir gegenüber steht ein panisch dreinblickender junger Mann.

»Oh Gott«, stammelt er und versucht, sich an der geballten Menschenansammlung in meinem Türrahmen vorbeizudrücken, aber Schröder packt ihn gekonnt und zieht ihn zur Seite.

»Was haben Sie mit Frau Kosinger gemacht?«, schnauze ich ihn an.

»Ich?«, stammelt er in Schröders festem Griff. »Ich habe gar nichts gemacht. Sie hat mich angegriffen!«

Anklagend deutet er in meinen Flur, in dem Frau Kosinger im nächsten Moment ihren großen Auftritt hat. Sie hat sich das schwarze Badetuch kurzerhand um die Brust geschlungen. Es ist leider ein wenig klein, bedeckt aber gerade noch die wichtigsten Stellen, die bei Frau Kosinger definitiv verdeckt sein sollten.

Ihr Blick ist wild. Und verwegen. Und sehr böse.

»Du!« Sie hebt anklagend den Zeigefinger und fuchtelt damit in der Luft herum, während sie versucht, den mir immer noch total fremden Mann niederzustarren. »Er kam einfach so, während ich fast nackt auf der Liege lag, herein. Er hat mich angesehen! Der Spanner!«

Ich verstehe überhaupt nichts mehr. »Äh. Bitte beruhigen Sie sich doch, Frau Kosinger. Ich denke, das können wir aufklären.«

Eindringlich sehe ich den jungen Mann an, der leichenblass und mit ergebener Miene neben mir steht.

»Ich habe sie nicht angestarrt. Ich habe sie gar nicht gesehen. Also … jedenfalls nicht, bis sie angefangen hat zu schreien. Da bin ich vor Schreck gegen den Türrahmen gerannt.« Er reibt sich eine rote Stelle an der Stirn.

»Was haben Sie in meiner Praxis verloren?«, herrsche ich ihn an.

Er guckt verstört. »Na, ich mache doch das Aufmaß. Das wussten Sie doch alle, dass ich heute komme. Und die Tür unten stand offen, da klebte ein Zettel ›Ich bin nicht da! Bitte klingeln Sie bei Frau Fuss!‹, und hier stand die Tür auch offen. Ich dachte, die haben Sie extra offen gelassen.«

»Offenbar war das der falsche Rückschluss«, sagt Schröder trocken.

»Es tut mir leid, Frau Kosinger. Ich kann gar nicht in Worte fassen, wie sehr. Ich mache das nie wieder, dass ich mich aus einer Behandlung rausklingeln lasse«, sage ich kleinlaut zu der immer noch kampfbereiten Frau in meinem Flur. Wenn sich das herumspricht, dass wildfremde Männer einfach so in meinem Behandlungszimmer auftauchen, dann kann ich dichtmachen.

»Ach. Machen Sie sich keine Sorgen. Ich habe ihm ja nichts getan. Aber es war knapp davor. Hätte er nicht so geschrien und wäre er nicht gegen die Tür gerannt, hätte ich natürlich für nichts garantieren können.« Zufrieden nickt sie mir zu und reibt sich die Hände. Offenbar gehört es zu ihrem Alltag, Männer zu Tode zu erschrecken. So, wie ihre Augen glitzern, ist es vielleicht ein Hobby von ihr?

Seufzend mache ich mich wieder an die Arbeit. Der arme Student der Architektur misst derweil meine Praxis aus. Er wird bestimmt bis an sein Lebensende Angst vor großen, üppigen Frauen haben. Und bei mir hinterlässt es ein komisches Gefühl, dass niemand von uns wusste, dass er kommt.

Kapitel 21

Über die Liebe der gemeinen Landschildkröte

»Ein Kleid! Ich brauche ein Kleid!«, rufe ich in den Hörer, aber Elisabeth reagiert nicht. »Hallo?« Verdutzt lausche ich der Stille. Im Hintergrund höre ich ein leises Rauschen.

»Da bin ich wieder!« Vor Schreck zucke ich zusammen. »Was brauchst du? Ein Kleid? Sollte es weiß sein? Hat der blonde Prinz mit seinem blöden Klepper sich endlich dazu herabgelassen, dich heimzusuchen?«

»Äh, nee. Ich fahre zu einer Hochzeit. Aber nicht meiner eigenen. Ist ja wohl klar, oder? Wo bist du denn?«

»Bei Edgar. Ich habe mal das Grab in Ordnung gebracht. Da wuchs viel mehr Unkraut als auf den anderen Gräbern. Sah schlimm aus. Komm doch her. Und bring was zu essen mit.«

Wir sitzen gegenüber von seinem Grab auf der Bank und essen Döner. Einige Friedhofsbesucher laufen vorbei, und keiner scheint irritiert, dass wir Fastfood auf einem Friedhof konsumieren. In Bezug auf Edgar Pfeifenschröters Grab ist man hier einiges gewohnt. Döner essen ist da vergleichsweise so harmlos, dass die vorbeilaufenden Menschen freundlich grüßen.

Eine Woche nach seiner Beerdigung sind wir hierhergekommen, haben Sahnetorte gegessen und »Highway to hell« gehört. Allerdings nur in Zimmerlautstärke aus Rücksicht auf die anderen Toten, die sicherlich nicht solche bösartigen Tyrannen waren wie Edgar. Der war nämlich schon ziemlich einzigartig in seiner charakterlichen Grundausstattung. Und wenn er Alkohol trank, was er zum Schluss stündlich tat, wurde er zu etwas, wovor man einfach nur Angst haben musste. Elisabeth hat das Zusammenleben nur ausgehalten, weil er ihr drohte, ihr und den Kindern etwas anzutun, wenn sie ihn verlassen würde. Außerdem hat er ihr glaubhaft versichert, dass sie von ihm keinen Cent sehen würde. Mit ihrem Job als Altenpflegerin und mit zwei kleinen Kindern waren ihre Zukunftsaussichten nicht sonderlich rosig.

Aber Elisabeth hat gekämpft. Erst hat sie sich bei der Polizei gemeldet, die wenig hilfreich war. Ich hatte ein Zeugenschutzprogramm mit neuer Identität erwartet, es gab aber nur den freundlich gemeinten Hinweis, Elisabeth möge in einer Gefahrensituation die 110 wählen. Die Vorstellung, wie die doch recht kleine Elisabeth vor dem einhundert Kilo schweren betrunkenen Unhold flieht, in der Hand ein Telefon, um die 110 zu tippen, kam mir ziemlich absurd vor. Doch zum Glück hat sie etwa zur selben Zeit eine Therapie begonnen. Das gab ihr dann die Kraft, sich tatsächlich zu trennen. Allerdings unter strengen Sicherheitsvorkehrungen.

Ja, vor drei Jahren war es dann endlich so weit: Elisabeth hat sich von Edgar getrennt. Und er bekam vor Wut einen Herzinfarkt. Zack. Ich war Zeugin, denn ich wartete, bewaffnet mit dem Telefon, begleitet von meinem Bruder und einem affenstarken Freund von ihm, im Nebenzimmer, während die Kinder bei der Nachbarin waren. Nachdem Edgar kommentarlos auf den Küchenfliesen zusammengebrochen war, haben wir alle kurz überlegt, ob wir nicht noch schnell etwas anderes zu erledigen hätten, um dann doch den Notarzt zu rufen.

Der konnte aber nur noch Edgars Tod feststellen. Was sehr bedauerlich war. Fanden zumindest der Notarzt und die Nachbarin.

Ich habe eine sehr klare Meinung zu dieser Sache: Elisabeth hat zum ersten Mal »Nein! So nicht!« gesagt, und Edgar starb. Das war doch glasklar ein Zeichen! Die meisten Zeichen können wir nicht lesen, aber dieses blinkte in Leuchtschrift vom Himmel.

Kurz darauf hat Elisabeth festgestellt, dass Edgar ziemlich reich war. Weil er irgendwann mal heimlich sehr viel Geld geerbt und es dann auch noch gut angelegt hatte. Womit sie von dem Moment an ziemlich reich war. Das ist auch der Grund, warum wir in Bezug auf Edgar jedes Jahr einmal feiern. Ganz heimlich, still und leise.

»Das Kleid«, erinnert Elisabeth mich, während sie immer noch genüsslich an ihrem Döner kaut.

»Ja. Das Kleid. Ich werde mit Schröder auf die Hochzeit seines Bruders gehen. Als sein ›Plus eins‹, sozusagen. Dafür brauche ich ein Kleid.«

»Wieso du?« Elisabeth wirkt ein wenig verwirrt. Ich zucke die Achseln. »Habt ihr euch geküsst, seid ihr euch sexuell nähergekommen? Oder ist so etwas wenigstens in Planung?«

»Nein«, sage ich energisch. »Er will wohl einfach nicht alleine gehen. Warum ich jetzt genau … Vielleicht hat er sonst nur Nerd-Freundinnen, die nicht sonnenlichttauglich sind?«

»Das ist kein schlüssiges Argument. Findest du das nicht

sonderbar? Ihr habt doch sonst überhaupt nichts miteinander zu tun.«

»Bis jetzt fand ich das nicht sonderbar«, murmele ich. Die Sache mit seinem Rücken und dieser seltsamen Anziehungskraft muss ich jetzt ja nicht unbedingt erwähnen.

»Ein Kleid finden wir in meinem Fundus.« Elisabeth lächelt endlich, und ich freue mich. Nachdem sie mehrere Jahre mit sehr wenig bis nichts auskommen musste, hat sie einen kleinen Teil des vielen Geldes in den Inhalt ihres Kleiderschranks investiert. Sie lässt mich teilhaben an diesem Schatz. Es passt nicht alles, da sie im Gegensatz zu mir unübersehbar über Brüste verfügt, aber zur Not wird sie es enger machen.

Wir sammeln unseren Müll ein. »Tschüss, Edgar. Ich gehe heute Abend feiern. Und morgen werde ich mir zwei Bücher kaufen. Teure Bücher. Vielleicht besorge ich auch noch einen neuen Wasserkocher. Wer weiß … Gehab dich wohl!« Elisabeth winkt dem grauen Grabstein fröhlich zu.

»Wollen wir noch …«, fragt sie zögerlich, aber ich winke ab. Nicht heute. Stattdessen fahre ich nach Hause und befasse mich endlich mit dem Hamelner Immobilienmarkt für praxislose Physiotherapeutinnen. Und Psychotherapeuten, in Verbindung mit einem Nerd mit unbekanntem Schaffensfeld sowie einer freundlichen, aber bisweilen zum Esoterischen neigenden Sachbuchautorin.

Danach bin ich deprimiert und trinke eine halbe Flasche Rotwein. Anschließend ist mir noch mehr zum Heulen zumute, und ich tue, was ich in solchen Fällen sehr gern tue: Ich besuche endlich mal wieder das Forum der Liebhaber der Landschildkröte. Es gibt ja Foren zu sämtlichen Themen und Sorgen, die ein menschliches Wesen so umtreiben können. Socken strickende Menschen, Menschen, die Hunde erziehen wollen, aber nicht können, Leute mit Sonnenphobie, Blumenpflanzer, Menschen, die aus Leidenschaft jeden Tag ihr Auto waschen. Die Liste ist lang und manchmal ein wenig beängstigend. Nicht so das Forum der Liebhaber der Landschildkröte. Hier ist alles ruhig und friedlich. Hier werden die besten Wildkräuter besprochen, die dem zarten Verdauungstrakt der Landschildkröte genehm sind. Hier gibt es Tipps zum Überwintern (im Kühlschrank bei 4–6 Grad mit regelmäßiger Gewichtskontrolle) und Bilder von schlimmen Hautkrankheiten samt Hinweisen, was umgehend dagegen zu unternehmen ist.

Es ist ja nicht so, dass ich viel an Diskussionsstoff dazu beitragen könnte, aber ich genieße die friedvolle Stimmung und die banalen Probleme, mit denen sich Mehrfachschildkrötenhalter so herumschlagen. (Bananen führen zu wässrigem Kot!) Und alles ist langsam. Die Fragen sind freundlich ausformuliert, und die Antworten trudeln erst nach mehreren Tagen ein.

Heute entdecke ich einen ganz neuen Diskussionsbereich zum Thema »Die Liebe«. Neugierig klicke ich ihn an und bin nur drei Minuten später bereit, den Rest der Rotweinflasche zu konsumieren.

Ich habe einen eklatanten Fehler gemacht. Schwerwiegend und nahezu nicht wiedergutzumachen. Fassungslos lese ich alle Post zum Thema »Die Liebe« noch einmal durch. Das Ergebnis ist dasselbe.

Man ist sich einig, dass allein gehaltene Tiere immer irgendwann verhaltensgestört werden. Ausnahmslos. Ich werfe einen Blick auf den regungslosen Bernd, und meine Wangen brennen. Er hat ein wunderbares Gehege, im Sommer sogar mit Freilandhaltung bei meinem Vater. Er ist gut durch den

Winter gekommen und hatte sogar ein eigenes Kühlschrankfach. Und dann das …

Ich habe den entscheidenden Fakt zum Thema Schildkröte schlicht überlesen. Oder vielleicht hat mein Gehirn sich auch einfach nur geweigert, diese Information zu verarbeiten? Vielleicht bin ich davon ausgegangen, dass Bernd genauso wenig wie ich einen Partner braucht?

Wenn dem so wäre, wäre ich ein egoistisches Miststück.

Ich hocke mich vor Bernd und begutachte ihn genau. Man kann jetzt noch nichts sehen von einer Verhaltensstörung, was daran liegt, dass er grundsätzlich kein Verhalten an den Tag legt. Aber vielleicht ist das schon eine Störung?

Ich muss ihm sofort eine Partnerin kaufen. Gleich morgen früh fahre ich los und werde ein Schildkröten-Date organisieren.

Ein wenig verstört gehe ich ins Bett und kann dann nicht schlafen. Es ist ja eine Sache, Männer für entbehrlich zu halten. Aber eine ganz andere, Wesen, die einen Partner benötigen, diesen vorzuenthalten. Weil man eventuell selbst ein wenig verhaltensgestört ist.

Die Nacht ist zäh wie Karamell, und am nächsten Morgen scharre ich um Punkt acht Uhr vor dem Zooladen mit eigener Reptilienabteilung mit den Füßen.

Als endlich jemand erscheint, um die Tür aufzuschließen, stürme ich förmlich den Laden und schaffe es, den Mann im grünen Overall spontan zu überfordern. Vermutlich hatte er noch keinen Kaffee. Zumindest aber ist ihm die kleine Frau, die vehement und sofort nach einem Landschildkrötenweibchen verlangt, äußerst suspekt. Weswegen er erst mal ein paar Sekunden bestürzt schweigt.

»Haben Sie mich verstanden?«, frage ich. Er nickt. Zwar mit Verzögerung, aber er scheint wenigstens grundsätzlich meine Sprache zu sprechen.

»Äh«, sagt er und kratzt sich unter dem schütteren Haupthaar am Kopf. »Haben Sie denn ein Männchen?«

Eifrig nicke ich.

»Aber nur eins?«

Wieder Zustimmung meinerseits.

»Das ist nicht so gut. Sie sollten mehr Weibchen als Männchen halten. Am besten wäre ein Verhältnis von eins zu drei.«

»Ah«, sage ich schwach. »Ein Männchen und drei Weibchen?«

Froh, dass wir uns verbal näherkommen, scheint er allmählich aufzutauen.

»Die Männchen sind sehr fortpflanzungsfreudig und stressen die Weibchen damit. Mehr Weibchen in der Gruppe gleichen das aus.«

»Ist ja wie im echten Leben«, sage ich trocken, aber der Reptilienexperte schaut nur bestürzt drein. Vielleicht kennt er sich mit den Weibchen im echten Leben nicht so gut aus. Ein Schildkröten-Nerd. Interessante Gattung.

»Sie müssen die Tiere schon artgerecht halten«, mahnt er mich. »Wie groß ist denn Ihr Gehege?«

»So … zwei Quadratmeter?«

Augenblicklich schlägt er die Hände über dem Kopf zusammen. »Zwei ausgewachsene Tiere benötigen mindestens fünfzehn Quadratmeter!«

»Oh«, sage ich schwach.

»Draußen«, sagt er fest.

Ja. Ist ja gut. Ich habe verstanden, dass Bernd ein fürchterliches Dasein fristet. Und ich war schon so stolz, dass ich ihn korrekt in den Kühlschrank gesteckt hatte und er danach wirklich wieder zum Leben erwacht war. Na ja, zumindest vermute ich das.

»Sie sollten Ihren Schildkröterich abgeben und sich eine Katze zulegen. Die sind einfacher in der Pflege.« Er hat jetzt definitiv Oberwasser. Und vermutlich recht.

»Ich werde darüber nachdenken«, sage ich traurig.

»Geben Sie mir Ihre Telefonnummer. Ich kann mich um einen Platz in einer Gruppe bei einem Freund bemühen. Absolut artgerechte Haltung.«

Schaden kann das ja nicht. Ich krame in meiner Handtasche nach meiner Visitenkarte und drücke sie ihm in die Hand. Dann drehe ich mich um und gehe.

»Und lesen Sie nicht diese alten Ratgeber. Schildkröten sind keine einfachen Haustiere!«, ruft er mir hinterher.

Als ich wieder in meinem Golf sitze, bin ich traurig. Offenbar tue ich Bernd schlimme Dinge an. Und das aus totaler Ahnungslosigkeit. Der arme Schildkröterich. Betrübt fahre ich in die Praxis.

Kapitel 22

Das Leben im Rückspiegel

Ich schließe die Tür auf und will gerade meinen Briefkasten öffnen, als jemand die Treppe heruntertrabt. Traben meine ich in diesem Fall wörtlich. Was da kommt, klingt wie einer dieser hochgezüchteten Vollblüter. Neugierig spähe ich über das Briefkastentürchen. Der Vollblüter ist weiblich und hat sehr lange Beine. Mit federnden Schritten läuft die junge Frau die Treppe hinunter. Sie trabt an mir vorbei, schüttelt kurz die Mähne, bläht die Nüstern und haucht »Hallo!«, trabt aus der Tür und verschwindet aus meinem Sichtfeld.

Ich kann nicht anders, als ihr hinterherzustarren. Die Redewendung »Sie ist eine Erscheinung« macht nämlich plötzlich Sinn. Das war eine Erscheinung. Nur – wo kam sie her?

Ich raffe meine Post vom Wochenende zusammen und betrete meine Praxis. Ob Margarete zu so früher Stunde so vollblütigen Besuch hatte? Ich linse auf die Uhr. Es ist viertel vor neun. Ich bin heute früher dran, weil ich direkt vom Zooladen komme und endlich meine Steuererklärung machen will. Margarete hingegen steht eigentlich nie vor neun auf. Bleibt nur Schröder.

Diese Erkenntnis ist aus irgendeinem Grund nicht schön. Ich koche mir einen Kaffee, setze mich mit meinen Unterlagen in die Küche und starre sie an. Bis es um halb zehn klingelt. Dr. Grosser steht vor der Tür.

»Guten Morgen, werte Frau Fuss.«

»Morgen, Herr Nachbar.«

»Möchten Sie vielleicht einen weißen Tee?« Er zupft an seiner blauen Strickjacke herum und umklammert mit der anderen Hand sein Tablet.

»Nach Tee steht mir nicht so der Sinn. Darf es vielleicht auch ein Espresso, von liebevoller Therapeutenhand zubereitet, sein?«, frage ich zurück.

Mein Nachbar nickt und folgt mir wortlos in meine Küche. Er schweigt, bis er den Espresso vor sich stehen hat, dann fragt er mich schneidig: »Glauben Sie an die Liebe?«

Ich sehe ihn an, dann den Kühlschrank, die Küchenlampe, meine Fingernägel und wieder ihn. Was ist das denn hier jetzt? Ist er bei Frau Kosinger in die Lehre gegangen?

Er räuspert sich, scheint aber wirklich auf eine Antwort zu warten.

»Dr. Grosser. Das geht Sie überhaupt nichts an«, sage ich schließlich.

»Doch, doch!« Er hebt den Zeigefinger. »Ich denke schon. Das ist ein wichtiger Grundfaktor im Leben eines Menschen. Ob er nämlich in der Lage ist, an die Liebe zu glauben.«

»Es ist noch vor zehn. Können wir ein so tiefschürfendes Gespräch nicht vertagen?« Ich fühle mich unwohl. Die Richtung seiner Frage behagt mir nicht.

»Ich glaube an die Liebe«, stellt er im nächsten Moment hochzufrieden fest. »Vielleicht nicht in meiner aktuellen Beziehung, das muss ich zugeben, aber so grundsätzlich schon!«, fügt er noch hinzu.

»Schön für Sie.« Was will er von mir?

»Waren Sie schon einmal richtig verliebt, mit einem sich direkt anschließenden Gefühl der intensiven Liebe?«

»Ich weiß es nicht«, sage ich. Und ich weiß es wirklich nicht. Kenne ich diese viel beschriebene, besprochene, verfilmte Liebe, für die es sich lohnt, alles aufzugeben, sein ganzes Leben zu verändern? Durch die man vielleicht doch zum Bergsteiger wird, obwohl man sonst eigentlich mehr auf Yoga steht? Ich habe meine Liebe zu Christian nie hinterfragt. Erst war sie einfach da, oder zumindest waren da diese sonderbaren Gefühle im Bauch, von denen ich annahm, dass sie irgendetwas mit Liebe zu tun haben müssten, und danach war keine Zeit mehr für solche Spitzfindigkeiten.

»Denken Sie noch über meine Fragen nach?«, erkundigt Dr. Grosser sich interessiert, und ich nicke. »›Ich weiß es nicht‹ ist ja keine Antwort darauf. Aber wenn Sie immer noch nachdenken müssen, dann tun Sie es nicht. Sonst wüssten Sie es.« Dr. Grosser, der Kenner der menschlichen Gefühle, sieht mich mitleidig an.

Mir wird ungewollt ein wenig schwer ums Herz. Schließlich sollte man doch davon ausgehen, dass ich Christian geliebt habe. Sonst hätte ich das alles doch gar nicht ausgehalten. Und außerdem ist es unfair, jetzt darüber nachzudenken. Es fühlt sich wie Verrat an. Christian kann nicht mitdiskutieren.

»Sehen Sie, manchmal klammern wir uns an dem Ursprung unseres Unglücks fest. Das hat den Vorteil, dass wir uns nicht auf die Gegenwart zu konzentrieren brauchen. Aber das ist falsch«, sagt Dr. Grosser sanft.

Ihr esst doch alle zu viele Glückskekse, denke ich erbost. Und offenbar lesen Elisabeth und Dr. Grosser dieselben Glückskeksbotschaften.

»Das können Sie gar nicht beurteilen!« Meine Stimme klingt schärfer als beabsichtigt. »Es ist schön, wenn Sie an die Liebe glauben, aber das kann manchmal auch böse enden!«

Dr. Grosser nickt nur mit ernster Miene. »Und genau daran müssen Sie arbeiten! Das ist Ihr dunkler Fleck auf der Seele. Deswegen verhauen Sie jeden Kerl, der Ihnen zu nahe kommt.«

Ich möchte ihm vors Schienbein treten. Oder mit einem harten Gegenstand auf seinen Psychologenkopf hauen. Nur die Tatsache, dass er sehr bekümmert aussieht und in keiner Weise erfreut über diese gewichtige Erkenntnis, mit der er leider komplett ins Schwarze getroffen hat, lässt mich davon absehen, ihm körperlichen Schaden zuzufügen.

Als der Impuls abebbt, schließe ich für einen kleinen Moment die Augen. Ich könnte es ihm erzählen. Er wüsste sicher, was zu tun ist. Wie man das Leiden heilen kann, das ich seitdem mit mir herumschleppe.

Aber ich traue mich nicht. Solange ich nicht darüber spreche, bleibt es in einer undefinierbaren Ferne. Wenn ich es ausspreche, wird es mich wieder packen. Wie sich das anfühlt, weiß ich ja noch. Deswegen schwenke ich spontan um. In die mir bekannte Richtung.

Ich räuspere mich. »Dr. Grosser. Es liegt nicht an mir. Ich will durchaus einen Mann. Aber bitte mit Eiern und keinen, der in mir nur die nächste Unterschlupf- und Betreuungsmöglichkeit sieht, nachdem er bei seiner Mama ausgezogen ist. Einen, mit dem ich über das Leben diskutieren kann und der mich so sein lässt, wie ich bin.«

Dr. Grosser schweigt. Aber er sieht ein wenig so aus, als hätte er in eine Zitrone gebissen. Deshalb hole ich weiter aus: »Ich treffe leider nur auf totale Klischee-Klassiker. Männer, die Fußball lieben und das gerne mit Bier und Kumpels zusammen vor dem heimischen Fernseher tun. Männer, die sich als Gott der Kommunikation betrachten, wenn sie einer Frau einmal in zwei Jahren sagen, dass die neue Jeans ›scharf‹ aussieht. Männer, die mir permanent erklären wollten, wie das Leben funktioniert und wie ich zu sein habe. Also aus männlicher Sicht, versteht sich. Weil mir das nicht passt und ich ja immer noch auf den Helden warte, stelle ich irgendwie die Opposition zum üblichen weiblichen Leben in Deutschland.«

Dr. Grosser beugt sich zu mir, bis seine Nasenspitze fast mit meiner kollidiert. »Sie sind eine wunderbare Frau. Nur manchmal ein wenig feige. Ihr emanzipatorischer Kampf in allen Ehren, aber Sie lenken damit doch nur ab. Von sich. Wenn ich das Gespräch mit ein paar weisen Worten beenden darf, und ich darf das, ich bin Therapeut: ›Wer bei der Reise durch das Leben immer nur in den Rückspiegel schaut, darf sich nicht wundern, wenn er dauernd gegen die Wand fährt.‹« Mit diesen Worten steht er auf.

»Frauen und Männer müssen gleich bezahlt werden«, sage ich schwach.

»Natürlich müssen sie das. Diese Welt ist immer noch voller Ungerechtigkeit! Aber das hat nichts damit zu tun, dass Sie sich nicht verlieben können«, sagt er und geht.

Ich öffne den Mund, weil ich etwas sagen möchte. Was, weiß ich leider nicht, deswegen schließe ich ihn wieder. Dann geht er von allein wieder auf, aber vor lauter Fassungslosigkeit bin ich tatsächlich von völliger Sprachlosigkeit erfasst. Weil Dr. Grosser leider recht hat und ich keine Ahnung habe, wie er mich durchschauen konnte.

Kapitel 23

Tage des Baums

Ich möchte wieder ins Bett, mir ganz klassisch die Bettdecke über den Kopf ziehen und warten, bis der Tag vorbei ist. Der hat allerdings noch einige Stunden, die überstanden werden müssen, und er scheint nicht geneigt, es mir durch einen angenehmeren Verlauf leichter zu machen. Im Gegenteil, der Tag scheint zu beschließen, aus dem Vollen zu schöpfen. Denn als ich mich endlich aus meiner Erstarrung löse und den Laptop hochfahre, um mich meiner sträflich vernachlässigten Homepage zu widmen, läuft das Internet nicht. Ich kenne dieses Problem und bringe meine einzige Kenntnis zu diesem Thema zum Einsatz: den Router neu starten. Aber auch das hilft nicht. Mein Laptop behauptet etwas von einem Ausfall des Blablabla-Servers X4RT009, und ich möchte Kaffee auf seine Tastatur gießen.

Stattdessen mache ich mich auf zu Schröder. Auch wenn anzunehmen ist, dass das rassige Vollblutweib, das heute Morgen die Treppe heruntertrabte, aus seiner Wohnung kam, was nach wie vor ein ganz leichtes Unwohlsein in mir auslöst. Aber ich kann in diesem Fall eben selbst nicht viel tun. Außer vielleicht ein wenig das Kabel zu massieren.

Das sag ich auch Schröder, der sich mein Problem drei Minuten später anhört.

Er lacht. Wohl über mein Ansinnen, das Kabel mit den mir zur Verfügung stehenden therapeutischen Mitteln zu behandeln, und ich möchte ihm sagen, dass er doch das rassige Vollblutweib zur Hochzeit seines Bruders mitnehmen soll. Immerhin scheint sie die Nacht bei ihm verbracht zu haben. Da kann er sich dann sogar das Einzelzimmer für mich sparen. Die sind ja, wie allseits bekannt, sowieso viel teurer als ein Doppelzimmer.

Ich sage aber nichts und beobachte ihn stattdessen dabei, wie er sich über seinen Computer in meinen Router einhackt. Es ist immer ein wenig gruselig, was Schröder so alles kann. Dann murmelt er irgendwelche Diagnosen, die ich nicht verstehe, und fünf Minuten später läuft mein Internet wieder.

Ob ich ihn einfach fragen soll? »Alter, wer war die Frau?« Wäre er nicht Schröder und hätte er nicht offensichtlich irgendeinen Platz in meinem Herzen besetzt, würde ich das auch tun.

Diese Erkenntnis verwirrt mich, was dazu führt, dass ich mich, wenn ich nicht aufpasse, sicher gleich sonderbar benehmen werde, und so laufe ich im Interesse der allgemeinen Sicherheit nach einem kurzen Dank zurück in meine Praxis.

Aber Schröder verfolgt mich und klingelt nur drei Atemzüge später an meiner Tür. »Ich habe noch was für dich.« Er reicht mir einen cremefarbenen Umschlag, auf den in goldenen Lettern mein Name gedruckt ist. Ich reiße ihn auf und ziehe eine höchst geschmackvolle Karte heraus. Die Einladung zur Hochzeit, auf die jemand einen gilligelben Post-it-Zettel geklebt hat, auf dem steht: *Liebe Thea, wir freuen uns, dich kennenzulernen! Liebe Grüße. Laurentin & Katrin.*

Das ganze Ding ist so unfassbar edel, dass es richtig schwer in meiner Hand liegt.

»Nett«, sage ich und bin auf einmal sehr befangen. Wer zum Teufel war die Gazelle heute Morgen?

»Alles okay?«, fragt Schröder lauernd. Er scheint langsam mitbekommen zu haben, dass ich mich sonderbar fühle.

»Hm«, sage ich.

»Heißt so viel wie ›Nicht mein Tag‹?«

Ich wiege den Kopf, was auch immer das bedeuten soll. Ich kann mich gerade nicht festlegen.

»Ja, es gibt Tage, da ist man der Hund, und Tage, da ist man der Baum«, murmelt Schröder und lächelt ein Lächeln, das mir offenbar noch nie vorher aufgefallen ist. Denn sonst wäre es mir aufgefallen.

Meine Gedankengänge machen wenig Sinn, aber zum Glück werde ich von einem »Hallo!« jäh beim Denken unterbrochen, weil plötzlich Mehmet im Hausflur steht. Er strahlt über das ganze Gesicht, als hätte er gerade erfolgreich drei Falschparker vom Hof vertrieben oder einen Döner ohne Kalorien erfunden. Er hebt beide Hände, wohl um eine große Ankündigung zu machen. »Ich habe eine Lösung!«, verkündet er dann unübersehbar stolz.

»Für Tage, an denen man der Baum ist?«, frage ich. »Immer her damit!«

»Wir haben freie Wohnung über Restaurant.«

»Wo kommt die denn plötzlich her?«

»Mama wollte leer stehen lassen, bis Onkel aus Ankara kommt. Hat aber nun Frau für Leben gefunden und bleibt in Türkei. Hat außerdem sehr guten Job in Consultingfirma. Fährt Porsche. Möchte nicht nach Hameln. Mama bietet euch Wohnung an!«

»Oha«, sagt Schröder und zieht eine Augenbraue hoch. »Können wir die mal ansehen?«

Mehmet macht eine einladende Ganzkörperbewegung, und wir folgen ihm über den Hof, durch die Dönerbude, auch »das Restaurant« genannt, bis in den ersten Stock unseres Nachbarhauses. Das alte Parkett knarrt behaglich, als wir durch die Räume wandern. Die Wohnung ist sehr hübsch, top saniert, aber klitzeklein. Eher eine Zwergenwohnung. Wenn ich hier arbeiten wollte, müsste ich wohl Löcher in die Wände hacken, um mir nicht permanent die Ellenbogen aufzuschlagen. Und Dr. Grosser könnte nie mehr Menschen mit Klaustrophobie therapieren. Das käme wohl einer Schocktherapie gleich. Sein Zimmer wäre nämlich maximal acht Quadratmeter groß. Sein Patient säße ihm quasi auf dem Schoß.

»Aber wohnen geht nicht«, sagt Mehmet traurig.

Schröder schüttelt den Kopf. »Margarete schaut sich heute Abend eine Wohnung an. Und ich komme in einer WG unter.« Er wendet sich an mich. »Für euch wäre es sicherlich zu klein, oder?«

Ich nicke. »Aber wenn wir nichts anderes finden, wäre es zumindest eine Übergangslösung, wenn das für dich und deine Mutter in Ordnung ist.« Es kann ja nie schaden, einen Plan B zu haben. Dr. Grosser und ich über einer Dönerbude. Was soll das bloß für einen Synergieeffekt geben?

»Allerdings müsstet ihr dann von hier der Zwangssanierung unseres alten Zuhauses beiwohnen.« Schröder steht am Fenster und schaut hinüber auf unser Heim. Ich stelle mich neben ihn und blicke ebenfalls auf das alte, wunderschöne Fachwerkhaus. Mir wird wieder ganz schwer ums Herz.

»Ich will nicht ausziehen«, sage ich trotzig. Und weil ich heute der Baum bin, Dr. Grosser so böse in meinen Wunden gestochert hat und ich dem Vollblutweib auf der Treppe begegnet bin, fange ich übergangslos an zu weinen. Dabei weine ich sonst nur, wenn Bambis Mutter im Film stirbt. Nur Sterben bringt mich zum Weinen. Doch Kündigungen anscheinend auch.

Mehmet ruft als Erstes seine Mutter. Offenbar braucht er zur Bewältigung des Anblicks einer weinenden Frau den Beistand seiner Mama. Seine Mutter kommt, erfasst die Situation im Bruchteil einer Sekunde und schleppt Tee und klebrige Süßigkeiten herbei. Außerdem zieht sie ein blütenweißes Taschentuch aus ihrer Rocktasche, mit dem sie liebevoll mein Gesicht bearbeitet. Mehmet spricht unterdessen vor lauter Schreck nur noch Türkisch mit mir.

Schröder wischt mir mit dem Zeigefinger etwas von dem klebrigen Zeug vom Mund und nimmt mich in den Arm. »Thea ist heute der Baum«, erklärt er unseren türkischen Freunden sehr ernst. Dann nimmt er das Carepaket, bestehend aus noch mehr süßem, klebrigem Gebäck, entgegen und schiebt mich die Treppe hinunter, durch den Dönerladen, über den Hof und in meine Praxis.

Dort angekommen, setzt er mich auf einen Stuhl in der Küche, öffnet das in Alufolie eingeschlagene türkische Zuckerzeug und schiebt es mir über den Tisch zu.

»Iss«, sagt er im Befehlston und sieht mich ernst an.

»Das hilft nicht«, antworte ich ebenso ernst.

»Zucker hilft immer.« Energisch stupst er das zuckertriefende Gebäck mit dem Zeigefinger an, den er dann kurzerhand ableckt.

Störrisch schüttele ich den Kopf.

»Okay, dann erzähle ich dir jetzt einen männerfeindlichen Witz. Achtung, es geht los!« Er hat den Kopf gehoben und betrachtet mich intensiv, wohl um zu überprüfen, ob ich seinem nun folgenden Witz auch geistig folgen werde.

»Kommt eine weibliche Gehirnzelle ins Gehirn eines Mannes. Dort trifft sie eine männliche Gehirnzelle. Sie fragt: ›Wo sind denn alle anderen?‹ Die männliche Gehirnzelle darauf: ›Die sind alle unten!‹«

Ich kann nicht anders, als wenigstens ein kurzes, durchaus belustigtes Schnauben von mir zu geben. Der ist gut. Und Schröder in seinen Bemühungen, den Tag des Baumes angenehmer zu gestalten, unerwartet erfolgreich.

Ich fange gerade an, mich ein klein wenig zu entspannen, als es klingelt.

»Oh. Das Knie, die Schulter oder der Tinnitus?«, fragt Schröder, wobei er sich meines üblichen Vokabulars bedient.

»Vorderes Kreuzband«, antworte ich.

»Dann viel Freude damit.« Er erhebt sich, lässt meinen Patienten herein und überlässt mich dem Tag des Baumes, der in einem neuen Patienten, der auch gleich den Chef sprechen möchte, seine Vollendung findet. Oder zumindest denke ich das, bis ich mich in mein Auto setze und zu meiner Oma fahre.

Auf dem Weg nämlich gibt mein GTI merkwürdige Geräusche von sich. Und zwar so extrem, dass ich zweimal besorgt an den Straßenrand fahre und ihm gut zurede.

Ich schaffe es trotzdem bis zum Domizil meiner Oma, rufe aber noch aus dem Auto die Werkstatt meines Vertrauens an, um für den nächsten Tag einen Termin auszumachen.

Als ich endlich im Stressless-Sessel sitze, die Füße hochgelegt, ein Glas Sekt in der Hand, und meiner Oma vom abschließenden Drama mit meinem Auto erzähle, lacht sie. Durchaus herzhaft. Ich habe absolut keine Ahnung, was daran so komisch sein soll.

»Was gibt es da zu lachen?«, frage ich genervt.

»Tja, hättest du jetzt einen Mann, würde er dir dein Auto reparieren!« Sie kichert vergnügt vor sich hin, und ich finde sie für einen Moment sehr unsympathisch. Also so von außen betrachtet.

»Du bist böse!«, sage ich finster. »Außerdem darf ich dich informieren, dass heutzutage kein normaler Mann mehr ein Auto reparieren kann. Dafür braucht man Diagnosegeräte und Computer. Die Kerle können heute fast alle besser rechnen als eine Schraube eindrehen. Außerdem fahre ich keinen Käfer, sondern einen GTI.« Was ist das bitte für ein total bekloppter Tag?

Meine Oma kichert noch ein wenig, dann wird sie schlagartig ernst. »Wird dich das in finanzielle Schwierigkeiten bringen?«

»Hä?« Ich kann ihr nicht folgen.

»Die Reparatur!«

Ich zucke die Achseln und blicke trübsinnig aus dem Fenster auf die alten Eichen, die mir mit ihren frischen, frühlingsgrünen Blättern zuwinken.

»Wenn das sehr teuer ist, werde ich dich natürlich unterstützen. So lange, bis du einen Mann gefunden hast.«

»Und wenn ich einen finde und der kein Geld hat?«

»Dann unterstütze ich euch beide. Das weißt du!«

Kapitel 24

Der Luftmassenmesser

»Passt!« Elisabeth ist hocherfreut und betrachtet mich wohlwollend, während ich verwundert in den Spiegel starre. Ich habe Brüste. Und ich bin groß. Ich sehe gar nicht aus wie ich. Die Frau im Spiegel ist mir irgendwie fremd. Aber rattenscharf, das muss ich zugeben.

»Brüste stehen dir«, sagt Elisabeth zufrieden.

»Aber was passiert, wenn ich sie verliere? So auf der Tanzfläche zum Beispiel?«, frage ich misstrauisch und stelle mir schon vor, wie ich verzweifelt zwischen den wild Tanzenden auf dem Boden herumkrieche, um die Gelkissen wieder in meinen BH zu befördern.

»Die Polster stecken fest in den dafür vorgesehenen Taschen des BHs. Dieser BH trotzt auch einem Erdbeben der Stärke 9 ohne weiteres. Das Kleid sieht nur mit mindestens 80 C gut aus. Das musst du zugeben.«

Da hat sie recht. Ohne die Dinger sah man leider nur zu deutlich, dass Mutter Natur sich mit meinen Brüsten nicht so viel Mühe gegeben hat. Ihre ganze Schaffenskraft äußert sich halt in meinem Hirn.

»Aber zurück zum Thema. Was, glaubst du, hat diese Gazelle bei Schröder gemacht?«, fragt Elisabeth mich im nächsten Moment, die Augen zu Schlitzen zusammengekniffen.

Ich belästige meine Freundinnen ja eher selten mit meinem Seelenleben, aber in diesem Fall komme ich nicht darum herum. Nicht, nachdem Margarete mich neugierig gefragt hat, wer denn die schöne Frau war, die zu so früher Morgenstunde Schröders Wohnung verlassen hat. Womit der gestrige Tag des Baumes noch mal einen ganz besonderen Glanz bekommt.

»Na, ich nehme an, dass sie es erst auf seinem Schreibtisch, dann unter seinem Schreibtisch, dann auf dem Boden und dann noch achtmal in seinem Bett getrieben haben. In ungefähr 32 verschiedenen Stellungen, von denen ich nur zwei beim Namen nennen könnte.«

»Sie könnte seine Schwester sein«, schlägt Elisabeth zu meiner großen Erheiterung vor.

Ich muss so sehr lachen, dass meine neuen, großen Brüste mir fast um die Ohren fliegen. »Ja, klar! Ganz logische Antwort. Seine Schwester. So was klappt leider nur in sehr schlechten Frauenromanen.«

»Du gehst immer vom Schlimmsten aus. Das muss doch anstrengend sein. Frag ihn halt einfach.«

»Natürlich. Nichts leichter als das. Was soll ich sagen? Du, Schröder, da war diese wunderschöne Frau, und ich wüsste gerne, ob du heftigen Sex mit ihr hattest? Nicht dass du glaubst, dass ich in irgendeiner Weise an dir interessiert wäre, aber die Frau war wirklich ausgesprochen schön und …« Ich breche ab.

»Merkst du was?«, fragt Elisabeth mich.

»Nö«, sage ich. Dabei merke ich eine Menge.

Sie verdreht die Augen. »Manchmal bist du wirklich wahrnehmungsgestört.«

»Danke.«

»Einer muss es dir sagen. Besser ich als deine Oma. Du magst Schröder. Sonst würden wir uns nicht darüber unterhalten.«

»Natürlich mag ich ihn.«

»Du bist verliebt«, konstatiert Elisabeth, ohne dabei mit der Wimper zu zucken.

»In was sollte ich mich bitte verlieben? Ich kenne ihn doch kaum.«

»Das ist auch nicht notwendig. Man kann sich in alles Mögliche verlieben. Ob es sich lohnt, stellt sich dann später heraus.«

Ich denke leider in genau diesem Moment an seinen Rücken.

»Lass dich auf ihn ein!« Elisabeth wird ganz enthusiastisch.

Ich möchte, dass sie damit aufhört. Auf der Stelle.

»Bin ich denn verrückt?«, frage ich deswegen konsterniert zurück.

»Würde dir nicht schaden«, brummt Elisabeth und beginnt ihre Nähutensilien zusammenzusuchen. Gespräch beendet.

Ich kann aber noch nicht aufhören. Ich muss in diesem Fall das letzte Wort haben.

»Abhängigkeit von Männern ist verdammt gefährlich. Ich habe es selbst erlebt, man glaubt dann, ohne sie nicht leben zu können.«

Elisabeth hört auf, ihre Stecknadeln zu zählen, und schaut mich an, als ob ich nicht ganz bei Trost wäre. »Das hier hat nichts mit Christian zu tun«, sagt sie dann mit versteinerter Miene. »Du sollst dich von ihm ja nicht im Keller anketten lassen! Es reicht ein gemeinsamer Kaffee! Vielleicht ein Kuss! Verdammt, irgendetwas in dieser Richtung!«

Ich kann nicht sagen, dass sie nicht recht hat. Das ärgert mich. Irgendwie. Deshalb sage ich: »Stecknadeln zählen ist total bekloppt!«, woraufhin Elisabeth mich mit einem Garnknäuel bewirft.

Der nächste Programmpunkt des Tages besteht im Besuch der autorisierten Fachwerkstatt. Ein sehr junger, sehr blonder Mann (es sei erwähnt, dass mich seine Haarfarbe absolut kalt lässt), der bestimmt noch gar keinen Führerschein hat, nimmt mir den Golf ab und bittet mich, im Wartebereich Platz zu nehmen. Dort ist es langweilig. Es gibt noch nicht einmal andere Kunden, die ich beobachten könnte. Ganz allein, nur mit einer Tageszeitung von gestern, harre ich aus, bis endlich, gefühlte drei Stunden später, der Jüngling mit dem güldenen Haar wieder zurückkehrt.

»Wir haben den Fehler gefunden. Wenn Sie mal schauen wollen?«

»Klar will ich.« Ich folge ihm in die riesige Werkstatt, in der diverse Autos auf diversen Hebebühnen herumschweben. Mein kleiner Golf steht mit geöffneter Motorhaube ganz hinten in der Ecke.

»Also«, der jüngste Automechaniker der Weltgeschichte beugt sich über den Motor, und ich tue es ihm gleich. »Das da ist der Luftmassenmesser, und der ist kaputt.« Stolz zeigt er auf ein … Teil. Im Motor. Das dort herumliegt.

»Wie kann etwas kaputt gehen, was nur herumliegt?«, frage ich, ehrlich interessiert.

»Das ist Verschleiß.«

»Ja, aber wie kann etwas verschleißen, was nur herumliegt?« Es muss doch eine Erklärung geben.

Der Automechaniker wechselt die Gesichtsfarbe, hält aber an seinem Kundinnen-Informationsprogramm fest und wiederholt stoisch: »Das ist Verschleiß.«

»Hm.« Ich nicke. »Ihnen wird diese Frage nicht so oft gestellt, oder?«

Er guckt mich an, runzelt die Stirn und sagt: »Ich hol mal den Meister.« Mit diesen Worten verschwindet er und kommt wenige Minuten später mit einem ebenfalls automechanikerblau gewandeten Herrn zurück.

Bevor ich meine Frage wiederholen kann, sagt dieser autoritär: »Das ist Verschleiß!«

Ja, danke. Das habe ich jetzt dreimal gehört. Die Frage, wie etwas, was nur herumliegt, verschleißen kann, wird dann wohl ungeklärt bleiben. Zusammen mit den Fragen, wo wir herkommen und wo wir hingehen.

Ich seufze. »Was kostet das, und wie lange dauert das?« Vermutlich sind das Fragen, die hier in das bekannte Frageschema passen.

»150 Euro. Wir müssen einen neuen Luftmassenmesser bestellen. Dauert drei Tage. Den Wagen sollten Sie hierlassen. Ein Leihwagen würde pro Tag 49 Euro kosten.«

Missmutig stehe ich, nachdem ich diverse Aufträge unterschrieben habe, in der Maisonne vor dem flachen Gebäude der Werkstatt, unschlüssig, was ich jetzt tun soll. Dafür gibt es einfach zu viele Optionen. Ich könnte mir ein Taxi bestellen und nach Hause fahren. Ich könnte mir ein Taxi bestellen und in die Praxis fahren, wobei ich dann wieder ein Taxi bestellen müsste, um nach Hause zu kommen. Eigentlich nicht notwendig, weil ich heute keine Patienten mehr habe. Ich könnte meinen Vater anrufen. Der würde mich wohl überall hinfahren. Vielleicht würde er mir sogar sein Auto leihen. Aber auf meinen Vater habe ich gerade keine Lust. An der Frage bleibe ich allerdings hängen. Worauf hätte ich denn Lust? Grübelnd vergrabe ich die Hände in den Hosentaschen und starre Löcher in die Luft, bis mein Handy klingelt.

Das ist fein, ansonsten hätte ich vermutlich noch sehr lange, unentschlossen bezüglich des weiteren Fortgangs des Tages, hier herumgestanden. Es ist Schröder.

»Stör ich?«, fragt er und meint das ernst. Er beginnt nämlich fast jedes Telefonat mit dieser Frage.

»Nö. Ich stehe vor dem Autohaus herum und bin mir nicht sicher, was ich jetzt tun soll. Mein Auto ist nämlich kaputt.«

»Arg kaputt?«

»Der Luftmassenmesser. Dauert drei Tage.«

»Und warum stehst du da rum?«

»Weil ich es nicht schaffe, mich in kleinste Molekularteilchen aufzulösen und wegzubeamen.«

»Nein? Ich dachte, das kannst du. Ich bin ganz in deiner Nähe, soll ich dich abholen?«

»Mit dem Fahrrad?«, frage ich argwöhnisch.

»Womit sonst?«

Ja genau, womit sonst? »Ja, hol mich ab!« Zu Fuß ist der Weg bis zur Praxis gar nicht so weit, mit Schröder ist es sicherlich nicht so langweilig. Ein bisschen Gesellschaft kann da nicht schaden. Und dann kann ich dort noch ein wenig Papierkram erledigen und mir danach ein Taxi bestellen.

Schröder muss wirklich um die Ecke gewesen sein, er rast nämlich ungefähr sieben Atemzüge später in vollem Tempo auf den Hof und macht eine spektakuläre Vollbremsung. Mit kreischenden Bremsen und in alle Richtung spritzenden Steinchen. Das komplette Programm. Kein Wunder, dass Kornelia mit K ihn fast plattgefahren hätte. Sie hat ihn nicht kommen sehen. Mir ging es ähnlich. Das lasse ich aber lieber unkommentiert, denn Schröder strahlt mich irgendwie sehr glücklich an.

»Ich hab einen neuen Auftrag!«, verkündet er und freut sich weiter.

»Super!« Ich freue mich kurzerhand mit ihm. Die Freude scheint mich leichtsinnig zu machen, denn kurz darauf finde ich mich, mit seinem Fahrradhelm auf dem Kopf, auf der Stange seines Fahrrads wieder, und er kutschiert mich in die Praxis.

Kapitel 25

Sjon

Als ich im Hof absteige, zittern mir ein wenig die Knie. Weil ich noch nie so verwegen durch die Gegend kutschiert worden bin und weil Schröder mich die ganze Zeit mit einem Arm fest an sich gedrückt hat. Dass mir der Hintern schmerzt, fällt da kaum noch ins Gewicht.

»Und? War gut, dein erstes Mal, was?«

»Ja, du Nerd. War gut.«

Schwungvoll stellt Schröder sein Fahrrad neben Dr. Grossers alten BMW und begleitet mich zu meiner Praxistür.

»Ich wollte dich noch was fragen.«

»Nur zu!«

»Ob du mir noch einmal so eine Massage angedeihen lassen könntest?« Bevor ich den Mund öffnen kann, kommt er mir zuvor. »Ich bezahl das auch.«

»Klar mache ich das, und du brauchst das nicht zu bezahlen. Denk nur an die vielen Male, die du meinen Router davor bewahrt hast, mit einer Bratpfanne erschlagen zu werden.« In meinem Hinterkopf schreit die Emanze, wie von der Tarantel gestochen. Sie tritt mich in den Hintern und brüllt, dass ich sofort aufhören muss. Denn wenn ich Schröders unbekleideten Rücken noch einmal unter meinen Händen spüre, könnte es um mich geschehen sein. Aber ich schaffe es, sie zu ignorieren.

Schröder freut sich. Noch mehr, als ich die Tür aufschließe und ihm einen Schubs gebe, sodass er in meinem Flur landet. »Wenn du nichts vorhast, jetzt gleich.« Meine Papiere können warten. Oder besser gesagt, sie müssen warten. Denn just in diesem Augenblick möchte ich Schröder den Rücken massieren.

Er begleitet mich in den Behandlungsraum, zieht sich schwungvoll das Hemd über den Kopf und legt sich bäuchlings auf die Liege. Und da ist er. Der Rücken.

Die Muskulatur ist immer noch leicht verhärtet. Dennoch bin ich heute vorsichtig und beschränke mich auf eine Massage, die in Richtung Wellness geht. Schröder gefällt das. Er grunzt hin und wieder wohlig und entspannt sich sichtlich.

»Wie heißt du eigentlich?«, frage ich, während ich mit kraftvollen Strichen den Muskel neben seiner Wirbelsäule entlang fahre.

»Hä?«, brummt er.

»Ich kenne nur deinen Nachnamen. Diesen Zustand sollten wir ändern. Selbst Typen wie du werden doch über einen Vornamen verfügen.«

»Den kann ich dir nicht nennen. Sonst wärst du peinlich berührt und würdest komische Fragen stellen. Und die Antworten wären noch komischer. Insofern … nenn mich einfach weiterhin Schröder.«

»Okay.« Ich massiere weiter. Das stimmt mich ein wenig traurig. Immerhin habe ich mich freiwillig dem Anblick seines schönen Rückens ausgesetzt. Irgendeine Instanz in mir will hier wohl so etwas wie Nähe herstellen. Da wäre es doch schön, wenn er das auch wollen würde.

Schröder bewegt sich unter meinen Händen. Er hebt den

Kopf und dreht sich leicht zu mir. »Du willst das wirklich wissen?«

»Och ja«, sage ich und lasse ihn los.

»Okay. Aber nicht lachen.«

»Ich werde keine Miene verziehen. Es sei denn, du heißt Hotzenplotz oder so, dann kann es sein, dass meine Mundwinkel zucken.«

»Sjon.«

»Das ist dein Vorname?«, frage ich verdutzt.

Er nickt.

»Der ist aber nicht schlimm.«

»Das kommt drauf an. Meine Geschwister heißen Laurentin, Valentina und Viktoria. Und ich eben Sjon. Ich mag den Namen nicht. Willst du die begleitende Standarderklärung hören?« Jetzt nicke ich.

»Meine Mutter hat Skandinavistik studiert und ein Semester in Island verbracht. Dort hat sie sich in einen Isländer verliebt. Dieser Isländer muss sie kurzfristig um den sonst doch recht klaren Verstand gebracht haben, denn sie hat mit ihm ein Kind gezeugt. Das Ganze ging recht schnell in die Brüche, und sie ist nach Deutschland zurückgekehrt, um Herrn Schröder zu treffen, den sie wiederum recht zügig ehelichte, um mit ihm noch drei weitere Kinder zu bekommen. Der Vater meiner Geschwister hatte keinen Bock, mich zu adoptieren, aber da ich ja dazugehören sollte, hat meine Mutter darauf bestanden, dass auch ich ihren neuen Namen bekam.«

Ui. Das klingt aber auch nach einer spannenden Kindheit. »Der Kontakt zu deinem Stiefvater ist nicht so gut?«

Er schnaubt. »Ich mag ihn nicht. Er ist ein großkotziger, arroganter Arsch, der alle Menschen nur so über den Tisch zieht.«

»Hast du noch Kontakt zu deinem richtigen Vater?«

»Hin und wieder. Er hat auch geheiratet und zwei weitere Kinder bekommen. Er lebt in Reykjavík. Ich war mal da, aber wir passen nicht so richtig zusammen. Sie schreiben mir zu Weihachten eine Karte.«

Das klingt traurig.

»Kann ich dich trotzdem Sjon nennen? Das ist ein sehr cooler Name!«

»Es gibt unterschiedliche Meinungen darüber. Du kannst es ja probieren. Ich höre eigentlich nur auf Schröder. Aber vielleicht gewöhne ich mich dran.«

»Gut, Sjon. Dann leg dich bitte wieder hin.«

Er seufzt und gehorcht.

»Siehst du. Klappt schon ganz gut«, sage ich leise und lege meine Hände wieder auf seinen Rücken. Seine Haut ist durch die Massage leicht gerötet, und die Muskeln fühlen sich mittlerweile weich und entspannt unter meinen Fingern an. Es gibt Körper, die ich gern berühre. Sjon Schröders gehört definitiv dazu.

»Das ist wunderbar«, murmelt Sjon unter meinen Händen.

Ich freue mich immer, wenn ich meinen Patienten mal etwas Gutes tun kann. Die meiste Zeit verursache ich nämlich Schmerzen in nicht unerheblichem Maße. Zwar um alles zum Besseren zu wenden, aber eben Schmerzen. Entsprechend gut fühle ich mich dabei, Sjon einfach nur eine Wohlfühlmassage zu verpassen.

Und in diesem Gutfühlen gibt es etwas, was mich drängt, ganz wagemutig noch eine Frage zu stellen. Und zwar die alles entscheidende Frage. Denn je nach Antwort muss ich alle positiven Gefühle seinem Rücken gegenüber sofort erschlagen und einäschern.

Ich räuspere mich und sage dann: »Sjon, hast du eine Freundin?« Die Emanze in mir atmet einmal schwer durch, fasst sich dann an die Stirn und fällt in Ohnmacht.

Sjon zuckt unter meinen Händen kaum spürbar zusammen. Kein Wunder, schließlich ist dies hier, also je nach Antwort, ein Meilenstein in unserer weiteren Kommunikation.

»Nein, Thea. Ich bin Single.«

»Okay«, antworte ich gedehnt. Jetzt muss eine gute Erklärung für den Vollblüter zu früher Stunde im Hausflur folgen, sonst wird es kompliziert. »Da war eine Frau. Also, eine sehr schöne Frau, und ich dachte, sie könnte deine Freundin sein«, sage ich schnell, bevor ich von mir selbst peinlich berührt bin.

»Das war meine Schwester. Viktoria«, antwortet er wie aus der Pistole geschossen. Womit sich das Thema umgehend erledigt hat und ich Elisabeth davon in Kenntnis setzen muss, dass mein Leben doch tatsächlich wie das der Heldin in einem schlechten Frauenroman ist. Zumindest im Augenblick.

»Du bist auch Single«, stellt Sjon im nächsten Moment fest, nachdem er sich weiter zu mir herumgedreht hat.

»Wenn man von den vielen Kerlen, die bei mir zu Hause im Schrank herumlungern, absieht, ja.«

Nach Drehbuch müssten wir spätestens jetzt übereinander herfallen, einander die Zunge bis zum Anschlag in den Hals stecken, um dann wild kopulierend auf dem Fußboden zu landen.

In der Realität jedoch dreht Sjon Schröder sich wieder auf den Bauch, und ich massiere weiter seinen Rücken.

Kapitel 26

Familienbande

Dieses Intermezzo war irgendwie ein kurzes Beschnüffeln wie bei Hunden. Freund oder Feind, Single oder nicht. Das Ergebnis mussten wir dann offensichtlich beide erst mal verarbeiten. Immerhin liegt die Vermutung nahe, dass wir Interesse aneinander haben. Zumindest glaube ich, dass sich dieser Rückschluss ziehen ließe, wäre man, also ich, in der Lage, die Situation objektiv zu beurteilen. Da ich ja aber leider dieses Handicap und noch dazu einfach keine Übung mehr habe, klappt es mit der Beurteilung nicht, denn meine Wahrnehmung der Situation ändert sich im Minutentakt. Sie reicht von »Sjon steht total auf mich« bis hin zu »er sieht mich bloß als Nachbarin an, die ihm den Rücken massiert und ihm bei der Hochzeit seines Bruders aushilft«. Ich bin wirklich total aus der Übung in diesen Dingen, und sobald ich auch nur darüber nachdenke, bekomme ich Panikattacken. Ob ich wirklich schon wieder bereit bin, mich auf einen Mann einzulassen? Ich weiß es nicht. Allerdings steht die Hochzeit nahezu vor der Tür, womit ich ausreichend Gelegenheit haben werde, mich der Frage zu stellen.

Und in jedem Fall bekommt meine Umwelt offenbar mit, dass in mir massive Umbrüche stattfinden.

»Du hörst mir nicht zu!« Mein Vater hat verstimmt die Mundwinkel nach unten gezogen und betrachtet mich strafend über den Rand seiner Lesebrille hinweg. »Was ist denn los mit dir?«

»Papa, nix ist los. Ich bin ein wenig überspannt«, antworte ich mit Käsekuchen im Mund, bemerke den Fehler und schlucke ihn schnell runter. Jetzt fange ich auch schon an.

»Was bist du? Überspannt? Ist das ein üblicher Begriff des aktuellen Jahrhunderts?« Bevor er den reich gedeckten Kaffeetisch verlassen kann, um dieses Wort irgendwo zu recherchieren, sage ich: »Gestresst, Papa!« Das versteht er. Verständnisvoll nickt er und holt mit dem Löffel noch einen weiteren Klecks Sahne aus der Schüssel, um ihn mir schwungvoll auf das angegessene Stück Kuchen zu klatschen. Er kennt sich aus mit gestressten Frauen und ist der Meinung, dass nur ausreichend viele Kalorien ihnen helfen können.

»Ich bin da!«, brüllt meine Mutter im nächsten Moment aus dem Flur, woraufhin mein Vater und ich gemeinschaftlich zusammenzucken. Nur einen Atemzug später schießt sie um die Ecke in die Küche und lässt sich auf einen Stuhl fallen. »Pünktlich!«, verkündet sie dann, als erwarte sie ein Lob.

Sie ist nicht pünktlich. Wir wollten uns um vier treffen, jetzt ist es halb fünf. Aber meine Mutter hat uns jahrelang darauf trainiert, dass wir uns glücklich schätzen, wenn sie innerhalb von einer Stunde nach der vereinbarten Uhrzeit kommt.

»Hier, mein Schatz.« Mein Vater reicht ihr ein Stück Kuchen, ebenfalls mit viel Sahne obendrauf. Meine Mutter schenkt erst ihm, dann dem Kuchen und schließlich mir ein liebevolles Lächeln, ehe sie sich dem kulinarischen Genuss widmet. In ihrem Haar hängt irgendein Kraut, und unter ihren Fingernägeln ist ein feiner Schmutzrand zu sehen. Dazu strahlt sie ländliche Gesundheit aus, wie man sie heute in Mitteleuropa kaum noch findet.

»Und, Thea, wie ist es?«, fragt sie, den Mund voller Kuchen.

»Das Kind ist gestresst«, verkündet mein Vater düster.

»Hast du eine neue Praxis gefunden?«, fragt sie mich, ohne auf den Einwand meines Vaters einzugehen.

Ich schüttele den Kopf. »Sieht mau aus.«

Meine Mutter hört spontan auf zu kauen und betrachtet mich plötzlich eindringlich mit ihren grünen Augen. Mir wird etwas unwohl.

»Du bist verliebt«, stellt sie dann absolut nüchtern fest. »Ich sehe das in deinem Gesicht. Etwas hat sich verändert. Das tiefe Tal des Urschlamms liegt hinter dir. Der Berg ist fast erklommen.«

Ich bin manchmal sehr froh, von meinem Vater aufgezogen worden zu sein. Meine Mutter ist eben doch die Tochter meiner Oma. Leider nicht nur absonderlich, sondern auch manchmal unheimlich. So etwas kann sie unmöglich an meinem Gesicht sehen. Ich zumindest finde, dass ich aussehe wie immer. Ob ich anders rieche?

»Na, das wär ja ein Ding«, murmelt mein Vater und starrt mir ebenfalls ins Gesicht.

»Ihr seid schrecklich«, sage ich leise und esse weiter meinen Kuchen, während meine Eltern mich betrachten, als hätte ich ihnen gerade erzählt, ich sei für den Friedensnobelpreis nominiert worden.

»Sie leugnet es nicht«, flüstert meine Mutter meinem Vater mit vollem Mund zu, und der nickt hocherfreut.

Der nächste Tag ist schon Freitag, der Tag vor der Hochzeit. Da die Cinderella-Hochzeit das gesamte Wochenende dauern wird, reisen die Gäste schon Freitagabend an, weil das große Ereignis mit einem abendlichen Empfang beginnt. Selbst die Gäste, die ja eigentlich um die Ecke wohnen wie wir.

Nachdem ich Bernd zu meiner Oma gebracht habe, packe ich meinen Reisekoffer, das Kleid und meinen kleinen silbernen Schminkkoffer ins Auto und stelle erschüttert fest, dass Schröders Gepäck dann wohl auf dem Rücksitz reisen muss. Zweifelnd stehe ich vor dem Kofferraum und betrachte die akute Überfüllung. Vielleicht sollte ich doch noch mal umpacken, wobei das nicht helfen würde: Ich müsste Dinge auspacken und hierlassen, aber das geht nicht. Immerhin sind mindestens vier Outfits gefragt. Da ich mich damit grundsätzlich schwertue, packe ich immer noch für jede Garderobe eine Ersatzgarderobe ein, falls mir nicht nach dem ist, was ich ursprünglich ausgesucht habe. Was eigentlich immer der Fall ist. Es ist also in Sachen Gepäck nicht leicht, mit mir zu verreisen, es sei denn, ich würde zum internationalen Physiotherapeuten-Kongress fahren, wo ich einfach meine übliche Praxiskleidung anziehen könnte. Den hat aber leider noch keiner erfunden, weswegen ich immer mit schwerem Gepäck reise.

Schröder steht da, ohne eine Miene zu verziehen, als ich den Kofferraum öffne und er die Platznot erblickt. Er sagt einfach gar nichts. Auch als ich mich bemüßigt fühle, das optische Desaster mit den Worten »Ich bin gerne vorbereitet« zu erklären, nickt er nur und packt seine kleine Reisetasche und den Anzug auf den Rücksitz.

Zwanzig Minuten später sind wir auf der Autobahn, und Schröder streckt die Beine aus, wobei mein Auto definitiv zu klein für ihn ist. Ich beschimpfe derweil einen notorischen

Linksfahrer, während ich ungeduldig einen Gang zurückschalte.

Schröder verschränkt die Arme und lehnt angespannt den Kopf an die Stütze. »Ist dir jemals aufgefallen, dass jeder, der langsamer fährt als du, ein Idiot, und jeder, der schneller fährt, ein Irrer ist?«, fragt er dann freundlich.

»So ist das in meiner Welt«, knurre ich, bremse aber vorsichtig ab, um den Sicherheitsabstand zu vergrößern. Leider hat Schröder nämlich recht. Vor nicht mal drei Minuten hat mich ein Audi-Fahrer auf der linken Spur sogar mit Lichthupe zum Verschwinden genötigt. Ich erinnere mich auch schwach, ihn einen Irren genannt zu haben.

»Okay. Du hast recht. Autofahren bringt nicht meine besten Seiten zum Vorschein.« Ich blinke und fahre rechts rüber.

»Ich glaube an das Pferd. Das Automobil ist eine vorübergehende Erscheinung.«

Erschüttert werfe ich ihm einen kurzen Seitenblick zu.

»Das hat Wilhelm der Zweite gesagt, und ich finde tatsächlich, dass es nicht sehr gesund ist, mit 200 Stundenkilometern über die Autobahn zu rasen. Was ich allerdings tun würde. Vielleicht ist das einer der Gründe, warum ich keinen Führerschein habe. Ich glaube, ich könnte nicht mit einem Auto umgehen. Ich fahre ja schon wie ein Bekloppter Fahrrad.«

Die restliche Zeit der Reise verbringe ich mit Tempo 120 auf der rechten Spur. Nicht weil Schröder es so will, sondern weil ich nicht möchte, dass er sich unnötig ängstigt. Denn das tut er still und heimlich, sobald ich schneller als 120 fahre.

Nur zwanzig weitere Minuten später biege ich in die pompöse Auffahrt von Schloss Rosenberg ein. Der Kiesweg ist gesäumt von imposanten Bäumen, und links und rechts davon brennen

Fackeln, die das im Hintergrund aufragende Schloss in ein goldenes Licht tauchen.

»Wow!«, sagen Schröder und ich wie aus einem Mund, und ich bin im selben Moment zutiefst dankbar, dass ich so unfassbar viele Klamotten in meinem Kofferraum lagere. Bestimmt tragen hier alle Dior und Gucci, aber ich kann zumindest mit insgesamt acht verschiedenen Outfits glänzen, auch wenn das mehr H&M ist.

Vor der Auffahrt parken bereits einige Nobelkarossen in Schwarz. Mein weißer Golf mutet zwischen diesen riesigen Schlachtschiffen an wie ein Einzeller vom anderen Stern.

»Sjon, was für einer Sippe entstammst du eigentlich?« Verwundert betrachte ich zwei Damen in Abendgarderobe, die die Treppe hinaufschreiten, die Haare zu unglaublichen Kunstwerken frisiert.

»Hab ich dir doch schon erzählt. Ich entstamme der Verbindung mit einem isländischen Troll. Hiermit habe ich nichts zu tun. Aber das Essen wird grandios sein.«

Ein schwarzer SUV trifft ein und parkt kurzerhand direkt hinter meinem Golf, womit ich meinen Parkplatz nicht mehr verlassen kann. Ob der Fahrer mich nicht gesehen hat? Unwahrscheinlich. Viel wahrscheinlicher ist, dass er beschlossen hat, dass ich den Parkplatz eben nicht mehr verlassen kann. Punkt. Dem Wagen entsteigen vier Menschen. Zwei große und zwei kleine.

»Meine Schwester. Valentina. Samt Sippe. Wollen wir es wagen oder einfach noch ein wenig sitzen bleiben?« Offenbar ist Sjon nicht daran gelegen, umgehend eine Familienzusammenführung zu provozieren. Leicht in sich zusammengesunken hockt er auf der Beifahrerseite, die Nerd-Mütze tief in die Stirn gezogen. Hinter ihm sehe ich durch die Seitenscheibe, wie seine Schwester im tadellosen Kostüm mit bedenklich hohen Absätzen die Treppe hinaufläuft, und ich verstehe, wieso Sjon zögert.

»Schön, dass du da bist«, sagt Sjon unvermittelt. »Meine Familie ist sehr anstrengend und überfordert mich. Du bist anders. Du kannst damit umgehen. Dir wird nicht der Atem stocken, du wirst die richtigen Worte finden.«

»Sag mir doch kurz, warum mir der Atem stocken könnte.«

Er schließt kurz die Augen. »Die können sich nicht vorstellen, dass andere Menschen anders leben. Völlig ausgeschlossen. Wer nicht so ein Leben wie sie führt, ist asozial, sonderbar oder ein Schmarotzer.«

»Ah«, murmele ich. »Du hältst mich für Superwoman?«

»Definitiv ja«, sagt er ernst. »Du kannst Rückenschmerzen kurieren, mit Pullunder tragenden Männern umgehen, die den Chef sprechen wollen, und wirst es auch mit denen aufnehmen können.« Er deutet vage in Richtung Haupteingang des Schlosses, zuckt entschuldigend die Achseln, und ich muss grinsen.

Kapitel 27

Bis zum letzten Atemzug

Wir wagen uns dann aber doch hinein. Die Eingangshalle ist schön wie im Märchen. Der honigfarbene Parkettboden schimmert im Licht der vielen Lüster, vor den hohen Fenstern hängen schwere Samtvorhänge, und eine riesige geschwungene Treppe führt ins Obergeschoss. Wir werden vom Personal herzlich empfangen und halten sofort ein Glas Champagner in der Hand, das Sjon umgehend gegen ein Bier eintauscht.

Optisch fallen wir zwischen den ganzen Anzügen und Abendkleidern deutlich auf. Sjon im Nerd-Outfit, ich mit Jeans und Chucks. Konnte ja keiner ahnen, dass schon bei der Anreise Abendgarderobe gefragt ist.

»Da bist du ja!« Seine Schwester hat uns erblickt und eilt quer durch den großen Saal auf uns zu. Sie küsst ihren Bruder links und rechts auf die Wange, mir streckt sie ihre Hand entgegen. »Das ist Thea Fuss«, stellt Sjon mich vor.

»Nett«, murmelt sie geistesabwesend, ohne mich allzu lange anzusehen. »Das Hochzeitspaar steht noch im Stau, was natürlich dumm ist, weil die Gäste spätestens in zwei Stunden vollzählig anwesend sein werden. Sie hätten früher losfahren müssen. Ach, und Papa kommt erst morgen früh an. Der hat noch einen Notartermin.« So viele Informationen auf einmal. Ich nehme einen beherzten Schluck und finde den Champagner viel zu sauer. Ein Prosecco wäre nett gewesen.

»Und Mama?«, fragt Sjon, während er unauffällig ein wenig dichter an mich heranrückt.

»Die ist auf dem Weg und müsste in ein paar Minuten ankommen. Sie wollte die Kinder noch sehen; die müssen aber gleich ins Bett, damit sie morgen durchhalten.« Sie reckt den Hals und späht durch die Menschenmenge.

»Wo sind die beiden denn?« Sjon erwacht zum Leben. Valentina wedelt mit der Hand in Richtung der weit geöffneten Flügeltüren, die in weitere prunkvolle Räume führen. »Mit ihrem Vater unterwegs.«

»Wollen wir sie suchen? Meine Nichten sind sehr witzig.« Sjon grinst mich schief an, und ich lese zwischen den Zeilen, dass sie womöglich die Einzigen sind, auf die er sich wirklich gefreut hat.

So wandern wir los, und nach wenigen Metern fühle ich mich wie auf einer Expedition ins Tierreich. Es gibt viele Gockel, einige Nashörner, ein paar Rindviecher, und alle stecken in teuren Klamotten. Und dann treffen wir auf zwei sehr schlecht gelaunte kleine Mädchen, die rosafarbene Kleider tragen und dem Leben am heutigen Tag nichts abgewinnen können. Sie stehen neben ihrem Vater, der sich an einem Glas Bier festhält und mit leicht verzweifelter Miene auf die Menschenmasse starrt.

Als wir uns zu ihm gesellen, sagt er gerade »Nein« zu den Mädchen. »Nein«, wiederholt er, und ich glaube deutlich zu sehen, dass er sich nur knapp davon abhalten kann, mit dem Fuß aufzustampfen. »Wir können jetzt nicht Lego spielen. Wir müssen hier herumstehen und auf eure Oma warten.«

»Sjon!« Erfreut blickt er uns entgegen und begrüßt seinen Schwager nahezu überschwänglich mit einer festen Umarmung. Die Mädchen springen Sjon begeistert an und bedrängen ihn sofort, Lego mit ihnen zu spielen. Oder Prinzessin Lillifee. Oder mit ihnen zu malen oder ihnen vorzulesen. Die Auswahl ist schier grenzenlos, nur hier herumzustehen scheint nicht mit auf der Liste zu stehen.

Aber er hebt nur den Finger – wohl um Aufmerksamkeit zu erlangen. »Vorher möchte ich euch noch jemanden vorstellen! Das ist Thea.«

Artig geben mir die beiden die Hand, finden das alles aber saudoof.

»Das ist Martha und das ist Karla«, stellt Sjon mir seine Nichten vor.

»Und ich bin Henning.« Der Vater der beiden Mädchen reicht mir ebenfalls die Hand, die etwas kalt und feucht ist. »Und diese beiden Nervensägen müssen jetzt ins Bett.«

Einstimmiges Gejaule bricht aus. Martha unternimmt einen Fluchtversuch, wird aber durch das rasche Eingreifen Sjons daran gehindert.

»Wir wollen noch auf Oma warten!«, brüllt Karla so laut, dass es in den Ohren schmerzt, und nicht nur in meinen, denn gefühlt dreht sich der gesamte Saal in unsere Richtung.

Henning schnappt sich seine Brut und bugsiert sie durch das Gewimmel.

»Es ist eine harte Strafe, als pinkfarbenes Knallbonbon herumlaufen zu müssen«, raune ich Sjon zu und nippe an meinem sauren Champagner.

»Hattest du diese Phase nie? Ich dachte, das sei absolut mädchentypisch.«

»Nein. Meine große Schwester hatte eine so intensive Barbie-Pink-Phase, dass sie damit das Familien-Kontingent aufgebraucht hat. Hätte ich dann auch noch damit angefangen, wären bestimmt alle in Ohnmacht gefallen.«

»Sjoooon!«, flötet es hinter uns, und eine sehr bunte, sehr extravagante Frau schießt auf uns zu. Sie ist der Vollblüter, unverkennbar. Sjons kleine Schwester Viktoria. Vier Minuten später kenne ich alle Details ihres Lebens. Sie studiert in Hamburg Modedesign und sieht genauso aus, wie ich mir Modedesignstudentinnen vorgestellt habe. Aber sie ist durchaus nett, wenn sie auch permanent versucht, mir durch außerordentlich geschickte Fragestellung zu entlocken, ob ihr Bruder und ich jetzt ein Paar sind.

Wir geben uns ahnungslos und kommen der Wahrheit damit ziemlich nahe. Wir sind ja schließlich ahnungslos, was unseren Beziehungsstatus angeht.

Nach kurzer Zeit schwirrt mir der Kopf von den vielen Gesprächen und den Hintergrundgeräuschen, die durch die hohen Decken irgendwie noch verstärkt werden. Man muss sich fast schon schreiend verständigen, was mich stresst. Ich klemme mir meine Handtasche unter den Arm und rücke näher zu Sjon. »Ich geh mal kurz hoch«, rufe ich ihm ins Ohr.

»Soll ich dich begleiten?«, ruft er zurück, aber ich schüttele den Kopf. Unser Gepäck wurde vorhin schon auf die Zimmer gebracht, und ich möchte einfach meine Sachen aufhängen und ein klein wenig Ruhe haben. Außerdem bin ich betrunken. Keine Ahnung, wie das passieren konnte. Offenbar hat der saure Champagner es in sich. Nicht schmecken, aber besoffen machen. Was für ein Mist. Ich kann noch gerade laufen und bin meiner Muttersprache mächtig, aber wenn ich jetzt nicht einen Liter Wasser hinterherkippe, besteht die Gefahr, dass ich peinlich werde. Zumindest behauptet Elisabeth das, und ich glaube ihr einfach mal. Was eigentlich auch der Grund ist, warum ich mir nur hin und wieder mal einen Prosecco oder ein Bier gönne. Champagner vertrage ich offenbar überhaupt nicht.

Ich bewege mich vorsichtig und benutze tatsächlich den Handlauf, als ich die breite Treppe in das Obergeschoss erklimme, wo die Hotelzimmer untergebracht sind. Zimmer 123 befindet sich im rechten Flügel ganz am Ende. Ich öffne die Tür mit der Chipkarte, knipse das Licht an und fange an zu grinsen. Es ist wunderschön! Vielleicht sollte ich eine Magen-Darm-Grippe vorschieben und das gesamte Wochenende hier im Himmelbett bleiben? Der Boden ist mit einem hochflorigen, hellen Teppich ausgelegt. Die Möbel sind durchgehend shabby-chic. Gebrochene Weißtöne, hin und wieder mit einem sanften Türkis als Highlight. Das Schönste ist allerdings der Sekretär. Ich liebe solche alten Möbel, und ehrfürchtig klappe ich die kleine Schreibplatte hinunter und setze mich ein paar Sekunden auf den Stuhl davor. Dann raffe ich mich endlich auf und öffne meinen Koffer. Vorsichtig ziehe ich meine Kleider hervor, die dringend auf einem Bügel hängen sollten, wenn ich morgen nicht als Knittermonster auftauchen will. Dabei fällt mir meine schwarze Abendhandtasche in die Finger.

Augenblicklich fließt sämtliche Kraft aus mir heraus. Erschöpft lasse ich mich auf das Bett fallen und streiche über das feine Leder, während mir ganz kalt wird. Ich habe sie schon so lange nicht mehr benutzt und offenbar völlig gedankenverloren eingepackt, weil sie das einzige Teil ist, das zu meinem Abendkleid passt.

Ich schließe kurz die Augen und schiebe die Tasche schnell von meinem Schoß. Dass ich nicht mehr daran gedacht habe, ist bestimmt ein gutes Zeichen. Schlecht ist, dass die Erinnerung mich gerade so schlagartig überfällt, dass mir ganz schwindelig ist. Ich atme tief durch und versuche den Schwindel unter Kontrolle zu bekommen, aber es rotiert weiter in meinem Kopf.

Für einen kurzen Moment sind all diese Gefühle wieder da. Die Einsamkeit, dieser bohrende Schmerz, für den ich bis heute keine Worte gefunden habe. Ich war damals so verloren, während die Welt sich einfach weiterdrehte. Mein Leben bestand nur aus einem Nebel von Möglichkeiten. Damals war es, als ob jede Entscheidung, die getroffen werden musste, mich mehr Kraft kostete, als ich hatte.

Es geht mir ja schon besser. Viel besser. Ich habe mich aus dem tiefen Urschlamm, durch den ich lange gewatet bin, wieder emporgekämpft. Leider ist ein Teil meiner Unbefangenheit dabei im Schlamm verloren gegangen. Und die Wut ist noch da.

Ich seufze und lasse mich rücklings aufs Bett fallen. Wut in Verbindung mit dem Tod eines Menschen ist ja doch unschön. Das kann man auch niemandem erzählen. Selbst Elisabeth habe ich es nicht erzählt. Aber sie ist trotzdem da.

Wut darüber, dass ich das erleben musste. Während alle meine Freunde auf Partys unterwegs waren und der Kater am nächsten Morgen ihr schlimmstes Problem war, drehte sich bei uns alles um Blutwerte, Chemotherapie und ihre Nebenwirkungen und irgendwann um die unausweichliche Tatsache, dass er nicht überleben würde. Dass aus dem durch die Krankheit fast zwangsläufigen Wir schlagartig wieder ein Ich wurde.

Ich greife in die Tasche, in dem sicheren Wissen, was ich dort finden werde. Der Zeitungsausschnitt ist zerknittert und abgegriffen:

Christian, ich werde dich so vermissen. Deine Thea.

Die Worte klingen in meinen mittlerweile älteren Ohren unbeholfen, aber damals habe ich keine anderen gefunden.

Ich habe oft darüber nachgedacht, was passiert wäre, wenn ich getan hätte, was Christian damals wollte. Wenn es nach ihm gegangen wäre, hätte ich ihn direkt nach der Diagnose verlassen sollen. Sonderbarerweise fanden das alle total schlüssig. Nur ich nicht. Ich bin geblieben. Bis zu seinem letzten Atemzug.

Als es an der Tür klopft, zucke ich zusammen und lande schlagartig wieder in der Gegenwart.

Kapitel 28

Christian

Sjon steht vor der Tür. »Warum weinst du?«

»Tu ich gar nicht«, sage ich und spüre erst im nächsten Moment, wie die Tränen über meine Wangen laufen.

Sjon legt vorsichtig, als könnte ich explodieren oder mich in Luft auflösen, die Hand auf meine Schulter und beugt sich zu mir, um mir besser ins Gesicht sehen zu können.

Ich schlucke. Tote Exfreunde sind extrem unattraktiv, zumal sie ja auch nicht wirklich ex sind, sondern einfach nicht mehr da. Aber ich spüre deutlich, dass ich Sjon von Christian erzählen muss. Denn Sjon ist der erste Mann, der mich seit langer Zeit wirklich interessiert. Wenn wir beide eine Chance haben sollen, dann geht das nur, wenn er meine Vergangenheit kennt. So, wie er mich zu seiner Familie mitgenommen hat, muss ich ihm von Christian erzählen.

Bevor ich allerdings dazu komme zu erzählen, womit ich zwei Jahre meines Lebens verbracht habe, nimmt Sjon mich in den Arm. Er sagt nichts, hält mich einfach nur fest, und ich kann nichts daran ändern, dass aus den leise laufenden Tränen ein stetiger Strom wird, der mich für einen Moment mitnimmt. Sjon steht fest wie ein Fels, und seine Hände ruhen auf meinem Hinterkopf, und so weine ich in seinen Armen das letzte Mal um Christian.

»Möchtest du es mir erzählen?« Sjon spricht ganz leise, dennoch verstehe ich ihn sehr gut; seine Brust vibriert an meinem Ohr und scheint die Worte zu verstärken. »Ja«, sage ich entschieden und wende mich abrupt von ihm ab, um das Bett anzusteuern. Gewisse Dinge erzählen sich besser im Sitzen.

»Sollten wir Alkohol dabei trinken?«, fragt er und reicht mir ein Taschentuch, das er aus dem Durcheinander auf meinem Bett herausgefischt hat.

»Ich habe schon gefühlte 8 Promille«, murmele ich und schnäuze mich beherzt.

»Alkohol ist keine Lösung, aber manchmal ganz hilfreich.« Er zuckt die Achseln und steht auf, um die Minibar zu durchstöbern. »Wir hätten noch mehr ekeligen Champagner oder so ein Kräuterzeug mit ausgesprochen viel Alkohol.« Skeptisch betrachtet er die kleine Flasche. »Kostet bestimmt ein Vermögen. Aber mein Bruder kann es sich leisten.« Er schraubt den Deckel der kleinen Flasche ab und hält sie mir hin. Ich nehme einen Schluck. Es ist widerlich.

»Trink das nicht. Davon wird man blind und blöd«, sage ich, doch Sjon nimmt mir die Flasche trotz dieser eindringlichen Warnung ab und trinkt.

Angewidert verzieht er das Gesicht. »Hält locker mit dem Champagner mit.« Er schraubt den Deckel wieder zu und stellt die Flasche auf den Nachttisch.

Einen kleinen Moment sitzen wir beide stumm auf der Bettkante. Und dann purzeln die Worte nur so aus meinem Mund. Als ob sie Schlange gestanden hätten und nun wie verrückt drängelten, um in die Freiheit zu gelangen.

»Ich hatte einen Freund. Er hieß Christian und ist an einer besonders aggressiven Form von Krebs gestorben. Das war vor drei Jahren. Damals war ich 24 und er 25. Und ich hatte vorher nie alleine gelebt. Ich war gleich nach der Diagnose zu ihm gezogen. Alles war sehr kompliziert. Was natürlich an der Krankheit lag. Ich habe mich viel zu früh viel zu eng gebunden.« Ich hole Luft. Weil sogar ich hin und wieder Luft holen muss, und Sjon nimmt meine Hand. »Und seitdem bin ich so, wie ich bin. Sobald zu viel Testosteron in meiner Nähe auftaucht, verfalle ich in diesen Emanzen-Kampfmodus. Das schlägt alle in die Flucht. Aber es macht ja auch Sinn, weil Frauen auch heute noch massiv benachteiligt werden. Und jetzt kann ich gar nicht mehr unterscheiden, was an meinem Verhalten noch normal und was wirklich bekloppt ist.« Wieder muss ich Luft holen. »Als er tot war, wusste ich noch nicht einmal mehr, ob ich lieber Toast oder Müsli zum Frühstück mag, weil ich jeden Tag gekochte Haferflocken gegessen habe, da er nichts anderes mehr vertragen hat. Ich wusste zum Schluss einfach überhaupt nicht mehr, wie eigentlich meine eigenen Bedürfnisse aussehen.«

Sjon rückt ein Stück näher und legt seine andere Hand über unsere verschlungenen Finger.

»Mann, ich bin 27 Jahre alt. Ich musste mich irgendwie drei Jahre von alldem erholen. Und jetzt gibt es dich und …« Ich schlucke. Na, nun ist es auch egal. »… dich mag ich halt sehr. Dich möchte ich nicht in die Flucht schlagen. Deshalb ist es wichtig, dass du das weißt.«

»Mal ganz abgesehen von Christian … ist doch wohl anzunehmen, dass du auch schon vorher ein wenig sonderbar warst«, sagt Sjon leise. »Und ich mag dich ebenfalls sehr.« Seine Augen sind jetzt ganz ernst.

»Ich war mir lange nicht sicher. Weil ich eben auch ein bisschen wahrnehmungsgestört bin«, antworte ich.

»Thea, ich bin einfach unfassbar schüchtern.«

»Echt?«

»Leider.« Er zieht die Nase kraus und wechselt abrupt das Thema. »Wenn du noch Zeit brauchst …«

Ich unterbreche ihn. »Es ist drei Jahre her. Christian und ich wären nicht mehr zusammen, wenn er noch leben würde. So hart das klingt, aber die Krankheit kam uns dazwischen. Wir hatten gar keine Chance, uns wie normale Menschen zu benehmen.«

Einen Moment schweigen wir wieder.

»Klingt komisch«, sage ich dann mehr zu mir selbst.

»Nein. Klingt schlüssig.«

»Bisher habe ich es bei irgendwelchen Dates einfach nicht erzählt. Es macht gleich alles so düster und schwer.« Ich lehne mich an ihn. Reflexartig. Weil er so groß und warm ist und mir ein Gefühl der Sicherheit gibt. »Noch nicht einmal Dr. Grosser habe ich es erzählt.«

Sjon sagt nichts, hält mich aber fest.

Wir sitzen eine Weile so rum, einträchtig schweigend, weil es dieser Enthüllung wohl nichts mehr hinzuzufügen gibt.

»Magst du wieder mit runterkommen?«, fragt Sjon mich irgendwann leise.

Ich schüttele den Kopf. »Ich werde noch ein wenig von dem Blöd-und-Blind-Zeug trinken und ins Bett gehen. Sorry. Ich fühle mich nicht mehr gesellschaftsfähig.«

»Ich werde dir jetzt einen keuschen Gutenachtkuss geben«, kündigt er an, beugt sich zu mir und küsst mich sanft auf die Wange.

Ich bin fast ein bisschen froh, dass er nicht anbietet, hierzubleiben. Und ich bin auch ein bisschen stolz auf mich, dass ich den Impuls, mich zusammenzureißen und mit ihm zu den anderen Gästen zurückzukehren, unterdrücke.

Als die Tür hinter Sjon ins Schloss fällt, lasse ich mich rücklings aufs Bett fallen und starre an die hohe Decke.

»Wenn du noch Zeit brauchst …« Seine Worte geistern mir durch den Kopf. Und das warme Gefühl, als er mich in den Arm genommen hat. Das hat er in der Vergangenheit schon häufiger gemacht, und jedes Mal hat sich dieses Gefühl eingestellt. Das lautstarke Emanzen-Weib in mir scheint seine Nähe zu akzeptieren und zückt nicht augenblicklich die Streitaxt. Das ist ein gutes Zeichen, befinde ich, springe vom Bett und mache mich daran, die Minibar zu plündern. Ich finde Schweizer Schokolade, Chips und Karamellbonbons, nehme diesen Schatz mit aufs Bett, mache es mir gemütlich und drücke ein wenig auf der Fernbedienung herum. Der Fernseher dazu ist nicht zu sehen, aber nach dem vierten Knopf fährt er vollautomatisch aus seinem Versteck im Schrank. Ich bin schwer beeindruckt und denke kurz darüber nach, dass diese technische Finesse den Nerd sicherlich ganz rappelig machen würde, sehe dann aber davon ab, ihn anzurufen, und zappe stattdessen durch die Programme.

Ich bin erleichtert. Dass ich es endlich geschafft habe, meine Vergangenheit aus mir herauszulassen.

Und so kann ich es auch einfach genießen, dass Sjon mir offen und ehrlich gesagt hat, dass er mich mag.

Kapitel 29

Das Grauen

Der nächste Morgen beginnt mit einem pompösen Frühstück in einem der vielen Prunksäle des Schlosses. Und mit Sjons Mutter. Die mich am Fuß der Treppe erwartet, als ich, schick in Rock und Bluse, zu dem mit Sjon ausgemachten Treffpunkt eilen will.

Sie sieht aus wie er. Zwanzig Jahre älter und weiblich, aber ihre Gesichtszüge weisen eine fast schon irritierende Ähnlichkeit auf, sodass ich keine Sekunde daran zweifle, wer dort steht und mir abschätzend entgegenschaut.

»Guten Morgen«, begrüßt sie mich zackig und schnippt mit ihrem roten Fingernagel einen imaginären Fussel von ihrem dunkelgrauen Jackett.

»Guten Morgen«, antworte ich und bleibe vor ihr stehen.

»Sie sind also die Freundin meines Sohnes. Schön. Ich dachte schon, er sei schwul.«

Ah. Sogar mir fehlen dann mal die Worte bei so viel offener Ehrlichkeit zu so früher Stunde.

»Ich bin Thea Fuss«, stelle ich mich vor und reiche ihr die Hand. »Nicht seine Freundin, aber schwul ist er, denke ich, auch nicht.«

»Sie sind nicht zusammen?«, erkundigt sie sich, scheinbar freundlich interessiert, während sie kurz meine Hand berührt.

Ich schüttele den Kopf. Von unseren Absichten in dieser Richtung braucht sie ja nichts zu wissen. Sie ist mir nämlich auf Anhieb unsympathisch. Und das ist eine echte Leistung, wo ich sie doch gerade mal knappe 30 Sekunden kenne.

Sie verzieht das Gesicht zu einem kühlen Lächeln. »Wie schade«, befindet sie dann und nickt mir zu. »Ich glaube, mein Sohn wartet in der Eingangshalle auf Sie.« Mit diesen Worten entschwindet sie.

Etwas irritiert mache ich mich auf die Suche nach Sjon und finde ihn erst mal nicht in der Eingangshalle, in der es zugeht wie auf einem Bahnhof, so viele Menschen eilen dort umher. Ich brauche einige Anläufe, bis ich Sjon endlich entdecke. Ich sehe nämlich jede Menge Männer in dunklen Anzügen und brauche eine ganze Weile, bis ich erkenne, dass Sjon Schröder einer von ihnen ist.

Er hockt auf der Lehne eines Sessels und starrt versonnen durch die Fenster in die morgendliche Sonne. Offenbar ist er der einzige nicht gestresste Mensch im ganzen Schloss. Ich laufe zu ihm und lasse mich in den Sessel plumpsen.

»Wer sind Sie?«, raune ich ihm zu, und er schenkt mir ein angedeutetes Grinsen.

»Sjon Schröder. Angenehm«, er reicht mir seine rechte Hand, und ich schüttele sie. »Offenbar hat bei uns beiden eine optische Assimilation stattgefunden. Sehr schick siehst du aus.«

»Vielen Dank. Du auch.« Sjon im Anzug ist ein verwirrender Anblick. Er hat sogar seine Nerd-Mütze auf dem Zimmer gelassen und so etwas wie eine Frisur.

»Ich habe mich getarnt durch Anpassung. Wenn man schon das schwarze Schaf der Familie ist, muss man ja nicht unbedingt auch auf den ersten Blick als solches erkennbar sein«, murmelt er und grüßt einen Mann, der eilig an uns vorbeigeht. Die Hektik scheint noch zuzunehmen. Die Einzigen, die entspannt herumsitzen, sind wir.

»Ich habe deine Mutter getroffen«, sage ich und beobachte eine sehr schlanke Frau mit drei kleinen, top gestylten Kindern, die ihre Brut durch die Eingangshalle scheucht und sich gleichzeitig die Lippen schminkt.

Sjon grunzt und sieht mich mit weit aufgerissenen Augen an. »Du bist dem Grauen in die Arme gelaufen?«

Ich muss grinsen. »Ist ›das Grauen‹ eure interne Bezeichnung für sie? Sie stand unten an der Treppe und hat wohl auf mich gewartet. Wusstest du, dass sie glaubt, dass du schwul bist?«

Ergeben nickt er. »Schwul, dumm, Vegetarier. Meiner Mutter fallen da noch eine Menge mehr Dinge ein, wenn es um ihren Erstgeborenen geht. Muss daran liegen, dass mein Vater ein isländischer Troll ist.«

»Da seid ihr ja!« Ein rothaariger Mann im hellgrauen Anzug bleibt vor uns stehen. Fröhlich strahlt er uns an, als hätte er uns seit Stunden gesucht.

»Hey, Mann!« Sjon rutscht von der Sessellehne und umarmt ihn, woraufhin die Umarmung herzlich erwidert wird. Nicht nur ein halbherziger Minimalkörperkontakt mit unbeholfenem Schulterklopfen, wie so viele Männer es zelebrieren, sondern eine richtige herzliche Umarmung.

»Und du bist Thea. Ich freue mich sehr, dich kennenzulernen! Ich bin Laurentin!« Er reicht mir die Hand und sieht wohl nur knapp davon ab, mich ebenfalls an sein Herz zu drücken. Dafür strahlt er wie ein Honigkuchenpferd und scheint tatsächlich aus tiefstem Herzen erfreut, mich kennenzulernen. Er sieht Sjon überhaupt nicht ähnlich. Noch nicht mal den Ansatz einer Familienähnlichkeit kann ich erkennen. Er hat koboldrote Haare, Sommersprossen im ganzen Gesicht und grüne Augen

»Ich würde gerne mit euch frühstücken, aber ich muss zur Stellprobe in die Kirche. Und wenn ich es wagen sollte, Mamas generalstabsmäßige Pläne bezüglich der Hochzeit nicht akribisch zu befolgen, werde ich enterbt oder erschlagen.« Die Aussicht scheint ihn nicht zu ängstigen. Stattdessen freut er sich noch mehr und enteilt im Laufschritt.

»Hier sind aber alle sehr zackig am frühen Morgen«, sage ich und sinke wieder in den Sessel.

»Das liegt nicht am Morgen, das liegt an der Anwesenheit meiner Mutter«, sagt Sjon. Und dann sagt er noch: »Bleib hier!«, verschwindet durch eine Tür und kommt kurz darauf mit zwei Tassen Kaffee und zwei Croissants zurück.

Um mehr Platz für unser behelfsmäßiges Frühstück zu haben, ziehen wir um auf das Sofa und können so das lustige Treiben um uns herum noch besser sehen.

»Ich weiß nicht, wie ich damit umgehen soll«, sagt er plötzlich, nachdem wir beobachtet haben, wie ein Blumenlieferant orientierungslos umherirrte.

»Was meinst du?«, frage ich mit vollem Mund.

Er wirft mir einen Seitenblick zu. »Christian«, sagt er dann schlicht.

»Da gibt es nichts, womit du umgehen müsstest. Außer dass ich ein bisschen einen an der Waffel habe. Aber wie du schon ganz richtig bemerkt hast, war das vielleicht auch schon vorher der Fall.«

»Ich meine, ob ich es ansprechen soll oder lieber nicht. Wie ich mich verhalten soll. Ich bin da wirklich unsicher.«

Sjon Schröder ist ganz im Ernst der erste Mensch, der mich so direkt fragt. Und auch noch zugibt, dass ihn die Situation verunsichert. Wie, bitte, bin ich auf den Gedanken gekommen, er könnte ein sozial völlig inkompetenter Nerd sein?

Leider habe ich keine weitere Gelegenheit, darüber nachzudenken, denn das Kammerspiel »Hochzeit des Jahres« geht unvermittelt damit weiter, dass die Braut die breite Treppe hinabschreitet. In einem unglaublich schönen Kleid, mit einer unglaublich schönen Frisur und mit einem Gesichtsausdruck, als hätte sie gerade an einer Zitrone geleckt.

Die wuselige Gesellschaft nimmt sie zwar durchaus wohlwollend zur Kenntnis, wuselt ansonsten aber unbeeindruckt weiter.

Die Braut schreitet erhaben – ich denke, etwas anderes ist in diesem Kleid auch kaum möglich – in unsere Richtung und lässt sich dann ganz undamenhaft in den freien Sessel fallen.

»Guten Morgen, Braut. Sehr schön siehst du aus!«, sagt Sjon und prostet seiner zukünftigen Schwägerin mit seinem Kaffee zu.

»Morgen«, erwidert die Braut knapp und nickt mir zu. »Katrin«, sagt sie.

»Thea«, antworte ich.

»Ich werde irre.«

»Siehst aber wirklich gut aus dabei«, sage ich.

Katrin ringt sich ein Lächeln ab und will gerade den Kopf – trotz Hochsteckfrisur in Turmoptik – gegen die Sessellehne lehnen, als sich ihre Augen plötzlich weiten. Panisch blickt sie sich um. »Ich weiß gar nicht, ob ich hier sein darf. Die Regeln sind da sehr eng gesteckt. Ist Laurentin schon weg?«

Wir nicken einträchtig, und Katrin entspannt sich ein wenig. »Treibt sich meine Schwiegermutter hier irgendwo herum?«

»Ich habe sie bestimmt seit zwanzig Minuten nicht mehr gesehen«, antwortet Sjon. »Ob das allerdings ein gutes Zeichen ist, weiß ich nicht. Vielleicht bedeutet es nur, dass sie gleich wieder auftaucht, weil sie schon zu lange nicht nach dem Rechten gesehen hat.«

»Ist der Gatte meiner zukünftigen Schwiegermutter schon aufgetaucht?«

»Auch noch nicht.«

Katrin scheint erleichtert und nickt langsam. »Irgendwie werde ich diesen Tag überstehen.« Sie lächelt mir gequält zu. »Ich denke ernsthaft über Flucht nach«, vertraut sie mir dann an. »Außerdem bekomme ich schlecht Luft, weil das Kleid zu eng ist. Ich dachte immer, alle Bräute nehmen vor der Hochzeit ab. Ich nicht. Ich habe vier Kilo zugenommen.« Sie atmet mühevoll ein. »Meine Eltern sind auch schon da. Die trauen sich aber nicht aus dem Zimmer. Und ich bin eigentlich Bibliothekarin. Für mich stellt das größte gesellschaftliche Ereignis des Jahres normalerweise die Weihnachtsfeier in der Bibliothek dar. Das hier«, sie hebt schwach die perfekt manikürten Hände und wedelt mit ihnen herum, »ist etwas zu viel für mich.«

»Du schaffst das!«, sagt Sjon aufmunternd. »Soll ich dir Kaffee holen? Oder Alkohol?«

»Einen Tee und ein gutes Buch?«

Sjon zuckt entschuldigend die Achseln.

»Würde ich Laurentin nicht so lieben, hätte ich mich nie darauf eingelassen. Wir sehen uns in der Kirche. Also … ihr werdet mich sehen, ich euch bestimmt nicht. Betet, dass ich nicht irgendwie stolpere und hinfalle.« Mit diesen Worten erhebt sie sich und entschwindet.

Dennoch höre ich noch ihre gemurmelten Worte: »Konnte ja keiner ahnen, dass ein so netter Mann eine solch schreckliche Familie sein Eigen nennt.«

Kapitel 30

Erkenntnisse

»Du hast einen netten Bruder. Und eine nette zukünftige Schwägerin«, sage ich und nippe behaglich an meinem Kaffee.

»Der Rest der Familie hingegen ist problembehaftet«, antwortet Sjon und beißt hungrig in sein Croissant.

Ich werfe einen Blick auf die große Standuhr, die reich verziert und sicherlich mehrere Hundert Jahre alt ist. Es ist halb zehn. In einer Stunde sollen wir in der Kirche sein, die zu Fuß angeblich nur wenige Minuten entfernt liegt. Ich bin fertig angezogen, das heißt, ich kann hier noch ein wenig herumsitzen, was ich ganz fantastisch finde. Ich fühle mich wie ein Zuschauer in einer fremden Welt. Einer hektischen Welt, während ich nichts anderes zu tun habe, als alles zu betrachten.

Im nächsten Moment wird Sjon neben mir zappelig. Er sieht aus, als hätte er den Impuls aufzuspringen, bekommt dann aber seine fluchtbereiten Muskeln unter Kontrolle und bleibt sitzen. Jetzt allerdings so entspannt wie ein Reh, das den Jäger erblickt hat. Ich will ihm gerade zuraunen, was los sei, als ich ihn sehe. Ich sehe ihn, mein Gehirn erklärt mir, dass ich ihn kenne, aber ansonsten verweigert es die Zusammenarbeit, und ich schaue vermutlich etwas blöd aus der Wäsche.

»Das gibt es doch nicht«, murmele ich erschüttert in meinen Kaffee. »Was will der denn hier?«

Sjon hat den Kerl ebenfalls im Blick, wobei er ihn ja nicht kennt. Er war bei der Besichtigung unseres schönen Fachwerkhäuschens durch den Investor ja im Krankenhaus. Ich will ihm gerade empört erklären, dass das der böse Investor ist, als er mir zuvorkommt.

»Das ist der Mann meiner Mutter. Stiefvater wäre jetzt etwas zu viel gesagt. Wenn er blöde Dinge zu dir sagt, und das wird er, wäre es schön, wenn du ihn einfach ignorieren könntest.«

Ich schlucke trocken. Der böse Investor ist Sjons Stiefvater. Das darf doch nicht wahr sein.

Sjon räuspert sich und wirkt fürchterlich angespannt. Dafür, dass er mit diesem Mann groß geworden ist, scheint das Verhältnis eine Katastrophe zu sein. Ich überlege, wie ich ihm schonend beibringe, dass dieser Mann der Typ ist, der unsere kleine Fachwerkhaus-Gemeinschaft zu zerstören versucht, da steuert der böse Investor schon mit versteinerter Miene auf uns zu. Er bewegt sich mit einer derart verstörenden Selbstsicherheit, dass sämtliche herumwuselnden Menschen ihm aus dem Weg springen.

Sjon räuspert sich noch ein letztes Mal und steht auf. Ich bleibe erst mal sitzen und denke nach. Ob Schröder Senior mich erkennt? Der steht bereits im nächsten Moment vor uns und sagt: »Wo ist deine Mutter?«

»Guten Morgen«, antwortet Sjon betont höflich, dann setzt er sich kurzerhand wieder hin. »Ich weiß es nicht.«

»Habt ihr nichts zu tun?« Er spricht zwar von uns, würdigt mich allerdings keines Blickes.

»Wir frühstücken«, sage ich kalt. Jetzt sieht er mich an. Der blonde Gnom mit dem üblen Charakter. Und er erkennt mich nicht. Sein Blick streift mich desinteressiert und wandert dann weiter auf sein Smart Phone. Aber offenbar reicht ihm diese Information, denn er dreht sich einfach um und geht.

Sjon räuspert sich jetzt, als hätte er eine ganze Armada Frösche im Hals, und atmet tief durch. Er ist peinlich berührt, das steht ihm ins Gesicht geschrieben. »Gute Antwort«, sagt er dann leise. »Ich gehe ihm, so gut es geht, aus dem Weg. Wir haben überhaupt keinen Kontakt, und wie man sieht, legt er darauf auch keinen gesteigerten Wert.«

»Sjon«, sage ich vorsichtig. »Das ist der böse Investor, den du aufgrund deines kleinen Hüpfers über Kornelias Motorhaube verpasst hast.«

Sjon wird auf der Stelle blass wie eine Stoffserviette. Er schluckt und schließt die Augen. »Das wusste ich nicht«, sagt er mühsam. »Du hast mir zwar den Namen genannt, aber Schröders gibt es viele, und ich ahnte nicht, dass er auch in Hameln sein Unwesen treibt. Was machen wir jetzt?«

»Erst mal in die Kirche gehen. Er hat mich offensichtlich nicht erkannt. Vermutlich sucht er mehrmals wöchentlich arme, gekündigte Mieter heim und macht sich nicht die Mühe, sich Namen oder Gesichter zu merken.«

Sjon ist immer noch ganz blass, und ich pikse ihm mit dem Zeigefinger in die Rippen. »Entspann dich. Wir finden eine Lösung«, sage ich. Wobei ich mir da nicht so sicher bin.

Kapitel 31

Kalte Füße?

Wir wissen zwar nicht, wo die Kirche liegt, brauchen aber nur den Menschenmassen zu folgen, die sich durch den Park des Schlosses wälzen wie heiße Lava auf dem Weg ins Tal. Und alle sind gekleidet, als hätten sie die Absicht, der Hochzeit von Kate und William beizuwohnen.

Die Kirche ist ein kleiner Bau aus rotem Backstein, der eigentlich gar nicht zum pompösen Stil des immer noch in Sichtweite befindlichen Schlosses passt. Vielleicht hat der Architekt sich damals gedacht, dass an dieser Stelle jedes Gebäude nur verlieren kann und deswegen ein möglichst unauffälliges Bauwerk erstellen lassen. Jedenfalls ist mir diese kleine, unscheinbare Kirche sehr sympathisch. Wir schieben uns durch die vielen Menschen, die in Gruppen und Grüppchen vor dem Eingang verweilen, und betreten den kühlen Innenraum. Unschlüssig bleiben wir stehen. Hier drinnen ist es schummrig, und offenbar ist schon jetzt jede Kirchenbank belegt.

»Wohin?«, raune ich meinem Begleiter zu, der die Schultern zuckt. »Ich glaube, vorne sind Plätze für die Familie reserviert.« Wir schauen uns an. »Aber wollen wir das?«, fragt er leise und macht einer Dame Platz, die einen Hut von der Größe einer XXL-Familienpizza trägt.

»Wenn wir sitzen wollen, macht das Sinn«, flüstere ich zurück. »Ich trage leider auch Sitzschuhe und kann nicht stundenlang stehen.« Es ist lange her, dass ich so hohe Absätze an den Füßen hatte, und schon jetzt drückt es unangenehm.

»Sitzschuhe?« Sjons ernster Blick, als er diesen Begriff, der für ihn offensichtlich ein Fremdwort darstellt, verarbeitet, ist hübsch anzusehen, aber wir müssen uns langsam beeilen. Ich glaube nämlich nicht, dass irgendjemand, außer vielleicht den Hauptakteuren des Tages, uns noch länger einen Platz in der ersten Reihe freihalten wird.

»Dann los.« Sjon reicht mir seine Hand, und ohne darüber nachzudenken, ergreife ich sie. Er lotst mich sicher durch die vielen Menschen, und ich genieße es. Weil seine Hand meine ganz fest hält, weil seine Hand weder schwitzig noch feucht ist und weil es doch irgendwie selten ist, dass mir jemand zeigt, wo es langgeht.

Tatsächlich sitzt die gesamte Schröder-Sippe in der ersten Reihe. Bis auf den bösen Investor; der steht an der Seite und telefoniert. Ich bin kein besonders geübter Kirchgänger, aber selbst mir ist klar, dass Telefonieren in der Kirche nicht so richtig angebracht ist. Nur scheint es die restlichen Schröders nicht zu stören, während ich aus den voll besetzten Bänken dahinter durchaus irritierte Blicke in seine Richtung sehe.

Valentina sitzt im Kostüm mit gesenktem Kopf auf der Bank, als würde sie meditieren, während ihr Mann die beiden herausgeputzten Mädchen auf den Knien balanciert. Viktoria trägt etwas Sackartiges in Pink und studiert eingehend das kleine Programmheft, das auf den Bänken liegt. Ganz am Rand sitzt Sjons Mutter und sieht starr geradeaus. Die Mädchen und Henning begrüßen uns verhalten und leise flüsternd, als wir uns auf die beiden leeren Plätze direkt am Rand setzen. Sjons Schwestern wie auch seine Mutter lassen sich in ihrer meditativen Erstarrung nicht weiter stören. Sie ignorieren uns schlicht und ergreifend, was ich etwas sonderbar finde.

Trotzdem bin ich froh, als ich endlich sitze, und für einen Moment spiele ich mit dem Gedanken, einfach die Schuhe auszuziehen. Der böse Investor kann ja auch telefonieren, da finde ich es nicht so dramatisch, barfuß in der Kirche zu sitzen. Da aber streift mich ein intensiver Blick von Sjons Mutter, und ich sehe von der Befreiung meiner Füße ab. Sie guckt nämlich sehr genervt. Ihr Mund ist zusammengekniffen, als wäre meine Anwesenheit irgendwie eine Form der Belästigung. Ich spüre, wie mir das Blut ins Gesicht schießt. Dann merke ich allerdings, dass ihr Blick haarscharf an mir vorbeigeht. Sie sieht gar nicht mich, sondern ihren Sohn an.

Sjon spürt ihren Blick natürlich ebenfalls und wird fast unmerklich ein wenig steif, reagiert aber sonst nicht. Zumindest nicht offensichtlich. Sondern nur so, dass ich es mitkriege. Er greift ganz vorsichtig wieder nach meiner Hand, die rechts neben mir auf der Handtasche ruht. Seine Finger tasten über meinen Handrücken, als wäre er nicht sicher, ob ich diese Berührung zulasse. Möchte ich aber, und so drehe ich einladend die Handfläche nach oben. Sanft schiebt er seine Finger in meine.

Ich schiele zu seiner Mutter. Sie sieht wieder starr geradeaus, den Mund sauertöpfisch zusammengekniffen. Alle in der ersten Bank scheinen intensiv mit sich selbst beschäftigt zu sein.

Ich würde gern wissen, was in dieser Familie passiert ist. Warum ihr großer Halbbruder solch ein Außenseiter zu sein scheint, der offenbar noch nicht einmal auf dieser Hochzeit ein gern gesehener Gast ist. Fester greife ich nach Sjons Hand, und im selben Moment ertönt die Orgel.

Von irgendwoher erscheint Laurentin in seinem grauen Anzug, jetzt mit einer weißen Rose im Knopfloch. Er stellt sich vor den Altar, und ich kann von meinem Platz aus sehen, dass ihm feine Schweißperlen auf der Stirn stehen. Die Kirche ist bis auf den letzten Platz gefüllt. Als ich den Kopf drehe, erspähe ich, dass sogar im Eingangsbereich Gäste stehen wie im Fußballstadion. Ich kann Laurentins Aufregung nur zu gut verstehen, zu dem sich jetzt der Pastor gesellt hat. Ein freundlich dreinblickender, hagerer Typ, dem die Anwesenheit der vielen Menschen ebenfalls sichtlich zu schaffen macht. Er sieht nämlich nicht minder angespannt in die Menschenmenge und hält sich an der in seinen knochigen Händen verborgenen Bibel fest.

Fehlt nur noch die Braut.

Mittlerweile haben sich alle Anwesenden bis auf die, die eh schon stehen, erhoben und starren erwartungsfroh in Richtung Kirchenportal. Dort passiert allerdings nichts. Vielleicht ist die Braut geflohen?

Laurentin scheint ähnliche Gedanken zu haben, denn er fängt an, vor dem Altar unruhig zu werden. Besonders dramatisch wird es, als in genau diesem Moment die Orgel verstummt und absolute Stille eintritt.

»Gibt es das wirklich? Dass Bräute sich nicht trauen?«, flüstere ich Sjon zu, der immer noch mit skeptischer Miene zum Eingang blickt.

»Na, hoffentlich nicht«, flüstert er zurück. Er löst sanft seine Hand aus meiner und schlendert, scheinbar entspannt, zu seinem Bruder. Die beiden stecken die Köpfe zusammen, und auch der Pastor beteiligt sich an der kurzen, aber intensiven

Diskussion. Dann dreht Sjon sich auf dem Absatz um. Für eine Sekunde scheint er zu überlegen, ob es sinnvoll wäre, sich über einen der Seitengänge aus der Kirche zu schleichen, doch dann wird ihm wohl klar, dass ihn eh sämtliche Anwesenden anstarren, und er läuft mit einem freundlichen Lächeln direkt durch den Mittelgang. Ganz offensichtlich begibt er sich auf die Suche nach der Braut.

Es ist absolut notwendig, dass sich jemand dieses nicht unerheblichen Problems annimmt, denn langsam, aber sicher werden die Hochzeitsgäste ungeduldig. Vom Bräutigam, der mittlerweile aussieht, als stünde er kurz vor einem Zusammenbruch, ganz zu schweigen.

Nur die restliche Schröder-Sippe zeigt sich unbeeindruckt. Der böse Investor hat sogar sein Handy wieder gezückt und tippt wild darauf herum.

Henning versucht derweil die beiden Mädels zu bändigen, denen sehr langweilig ist und die deswegen beschlossen haben herauszufinden, ob man auf der Lehne einer Kirchenbank balancieren kann. Kann man übrigens, zumindest kurzzeitig. Sjons Mutter geht dazwischen, indem sie ein wütendes Zischen von sich gibt und Henning anfunkelt, als hätte er versucht einen Aufstand anzuzetteln.

»Geh doch raus mit den Kindern!«, zischt sie, und Henning gehorcht aufs Wort. Er klemmt sich die Mädels unter den Arm und verlässt den Ort des Geschehens.

Während in der restlichen Kirche langsam ein leises Gemurmel einsetzt, sitzen die Schröders stumm und steif wie die Hühner auf der Stange. Ich möchte hier eigentlich gar nicht sitzen und fühle mich fürchterlich deplatziert. Am liebsten würde ich zu Laurentin gehen und ihm seelischen Beistand spenden. Dazu müsste ich mich allerdings mit vor den Altar stellen, in die absolute Show-Position, und das finde ich etwas unangemessen. Immerhin bin ich noch nicht einmal eine Freundin der Familie. Andererseits scheint niemand auf den Gedanken zu kommen, dass Laurentin ein wenig Beistand brauchen könnte. Selbst seine Trauzeugen, die, ebenfalls grau gewandet, vorn rechts in der Bank sitzen, schauen nur und tun nichts.

Seufzend schlüpfe ich jetzt doch aus meinen hohen Schuhen, nehme sie in die Hand und verlasse leise tapsend die Kirche. Wenn ich ihm schon nicht helfen kann, dann doch vielleicht Sjon bei seiner Suche nach Katrin.

Ich muss allerdings gar nicht lange suchen. Ich finde ihn und die Braut hinter einem großen Busch, der wohl als Tarnung dienen soll – aber strahlendes Weiß sticht, außer am Nordpol, eigentlich immer ins Auge.

»Gut, dass du kommst!«, begrüßt Sjon mich mit Verzweiflung in der Stimme. »Ich weiß immer noch nicht, was los ist.«

»Entweder wir bekommen das Problem in den Griff oder nicht«, sagt Katrin kryptisch, und ihr Gesicht hat dabei exakt die gleiche Farbe wie ihr Kleid.

Was auch immer das Problem ist, es scheint größeren Ausmaßes zu sein.

»Wie werden wir denn versuchen, das Problem in den Griff zu bekommen?«, frage ich vorsichtig und trete neben Sjon hinter den Busch.

»Meine Mutter kümmert sich darum.« Katrins Stimme ist fast tonlos. Offenbar ringt sie um das letzte Quäntchen Selbstbeherrschung. Dass sie vorher schon geweint hat, kann man am Make-up in ihrem Gesicht sehen. Als sie sich mit der linken Hand die Stola fester um die Schultern zieht, sehe ich, dass sie zittert.

»Was können wir tun, Katrin?«, frage ich sie eindringlich. Wäre ja schon mal gut, das Problem überhaupt zu kennen.

»Ich glaube, ich kann heute nicht heiraten«, sagt sie fest und zieht die Nase hoch. Dann hebt sie ein wenig den rechten Arm, den sie bis dahin fest an den Körper gepresst gehalten hat, und ich sehe, dass sie recht hat. Katrin kann nicht heiraten.

Kapitel 32

Ein Fall für MacGyver

Zumindest nicht so.

»Wie ist das denn passiert?«, keuche ich und starre auf Katrins roten BH, dessen Enthüllungsort wohl eher die Hochzeitssuite des Schlosses als dieses Fleckchen hier im Gebüsch sein sollte.

»Hups.« Sjon wendet gentlemanlike den Blick ab und kaut auf seiner Unterlippe herum.

»Ich habe geatmet«, antwortet Katrin. »Ich habe der Schneiderin gesagt, dass ich atmen muss. Aber meine zukünftige Schwiegermutter war der Meinung, dass Atmen überflüssiger Luxus ist. Ich solle halt nicht so viel atmen.« Sie schließt einen Moment die Augen, atmet tief ein, dann fährt sie fort: »Bevor ich die Kirche betreten wollte, musste ich aber noch einmal tief durchatmen. Meine künftige Schwiegermutter wird es vielleicht nicht glauben, aber andere Menschen haben Gefühle, und ich bin so unfassbar aufgeregt, dass ich zurzeit als Steckdose arbeiten könnte. Deswegen musste ich auch atmen. Das Ergebnis siehst du hier. Meine Mutter ist zum Schloss gelaufen, um Nadel und Faden zu holen. Wobei ich nicht glaube, dass das reparabel ist.«

Ich beuge mich näher zu ihr und begutachte den Schaden. Das Kleid ist über die gesamte Länge der Naht aufgerissen und entblößt unschön alles, was nicht für die Augen der Hochzeitsgäste bestimmt ist. Wenn das nicht zu nähen ist – und danach sieht es für mein nähtechnisch ungeübtes Auge aus –, werden wir Katrin in ihre Stola wickeln müssen. Aber selbst dann würde sich der klaffende Riss erahnen lassen.

Mitfühlend drücke ich Katrins Hand. »Vielleicht finden wir etwas anderes, worin du heiraten kannst?«, frage ich leise.

Katrin schüttelt den Kopf. »Ich mache mich doch zum Gespött dieser ganzen Leute, die ich alle überhaupt nicht kenne.«

»Wisst ihr was, Mädels?«, fragt Sjon, plötzlich sehr munter. Sein Tonfall trifft genau die Nuance an positiver Zuversicht, die notwendig ist, um Katrin vor einem hysterischen Anfall zu bewahren. »Ich gehe jetzt in die Kirche und sage Bescheid, dass die Hochzeit sich ein wenig verschiebt. Das dürfte kein Problem sein, schließlich ist das hier kein Massenbetrieb, wo nach einer Stunde die nächste Hochzeitsgesellschaft vor der Tür steht. Und dann bringe ich Viktoria mit. Als angehender Modedesignerin wird ihr gewiss etwas einfallen.«

Katrin atmet wieder tief durch, offenbar froh, dass es so etwas wie einen Plan gibt.

Im nächsten Moment kommt eine kleine, rundliche Frau um den Busch herum zu uns, die Katrin wie aus dem Gesicht geschnitten scheint. Atemlos bleibt sie stehen und hält uns wortlos Nadel und Faden entgegen.

Katrin winkt mit zittrigen Händen ab. Deswegen landet das Handarbeitszeug in meinen Fingern. Irritiert blicke ich zwischen dem klaffenden Riss und der Nadel hin und her. Nie im Leben bin ich in der Lage, das zu flicken.

Sjon verschwindet, wohl um seine hoffentlich begabtere Schwester hierherzubringen und die sicherlich schon tobende Menge in der Kirche zu beruhigen, als mir einfällt, dass ich eine Rolle Sportlertape in meiner Handtasche habe. In Weiß. Vielleicht lässt sich das hier notdürftig kleben?

Ich drücke Katrins Mutter die Nadel wieder in die Finger und renne Sjon hinterher, was nur geht, weil ich meine Schuhe neben Katrin geparkt habe. Ich schieße durch das Kirchentor und treffe auf lauter menschliche Rücken. Die Leute starren wie gebannt zum Altar. Ich recke den Kopf und entdecke Sjon, wie er neben seinem kreidebleichen Bruder und dem nervösen Pastor steht.

»Es gibt einige organisatorische Probleme, die wir aber fest im Griff haben.« Er grinst schief, und ich höre leises Gelächter. »Dennoch werden Sie sich noch ein wenig gedulden müssen, liebe Gäste. Deswegen wird das Catering Ihnen jetzt vor der Kirche noch eine Erfrischung reichen. Aber wie sagt man so schön: Gut Ding will Weile haben. Und wir alle wollen doch, dass diese Hochzeit gelingt!«

Ich bin sehr beeindruckt, während ich mich nach vorne durchkämpfe. Und Sjon entschwindet in einem Affenzahn, wohl um sich seine Schwester zu krallen.

Ich schaffe es schließlich bis zu meiner Tasche, die immer noch auf der Kirchenbank steht, und wühle nach dem Sportlertape. Der böse Investor ist verschwunden, aber Sjons Mutter sitzt mit verschränkten Armen in nahezu identischer Position wie vorhin auf der Bank. Sie sieht jetzt richtig böse aus, was erstaunlich ist, weil ich ihren Gesichtsausdruck schon vor dem ganzen Drama sehr böse fand. Aber der war offenbar noch steigerungsfähig.

Ich presse das Tape fest an meine Brust und laufe barfuß zurück zu dem Busch, hinter dem jetzt Viktoria vor Katrins Kleid kniet. Sie näht aber nicht, sondern ringt die Hände.

»Das kann man nicht nähen … das ist hin«, murmelt sie, und Katrin bricht nun doch spontan in Tränen aus.

Wieder ist es Sjon, der reagiert, wie ein Mann reagieren sollte. Er drückt Katrin, ungeachtet der tiefen Einblicke, die ihr Kleid jetzt gewährt, an seine Schulter. »Ach, Schwägerin. Wir finden eine Lösung. Zur Not leihe ich dir meinen Anzug. Dann blicken alle auf mich, weil ich dann nackt bin, und außerdem steht dir Schwarz echt gut«, versucht er einen Witz, aber in diesem Moment fängt auch Katrins Mutter an zu weinen.

Ich ziehe ein Stück von meinem Sportlertape ab und trete zu der Trauergesellschaft hinter den Busch. »Darf ich was probieren?«, frage ich und klebe auch schon das erste Stück Tape auf den weichen Satin-Stoff. Es löst sich sofort wieder, wie erwartet, aber wenn ich es ihr komplett um die Brust schlinge, müsste es halten.

Viktoria erkennt sofort, was ich vorhabe, und greift sich unter den Rock. Dann reißt sie an etwas und zieht ein ebenfalls weißes Stück Stoff hervor. »Mein Unterrock.« Sie grinst mich an.

Mit geschickten Fingern reißt sie weiter und hält kurz darauf eine rechteckige Bandage über Katrins Brust, die wir mit Hilfe des Klebebandes fixieren. Nach fünf Minuten ist die Brust wieder ordnungsgemäß verpackt, und ich muss sagen, es sieht gar nicht so schlecht aus.

»Du hast Klebeband in deiner Handtasche?« Sjon, der uns zunächst wortlos beobachtet hat, sieht mich mit großen Augen an.

»Mein zweiter Name ist MacGyver. Das ist Sportlertape, und es ist in jeder Lage sehr hilfreich, wie du siehst.«

»Okay, kann mir jetzt mal jemand antworten? Wie bescheuert sieht das aus?«, fragt Katrin scharf, mittlerweile zum dritten Mal. Sie hat nämlich die Augen fest zusammengepresst und weigert sich offensichtlich, sich selbst ein Bild zu machen.

»Wie neu!«, antwortet Sjon, und endlich schlägt sie die Augen auf und schaut an sich herunter.

»Das sieht sogar richtig gut aus. Eine ganz neue Kreation mit ganz neuen Materialien«, sagt Viktoria und betrachtet zufrieden unser Werk. »Klasse, Thea! Mit Nadel und Faden wären wir nicht weitergekommen!« Anerkennend nickt sie, und ich nicke huldvoll zurück.

Katrin blickt auf. Dann nickt auch sie. »Ich werde jetzt, in einen Unterrock und Sportlertape gehüllt, heiraten. Mache ich. Und wisst ihr, was das Beste daran ist? Ich bekomme Luft!«

Und so kommt es, dass die Braut quasi aus dem Gebüsch bricht wie ein Reh bei der Treibjagd und mit gerafften Röcken an den verdutzen Gästen mit ihren Champagnergläsern vorbeieilt, um in der Kirche zu verschwinden.

Die Masse deutet dieses Verhalten richtig, und augenblicklich werden Gläser abgestellt, Kinder herbeigerufen, und die Menschen strömen zurück in die Kirche, um endlich der Hochzeit des Jahrzehnts beizuwohnen.

Kapitel 33

Bekloppter Blödsinn

Ich bin ja kein Hochzeits-Freak und fange auch nicht an, debil zu kreischen, wenn mir jemand seinen Verlobungsring unter die Nase hält, aber mir gefällt, dass sowohl Katrin als auch Laurentin nach fünf Minuten heulen wie die Schlosshunde. Nach zehn Minuten flennt die halbe Kirche, und nach fünfzehn Minuten, kurz vor dem Ja-Wort, sehe ich aus dem Augenwinkel, dass auch Sjon ein wenig feuchte Augen hat. Seine Finger haben sich auf unerklärliche Weise, als wäre es völlig normal, mit meinen verflochten. Es fühlt sich gut und richtig an.

Alle scheinen zu wissen, wann sie was zu tun haben. Der Trauzeuge reicht im richtigen Moment die Ringe, die auch noch auf die vorgesehenen Finger passen. Der Pastor spricht viel über die Liebe. Die Sonne scheint durch die bunt verglasten Fenster der alten Kirche und taucht alles in ein sanftes Licht. – Perfekt!

Bis auf die Eltern des Bräutigams. Die sind weder emotional berührt, noch zeigen sie sonst irgendeine Regung. Ich versuche zu ergründen, ob Sjons Mutter noch blinzelt oder atmet, kann aber nichts erkennen. Ich glaube, die beiden sind gar nicht echt und stöpseln sich jede Nacht an die Steckdose. Es muss doch schön sein, wenn das eigene Kind heiratet. Irgendeine menschliche Regung sollte da doch drin sein.

Kurz darauf stehen wir vor der Kirche und warten darauf, dass wir dem Brautpaar gratulieren können. Das geht hier nämlich streng nach familiärer Zugehörigkeit und Hierarchie, wie mir scheint. Erst die Eltern der Brautleute, dann die Geschwister und dann Sjon. Und ich. Der Fotograf springt wie unter Drogen um das Geschehen herum, und ich bin ein bisschen befangen, als ich Katrin vorsichtig – um ihre Kleidkreation nicht zu beschädigen – an mich drücke.

»Tausend Augen ruhen auf uns«, murmelt sie schwach. »Aber das Kleid hält.«

»Es war so schön. Herzlichen Glückwunsch!«, flüstere ich ihr ins Ohr.

»Ich möchte jetzt am liebsten aufs Sofa. Mit einem guten Buch«, antwortet sie und sieht hoffnungslos erschöpft aus.

Mitfühlend drücke ich ihr die Hand und trete dann einen Schritt zur Seite, um Laurentin zu gratulieren.

»Danke!«, sagt er und drückt mich so fest an seine Brust, dass mir kurzfristig der Atem wegbleibt. »Sportlertape. Großes Kino, Thea Fuss. Ich bin gewillt, meinen Bruder mit dir zwangszuverheiraten.«

»Aha«, sage ich trocken, und dann finden auch schon Sjons Finger meine Hand, und wir laufen langsam zum Schloss zurück.

»Ereignisreicher Tag. Zumindest wissen wir jetzt, dass wir zwei in der Lage sind, Hochzeiten des Jahrzehnts zu retten. Vielleicht sollten wir uns damit selbstständig machen?«

»Können wir drüber reden, wenn ich bei Mehmet über der Dönerbude hocke und Kniearthrosen und vorgefallene Bandscheiben behandele«, sage ich leichthin, aber augenblicklich spüre ich, wie Sjon sich verspannt.

»Ich rede mit ihm, Thea«, sagt er leise.

»Ob das eine gute Idee ist?« Mir kommt die Eiseskälte dieses Mannes wieder in den Sinn, mit der er Sjon behandelt hat.

»Vermutlich nicht. Aber es ist zumindest eine Möglichkeit, die ich nutzen muss. Wenn wir dadurch bleiben können, umso besser. Thea?«

»Hm?

»Geht es dir gut?«

»Was meinst du?«, frage ich irritiert. Habe ich mich merkwürdig verhalten? Wenn ja, ist es mir nicht aufgefallen.

Sjon bleibt stehen und blickt betreten auf den Boden.

Schlagartig wird mir klar, dass ihm meine gestrige Offenbarung nachhängt. »Sjon. Das ist alles okay«, sage ich schnell. »Es ist vorbei, und mir geht es gut.«

Sjon schaut mich endlich an. »Das ist es, was ich will. Dass es dir gut geht«, sagt er leise, und ich muss schlucken. Ich spüre, wie ernst ihm seine Worte sind, und drücke ihm einen Kuss auf die Wange.

Das Abendessen beginnt um acht Uhr, und als sich die Flügeltüren zum großen Ballsaal öffnen, bin ich kurzfristig ergriffen. Der Raum ist so hoch wie die anderen im Schloss, nur ungefähr hundertmal größer. Von den Decken hängen mindestens tausend Kronleuchter, die ein sanftes Licht auf die wunderschön gedeckten Tische werfen, die wie Juwelen mit ihrem Porzellan und Kristall glitzern.

Ich trage Elisabeths kleines Schwarzes und bin froh, mir noch eine goldfarbene Stola um die Schultern geschlungen zu haben, denn der Großteil der weiblichen Gäste ist in perfekte Ballkleider gewandet.

So bin ich zwar nicht in Satin und Samt gekleidet, trage aber wenigstens noch ein wenig königliches Gold mit mir herum. Und monstergroße Gelkissen im BH.

Sjon tritt neben mich. Im schwarzen Anzug, mit Frisur und einer kaum merklichen Anspannung im Blick. »Du siehst wunderschön aus«, stellt er fest, und wieder findet seine Hand die meine. Als ob wir beide Magneten in den Fingerspitzen hätten, die heute aktiviert wurden und jetzt eine durchgehende Anziehungskraft ausüben.

Mein Magen knurrt vernehmlich, aber bevor es Essen gibt, müssen wir diverse Reden über uns ergehen lassen. Es ist erstaunlich, wer alles etwas zu einer Hochzeit zu sagen hat. Einer der Redner spricht Laurentins Namen sogar beharrlich falsch aus. Es klingt aus seinem Mund wie Lorentino, womit anzunehmen ist, dass er den Bräutigam noch nie in seinem Leben gesehen hat. Aber auch er hat etwas zu sagen. Es ist ein wenig ermüdend, und ich sehe, dass Katrin es schafft, zwischendurch einzunicken. Sie war den gesamten Nachmittag mit ihrem Mann und ihrer Schwiegermutter im Park, um die Hochzeitsfotos machen zu lassen. Das Problem war wohl nur die Anwesenheit ihrer Schwiegermutter, die das Vorhaben akribisch überwachte und nach einer Stunde des Posierens den Fotografen feuerte, um anschließend Sjon damit zu beauftragen, einen neuen zu finden.

Ich glaube, das war sehr lustig, denn Sjon musste danach eine ganze Tafel Vollmilch-Nuss essen.

Ich glaube überhaupt, das Zusammentreffen aller Schröders an einem Ort löst irgendwo in diesem Universum ein intergalaktisches Erdbeben aus.

Endlich haben sich alle feierlich ausgesprochen, und das Essen wird aufgetragen. Es geht schweigsam zu an unserem

Tisch, was allerdings zum Teil auch dem extrem leckeren Essen geschuldet ist. Während wir auf das Dessert und den Kaffee warten, steht Sjon plötzlich auf und läuft um den Tisch zu seinem Stiefvater.

Er beugt sich zu ihm hinunter und flüstert ihm etwas zu. Der Blick des bösen Investors ist unergründlich. Trotzdem steht er auf und verlässt mit Sjon den Saal. Nur um wenige Minuten später wieder aufzutauchen, mit einem eindeutig zufriedenen Gesichtsausdruck.

Sjon bleibt verschwunden, und ich fühle mich von Minute zu Minute unwohler. Die einzigen normalen Menschen an meinem Tisch sind schon gegangen oder müssen jetzt Walzer tanzen, wie Katrin und Laurentin. Langsam mache ich mir Sorgen. Ob sein Stiefvater ihn irgendwo im Garten verscharrt hat? Vielleicht rührt sein so sonderbar zufriedener Gesichtsausdruck daher?

Ich stehe auf, werfe meine Serviette auf den Tisch und verlasse den Saal, um Sjon, den Mann mit den magnetischen Fingern, zu suchen. Ich finde ihn nicht in der Lobby, nicht in seinem Zimmer und auch nicht an der Bar. Ich finde ihn auf der Terrasse, ganz hinten. In einer unbeleuchteten Ecke hockt er auf der Balustrade, und es ist nur meinem sechsten Sinn zu verdanken, dass ich ihn in der Dunkelheit finde. Dieser sechste Sinn ist mir neu und hat bestimmt mit dem spontanen Magnetismus zwischen uns zu tun. Ich setze mich kurzerhand zu ihm auf die breite Balustrade und lasse die Beine baumeln.

»Das war weniger gut«, sagt Sjon sachlich, wirkt aber so verloren wie Hänsel im Märchenwald.

»Manchmal bist du der Baum, manchmal der Hund«, sage ich und könnte mir umgehend selbst in den Hintern beißen. Was für ein blöder Spruch.

Er räuspert sich und scheint zu überlegen, ob er mir von dem Gespräch erzählen sollte. Ich rücke ein wenig näher an ihn heran.

»Er glaubt jetzt, dass du nur mitgekommen bist, um ihn unter Druck zu setzen. Die Wahrheit, also dass ich gar nichts davon wusste, hält er für Blödsinn. Das ist auch sein Lieblingswort. Die Steigerung ist ›bekloppter Blödsinn‹.«

Sjon hält kurz inne und fährt dann fort: »Und ich bin ein bekloppter Idiot, der von der realen Welt keine Ahnung hat, und zu dieser, seiner Welt, gehört es, Mieter rauszuschmeißen. Er wäre ja bekloppt, wenn er sich dieses Schnäppchen entgehen ließe.« Er guckt mich an.

»Tut mir leid«, sage ich und finde es traurig, dass mein Wortschatz viel zu begrenzt ist, um mein Mitgefühl angemessen auszudrücken. Meine Familie ist seltsam und anstrengend, aber nahezu alle Mitglieder mögen mich. Mal mehr, mal weniger. Doch wenn es hart auf hart kommt, und das weiß ich, weil ich es ausprobiert habe, stehen sie hinter mir. Selbst meine komische Schwester hat nach Christians Tod zwei Wochen bei mir gewohnt, um mit mir ein normales Leben zu üben. Und meine Mutter hat sich ganze drei Tage frei genommen. Das hat sie noch nicht einmal bei der Geburt ihrer Kinder getan.

Sjon hingegen ist von allen verlassen. Irgendwie familienanschlusslos.

»Wie passt du bloß in diese Familie?«, frage ich leise, und er zuckt die Achseln.

»Mit meinem Bruder ist alles gut. Wir mögen uns, sehen uns regelmäßig und halten uns in allem auf dem Laufenden. Aber mein Stiefvater findet mich lästig. Das fand er offenbar schon immer. Das Anhängsel seiner Frau. Und dann habe ich auch noch einen Job, mit dem er so gar nichts anfangen kann.

Vielleicht wäre es anders, wenn ich Anwalt wäre wie Laurentin.« Er räuspert sich, und ich rutsche näher zu ihm.

»Ich bin mit siebzehn von zu Hause ausgezogen. Vermutlich hat er an dem Abend den ältesten Wein aus seinem Weinkeller geholt und darauf angestoßen. Und dann fing er mit diesen Luxussanierungen an. Ich finde das völlig asozial. Er hat keine Skrupel und schmeißt jeden raus. Auf irgendeiner Familienfeier habe ich ihm gesagt, was ich davon halte, und seitdem spricht er so gut wie überhaupt nicht mehr mit mir.«

Wir schweigen einen Moment. »Tut mir leid«, sagt er unvermittelt und drückt meine Hand, wobei mir gar nicht bewusst war, dass sie schon wieder in der seinen lag.

»Wofür entschuldigst du dich?«

»Dass ich dich so zulabere. Du hast weiß Gott eigene Probleme. Schwerwiegende Probleme.«

»Welche?«, frage ich erstaunt.

»Na ja, Christian«, murmelt er und schaut mir in die Augen, soweit das bei dem spärlichen Licht des Mondes möglich ist.

Ich zucke die Schultern. »Das ist drei Jahre her«, sage ich schlicht und spüre, dass es wirklich schon drei Jahre her ist. »Jetzt ist jetzt. Und jetzt hast du ein Arschloch zum Stiefvater. Und ich mag dich.«

Der letzte Satz war nicht geplant. Er ist mir bloß so herausgerutscht, bevor ich reagieren konnte. Aber Sjon beugt sich nur ein wenig zu mir und legt ganz sanft seine Wange an meine.

Kapitel 34

Das Leben ist doch bunt mit Glitzer

»Hier seid ihr!«

Ich falle vor Schreck fast von der Balustrade, auf der wir hocken, und nur Sjons fester Griff bewahrt mich vor einem Absturz in die Blumen dahinter.

Laurentin steht wie von Zauberhand plötzlich vor uns. Der Mond hat sich hinter einer Wolke versteckt, deswegen sieht er wohl nicht, wie lauschig wir hier nebeneinander sitzen. »Jetzt beginnt der lustige Teil der Party, den mein großer Bruder und die Göttin des Sportlertapes keinesfalls verpassen dürfen!«, verkündet er fröhlich. Dann dreht er sich auf dem Absatz um und marschiert zur nächsten offen stehenden Terrassentür, nur um sich eine Sekunde später noch einmal kurz zu uns umzudrehen. »Der alte Griesgram ist ins Bett gegangen«, sagt er verschmitzt und verschwindet endgültig.

»Wollen wir reingehen?«, fragt Sjon, ohne sich zu bewegen.

Ich nicke, das Gesicht ganz dicht an seinem. »Ich glaube, dein Bruder würde gerne noch mit dir zusammen feiern.«

Wir sind uns diesbezüglich zwar einig, bewegen uns aber beide keinen Millimeter vom Fleck. Von drinnen ertönt jetzt laute Musik und nicht minder lautes Gelächter, aber wir hocken hier in unserer kleinen Blase der Stille.

Das ist der Moment, in dem mir ganz plötzlich bewusst wird, dass hier etwas Neues entstehen kann. Der Hauch einer Zukunft. Etwas Warmes, das mich umhüllt, und ich bin mir nicht sicher, wie es weitergeht, wenn ich mich bewege.

Letzteres lässt sich aber nicht vermeiden, und so folgen wir Laurentin nach drinnen ins Schloss, um zu tanzen. Was wir beide ziemlich gut können. Obwohl ich es Sjon durchaus verziehen hätte, wenn er herumgezappelt hätte wie ein Kamel auf Droge.

Zu »Lila Wolken« brülle ich ihm zu: »Für einen Nerd tanzt du gut!«

»Für eine Krankengymnastin hast du einen erstaunlichen Hüftschwung!«, brüllt er zurück, und so tanzen wir, bis mir ganz schwindelig ist und alle anderen Gäste verschwunden sind und ich wirklich keine Ahnung mehr habe, wo meine Schuhe abgeblieben sind.

Zurück bleiben eine mitten auf einem der abgeräumten Tische schlafende Braut, ein etwas angetrunkener Bräutigam und wir.

»Ich trage mein holdes Weib jetzt ins Bett!«, verkündet Laurentin, nachdem die Musik verstummt ist. Der DJ ist schon vor Stunden verschwunden, aber nun hat der Laptop, den Sjon kurzerhand an seiner Stelle platziert hatte, den Geist aufgegeben.

Laurentin hievt seine frisch Angetraute auf seine Arme und wankt mit ihr von dannen. Sjon und ich stehen noch einen Moment in dem jetzt ganz stillen Ballsaal. Dann laufen wir gemeinsam durch das mittlerweile sehr stille und sehr dunkle Schloss.

Ich weiß nicht genau, wie es passiert. Jedenfalls laufen wir in einer Sekunde noch total brav nebeneinander her, und in der nächsten sitze ich plötzlich auf einer der tiefen Fensterbänke und küsse Sjon, der sich an mich presst. Es ist, als ob ein Schalter in unserem Kopf synchron umgelegt wurde. Von »off« auf »on«. Und das absolut zeitgleich. Wir überspringen den Händchenhalt-Annährungsmodus und kommen gleich zur Sache. Mitten auf dem dunklen Gang küsst Sjon mich, als ob es kein Morgen gäbe. Und ich küsse zurück, als würde ich diese Annahme teilen.

»Zu dir oder zu mir?«, haucht mir Sjon ins Ohr, woraufhin es unterhalb meiner Gel-BH-Einlagen heftig zu pochen beginnt.

»Zu dir!«, flüstere ich zurück, und wir legen die letzten Meter kichernd wie die Kinder zurück.

Sjon schließt mit zitternden Händen die Tür auf, und sie ist noch nicht ganz wieder ins Schloss gefallen, da landen wir auf seinem Bett. Mein Kleid landet nur einen Atemzug später direkt daneben, und ich halte augenblicklich seine Hände fest.

»Sieh es dir noch mal an!« Ich deute mit meiner freien Hand auf meinen ausladenden Busen. »Gleich ist es nämlich verschwunden.«

Was soll man jetzt um den heißen Brei herumreden. Ich fühle mich so frei wie schon lange nicht mehr und bin mir unfassbar sicher, dass Sjon mit solchen Dingen keine Probleme hat. Ich lasse ihn los und öffne den BH.

»So sehe ich in Echt aus.« Langsam lasse ich den BH sinken und staune über mich selbst. Wie gut es sich anfühlt, fast nackt vor ihm zu hocken.

Sjon lacht so sehr, dass ich ihn daran hindern muss, rücklings vom Bett zu stürzen.

»Argh!«, raunt er dann und stürzt sich erneut auf mich.

Die wundersame Verkleinerung von C auf A scheint seiner Lust auf mich keinen Abbruch getan zu haben. Ich streife ihm das Hemd von den Schultern und halte mich an seinem wunderbaren Rücken fest, während wir uns lieben, lachen und uns dann kurzerhand noch einmal lieben.

»Wir passen gut zusammen. Sind beide etwas gestört«, murmelt Sjon, der sich an mich geschmiegt hat, als wäre es eiskalt im Zimmer und ich die einzige Wärmequelle.

»Absolut nicht«, antworte ich leise in seiner innigen Umarmung.

»Hm?«

»Das Leben ist nicht bunt, und es glitzert auch nicht. Wir haben uns den Gegebenheiten angepasst.« Ich spreche irgendwie mit mir selbst. Sjon hat sich leicht aufgerichtet und sieht mich verschlafen an. »Wir müssen einfach immer weitermachen«, sage ich beharrlich, meinem Gedankengang folgend.

Es gibt diese Momente, in denen man glaubt, man sei Buddha persönlich und wird bestimmt dank der vielen plötzlichen Erkenntnisse gleich anfangen, von innen heraus zu leuchten, und dies ist so ein Moment.

Sjon erkennt das eindeutig, denn er blinzelt ein paarmal, wohl um seinen Blick auf das leuchtende Etwas neben ihm zu fokussieren.

»Egal, was war, egal, wie sehr es uns verletzt und verändert hat … es geht immer weiter. Ich glaube, dass es wichtig ist, sich in seinem Leid zu suhlen. Aber irgendwann muss man aufstehen, sich schütteln und weitermachen.«

Sjon legt seinen Kopf an meine Schulter und murmelt völlig zusammenhangslos: »Entscheidend ist nicht, ob man zusammen Pferde stehlen kann, sondern ob man deren Scheiße nachher auch zusammen vom Hof schaufelt.«

Dem gibt es nichts hinzuzufügen, und so stellen wir das kluge Philosophieren ein und fallen erneut übereinander her.

Kapitel 35

Der Ritter an der Kette

Der nächste Morgen ist hart. In vielerlei Hinsicht. Wir sind so spät eingeschlafen, dass es eigentlich schon wieder ziemlich früh war, als wir endlich die Augen zugemacht haben. Zumindest haben die Vögel gesungen, und die Sonne hatte sich auch schon erhoben. Außerdem ist es leider so, dass ich, die ich ja sonst ein Glas Prosecco im Monat zu mir nehme, am Vortag meine Jahresration auf einmal getrunken habe, sodass ich einen Kater habe. Und die Füße tun mir auch weh. Selbst im Liegen schmerzen mir die Ballen, als hätte ich auf Glas getanzt.

Während ich mich umdrehe und mir selbst schwöre, der nächsten Hochzeit nur noch in Chucks beizuwohnen, klopft es. Es ist mehr ein Hämmern, woraus ich schließe, dass es wohl schon einige Male vorher geklopft haben könnte und der Klopfende jetzt ungehalten ist.

»Sjon!«, keift jemand vor der Tür erbost und hämmert erneut.

Vorsichtig stupse ich den Mann, der neben mir noch friedlich schlummert, in die Seite. »Das Grauen steht vor der Tür«, sage ich und stupse erneut.

»Bin nicht da«, knurrt Sjon.

»Sie wird die Tür aus den Angeln heben«, mutmaße ich, und wieder hämmert es gegen die Tür.

»Wie spät ist es?«

Ich schiele auf den Radiowecker neben dem Bett. »Viertel nach zehn.«

Zack! Sjon sitzt neben mir.

»Scheiße!«, sagt er inbrünstig, rubbelt sich durch seine ganz bezaubernde Morgenfrisur und ist schon aus dem Bett gesprungen und ins Bad gelaufen.

Welch wichtigen Programmpunkt wir wohl vergessen haben?

»Mach jetzt diese verdammte Tür auf!«, zischt seine Mutter auf der anderen Seite.

Kurz überlege ich. Dann schwinge ich die Beine aus dem Bett, schlüpfe in Sjons Oberhemd, das wie sämtliche anderen Klamotten neben dem Bett auf dem Boden liegt, und gehe langsam zur Tür.

Sjon ist ja nun erwiesenermaßen erwachsen. Sollte er etwas verpasst haben, tut ihm das sicher sehr leid. Aber solche Dinge passieren. Kein Grund für diese Hysterie am frühen Morgen. Finde ich.

Vor der Tür bleibe ich trotzdem unschlüssig stehen. Vielleicht ist es Sjon nicht recht, wenn ich seiner Mutter einfach die Tür öffne. Also warte ich vorsichtshalber, zucke aber doch zusammen, als seine Mutter der Tür lautstarke Verwünschungen entgegenschleudert.

Sjon stürzt im selben Moment aus dem Bad und bleibt wie angewurzelt mitten im Raum stehen.

»Hast du …?« Seine Hand schwebt in der Luft. Offenbar möchte er wissen, ob ich seiner Mutter die Tür geöffnet habe, zumal vor der Tür auch plötzlich Stille eingetreten ist.

Ich schüttele den Kopf. »Aber ich hätte es gerne getan. Wobei das wieder zu Verwicklungen geführt hätte. Das wollte ich dann doch vermeiden. Was verpassen wir gerade?«

»Das große Frühstück. Um zehn. Ein eigener Programmpunkt. Wichtig. Weil danach noch einmal Fotos gemacht werden sollen. Mit allen und vor allem der Familie.«

»Ja, aber das schaffen wir doch locker noch. Dann frühstücken wir halt ein wenig kürzer.«

Sjon zuckt resigniert die Schultern. »Meiner Mutter ist Pünktlichkeit sehr wichtig. Wehe dem, der dagegen verstößt.«

Mir ist Pünktlichkeit auch wichtig. Vermutlich jedem. Aber wir haben nun mal verschlafen. Weil wir die ganze Nacht sehr guten Sex hatten, und den hatten wir beide auch bitter nötig.

»Ihrem Gebrüll nach zu urteilen, klang es mehr, als hätten wir die gesamte Hochzeit einschließlich der Geburt ihrer Enkel sowie die Entdeckung einer zweiten Sonne verpasst.«

»Unangemessen ist ihr zweiter Vorname«, sagt Sjon trocken und fährt sich mit den Händen durchs Haar.

»Dann ziehe ich mich mal an«, sage ich und schlüpfe in mein Kleid vom Vorabend. »Holst du mich in zehn Minuten ab?«

»Vielleicht sollte ich allein gehen«, antwortet er leise.

Erstaunt drehe ich mich wieder um.

»Das kann jetzt sehr unangenehmen werden. Sie liebt die große Bühne und hat keine Probleme damit, ihren Unmut vor allen Leuten kundzutun.«

»Das stört mich nicht«, antworte ich wahrheitsgemäß. Dafür hatte ich in den vergangenen Jahren einfach zu oft mit Menschen zu tun, die den Chef sprechen wollten. Und ich bin nun mal der Chef.

Ich laufe in mein Zimmer, mache mich in Lichtgeschwindigkeit fertig und schlüpfe in mein legeres Vormittagsoutfit, bestehend aus einer engen Jeans, einem grauen Pullover, Ballerinas und einem Jackett in Pink. Als Sjon klopft, bin ich fertig, und er würdigt meine Schnelligkeit durchaus angemessen.

Wir laufen die große Treppe hinunter und finden die gesamte Hochzeitsgesellschaft auf der Terrasse. Die Tische sind reich gedeckt, und Stimmen schwirren durch die warme Luft. Katrin entdeckt uns und eilt mit einem turmhoch beladenen Teller auf uns zu. »Wir sitzen dort!« Sie deutet mit dem Lachs-Brötchen-Rührei-Obstsalat-Arrangement nach links.

»Entschuldige, wir haben verschlafen«, sagt Sjon und gibt ihr zur Begrüßung einen Kuss auf die Wange.

»Mir macht das nichts. Aber deine Mutter ist wütend.« Sie seufzt abgrundtief und verdreht die Augen. »Noch sechs Stunden, dann bin ich mit einem Buch auf dem Sofa. Das hält mich aufrecht.«

Wir laufen mit ihr an den Sippentisch, verfolgt von einem hartnäckigen Fotografen, der im echten Leben wohl Paparazzo ist und jeden mit seiner Kamera erschreckt.

Sämtliche Gespräche werden unterbrochen, Blicke gehoben. Ich versuche mich an einem Lächeln. »Entschuldigung für die Verspätung«, sage ich leichthin und nehme auf einem der letzten beiden Stühle Platz. Laurentin lächelt mir kurz zu. Der Rest der Schröders schweigt, während der verdammte Fotograf die Dreistigkeit besitzt, diese familiäre Eiszeit in bunten Bildern festzuhalten.

Sjon setzt sich schweigend neben mich. Seine Mutter isst Obstsalat mit Messer und Gabel. Sie würdigt uns keines weiteren Blickes. Wie auch alle anderen nicht, außer Katrin, die wohl mit den üblichen Gepflogenheiten, wie der schweigenden Bestrafung aller Zuspätkommenden, noch nicht so vertraut ist.

Ich bediene mich aus der Kaffeekanne, die direkt vor mir steht, und fühle mich unwohl. Denn ich finde es wirklich nicht angemessen, einfach nicht mit uns zu sprechen. Wir haben verschlafen. Ja. Eine Viertelstunde. Na und? Wir haben weder verkündet, ab sofort Kinderhandel zu betreiben noch Drogen zu verkaufen oder ins Gebrauchtwagengeschäft einzusteigen. Das ist doch lächerlich.

Ich schiele zu Sjon. Für mich mag es das sein. Für ihn ist es das nicht. Er klopft ungeduldig einen hektischen Rhythmus gegen seine Kaffeetasse, starrt auf die bunten Blumen auf dem Tisch und scheint auf den öffentlichen Anfall seiner Mutter zu warten.

»Essen?«, flüstere ich ihm zu. Sein Magen knurrt nämlich so laut, als hätte er schon damit begonnen, sich selbst zu verdauen.

Er nickt und steht ruckartig auf, was alle am Tisch ignorieren. Gemeinsam laufen wir zum Buffet. »Sie haben es schon mal geschafft, ganze drei Wochen nicht mit mir zu sprechen«, sagt er unvermittelt, während er eine Platte mit kunstvoll drapierten Wurstscheiben betrachtet.

»Hattest du den familieneigenen Kanarienvogel mutwillig ermordet?«, frage ich und nehme mir von der tiefroten Grütze, die ich großzügig mit Vanillesoße übergieße.

»Ich hatte mich geweigert, auf eine dieser verlogenen Firmenfeiern meines Stiefvaters zu gehen. Er hat dort gern seine große Familie präsentiert und sich als Familienmensch feiern lassen. Was er ja gar nicht ist. Er ist nie da, sondern vertreibt stattdessen arme Mieter aus ihrem Zuhause. Danach bin ich einfach nie mehr eingeladen worden. Spätestens von dem Moment an hatte er nur noch drei Kinder.«

»Schwerwiegend«, sage ich erschüttert.

Beladen mit diversen Köstlichkeiten, laufen wir zurück zum Sippentisch der Schröders, wo, wie erwartet, sämtliche Gespräche wieder verstummen, als wir uns auf unseren Stühlen niederlassen.

Mit Verlaub, aber das sind doch alles Arschlöcher.

Nur Laurentin scheint sich über den allgemeinen Verhaltenskodex hinwegzusetzen. »Die ist lecker«, sagt er, deutet auf meine rote Grütze und lächelt ein etwas müdes Lächeln. »Die hatte ich auch schon.«

Katrin hält unterdessen fünf Finger und einen halben hoch. Sie zählt offensichtlich die Stunden, bis sie aufs Sofa kann.

»Ist es für Sie üblich, zu spät zu kommen, Frau Fuss?«, fragt mich Sjons Mutter im nächsten Moment quer über den ganzen Tisch.

Laurentin verdreht die Augen, und Sjon atmet neben mir scharf ein.

»Das scheint mir schon sehr seltsam zu sein. Immerhin sind Sie hier eingeladen. Da bemüht man sich doch um Pünktlichkeit«, sagt sie spitz.

Ich trete Sjon unauffällig auf den Fuß, denn er hat schon Luft geholt, wohl um seiner giftigen Mutter Einhalt zu gebieten. Aber sie möchte ja offensichtlich ihren Unmut an mir abarbeiten, dann soll sie doch auch Gelegenheit dazu bekommen.

»Wir haben in der Tat verschlafen. Das ist ungewöhnlich für uns beide, aber menschlich, und wir haben uns bereits beim Brautpaar entschuldigt. Es ist nämlich schlicht und ergreifend nicht mehr zu ändern.«

»Werden Sie nicht frech«, mischt sich plötzlich der böse Investor mit scharfer Stimme ein. »Sie sind hier Gast.«

»Frech?« Erstaunt sehe ich ihn an. Ich fand mich extrem sachlich.

»Sprich nicht so mit meiner Freundin!«, kommt es plötzlich von rechts neben mir. Sjons Augen funkeln. Der Nerd ist plötzlich zum Ritter mutiert. Ich bin sprachlos. »Wenn Ihr euch mir gegenüber scheiße verhaltet, ist das eine Sache. Aber nicht ihr gegenüber.«

»Wie verhalten wir uns?«, faucht seine Mutter in die Runde. »Du bist zu spät gekommen. Wie so oft in deinem Leben. Soll ich mich darüber freuen und dir noch einen Kaffee bringen?«

Sjon atmet tief durch. Vielleicht versucht er den Ritter an die Kette zu legen, um seiner Mutter nicht das Buttermesser in die Kehle zu rammen. Vielleicht fehlen aber auch ihm jetzt die Worte. Hier sind doch einfach alle verrückt.

Erstaunlicherweise ist es Katrin, die dem Ganzen ein Ende setzt.

»Schluss!«, ruft sie und schlägt mit der flachen Hand auf den Tisch, dass die Teller scheppern. »Das ist meine Hochzeit! Und ich habe kein Problem damit, wenn Thea und Sjon zu spät zum Frühstück kommen. Ganz im Gegenteil. Ich beneide sie.« Mit diesen Worten steht sie auf und rauscht ab.

Laurentin folgt seiner wehrhaften Bibliothekarin, die sich vermutlich geradewegs auf den Weg zu ihrem Sofa begeben hat, und Sjon nimmt mich bei der Hand, und wir verschwinden ebenfalls.

Kapitel 36

Heimkehr

»Thea, es tut mir leid.« Sjon starrt aus dem Autofenster.

»Was tut dir leid?«

»Das alles.«

»Das gute Essen, die wundervolle Trauung, der Ball, das Tanzen und der Sex?«, frage ich argwöhnisch.

Er schnaubt belustigt auf. »Thea, diese irren Verwandten!«

»Na, für die kannst du ja nichts. Oder doch?«

Er lächelt verhalten und schüttelt den Kopf. »Willst du was zu essen?«

»Hörst du meinen Magen knurren? Ich habe auf der Flucht vor deiner Sippe meine rote Grütze stehen lassen!«

Sjon zieht einige eingewickelte Päckchen aus seiner Nerd-Tasche. »Eine milde Gabe meiner kleinen Schwester. Sie hatte wohl Mitleid und hat uns ein paar Sachen vom Buffet geklaut. Finde ich durchaus mutig. Wenn meine Mutter das mitbekommen hätte, hätte Viktoria auf der Stelle doch noch Medizin studieren müssen.«

Sjon füttert mich mit Schafskäsequiche, Weintrauben und Schokoladenkuchen, während ich in sehr angemessener Geschwindigkeit nach Hameln fahre.

»Bestimmt ist der isländische Troll total nett«, sage ich zwischen etwas Kuchen und einer Weintraube. Ich habe das Gefühl, Sjon dringend ein bisschen aufbauen zu müssen. Gedanklich sitzt der nämlich immer noch am großen Tisch mit seiner Mutter.

»Leider kann ich das nicht bejahen. Ich habe die vage Hoffnung, einfach vom Himmel gefallen zu sein.«

Eine Stunde später rollen wir satt und immer noch sehr müde auf den Hof unseres kleinen Fachwerkhauses und finden uns unvermittelt im falschen Film wieder. Alle verbliebenen Mitmieter stehen um ein Loch herum und starren in die Tiefe. Ich quetsche mein Auto zwischen Wand und Loch, nicht ohne Sorge zu haben, da noch hineinzufallen.

Sjon gibt ein Geräusch von sich, das sich zwischen Fluchen und Würgen bewegt. »Das war er!«, knurrt er dann.

»Wie soll er das gemacht haben? Er war die ganze Zeit dort und ist jetzt auch nicht der Typ, der, mit einem Spaten bewaffnet, einfach mal ein Loch gräbt.«

»Er wird jemanden angerufen haben, der das für ihn erledigt hat. Vermutlich fünf Minuten nachdem ich mich bei ihm beschwert hatte, dass er vorhat, unser Haus zwangszusanieren. Ich muss es ihnen sagen. Ich! – Okay, Thea?« Sjon sieht mich flehentlich an, und ich nicke nur knapp, aber Sjon ist schon aus dem Wagen gesprungen. Ich folge ihm etwas langsamer.

»Wir haben kein Wasser!«, empört sich Margarete und ringt die Hände.

Dr. Grosser sieht ziemlich derangiert aus und starrt einfach weiter in die Tiefen des Loches, in denen ich jetzt zwei Rohre erkennen kann.

»Seit Freitagabend. Da kamen ein paar Handwerker, die haben das Loch gegraben. Angeblich sei da etwas defekt, und seitdem gibt es kein Wasser mehr.« Margarete klingt stinksauer. Dr. Grosser seufzt nur leidvoll.

»Herr Pfeindober ist nicht zu erreichen. Und die Stadtwerke haben angeblich nichts damit zu tun«, sagt Margarete wütend.

»Wir sind ungeduscht«, sagt Dr. Grosser kläglich.

»Was machen Sie überhaupt hier?«, frage ich. »Sie haben doch ein Zuhause.«

»Arrr …«, sagt Margarete leise und knufft mich völlig unerwartet in die Seite. »Falsches Thema!«

»Es haben sich Veränderungen ergeben. In meiner persönlichen Lebensführung.«

»Er ist in seine Praxis gezogen und hat sich von Gaby getrennt.«

Wir schweigen einträchtig ob dieser gewaltigen neuen Information. (Hatte er mir nicht vor ein paar Tagen noch etwas von der Liebe erzählt?)

»Ungeduscht«, wiederholt Dr. Grosser stoisch, und Margarete tippt sich an die Stirn.

»Er ist seither ein wenig verwirrt. Aber das wird wieder. Allerdings wäre Duschen in der Tat nicht schlecht. Mehmet und seine Mutter haben den Laden dichtgemacht und sind zu Verwandten nach Hannover gefahren. Zum Duschen, nehme ich an.«

Plötzlich bleiben ihre Augen an Sjon hängen, der direkt hinter mir steht. Ihr Blick schnellt wieder zu mir, dann zu ihm. Wie beim Tennis. In dieser Zeit scheinen sie elementare Erkenntnisse zu ereilen. Die Sjon und mich betreffen. Denn sie lächelt. So ein wissendes Lächeln, und sie schafft es, in diesem Lächeln all ihre Weisheit unterzubringen.

»Das ist ja ein gewaltiger Schritt, Dr. Grosser«, sage ich und ignoriere Margaretes Weisheit geflissentlich.

Er wiegt den Kopf. »So ging es nicht weiter. Entscheidungen müssen getroffen werden. Allerdings kann ich jetzt nicht duschen. Das ist sehr ärgerlich.«

»Gut. Dann fahren wir alle zu mir. Ich habe hoffentlich Wasser.«

In der Tat: Mit meiner Wasserversorgung gibt es keinerlei Probleme. Die Koordination von vier Menschen, die in meinem Mini-Bad duschen wollen, gestaltet sich allerdings etwas schwieriger. Margarete will als Erste, weil danach alles nass ist, und davon bekommt sie Herpes. Der Zusammenhang erschließt sich mir nicht, ist aber auch egal. Dann möchte Dr. Grosser. Der scheint aber, als er endlich dran ist, eine Duschhemmung entwickelt zu haben und trinkt lieber Kaffee, woraufhin Sjon duschen geht, was dann wiederum Dr. Grosser verwirrt, der das nicht mitbekommen hat. Als alle fertig sind, macht mein kleines, fensterloses Bad jeder Dampfsauna Konkurrenz, und wir sitzen alle in meiner Küche und trinken Kaffee. Dr. Grosser ist ob der dramatischen Entwicklung in seinem Leben ein wenig wortkarg; das gleicht Margarete aber locker wieder aus. Sie ist unfassbar neugierig, wobei sie die Details der Hochzeit nur mäßig interessieren. Vielmehr scheint sie einen Radar dafür zu haben, dass sich zwischen Sjon und mir etwas Entscheidendes verändert hat. Sjon ist aber plötzlich total befangen. Und ich gleich mit.

Folglich wechseln wir das Thema und ergehen uns gemeinschaftlich in Horror-Szenarien unserer künftigen Wohn- und Wirkungsstätten, an denen Dr. Grosser sich dann auch wieder beteiligt. Besondere Würze erhält das Ganze, weil immer noch keiner von uns einen neuen Mietvertrag unterschrieben hat.

Nach einer halben Stunde sind wir alle wieder deprimiert, und meine Mitmieter raffen ihre Sachen zusammen, um zurück in die krumme Gasse zu fahren. Margarete behält Sjon und mich dabei intensiv im Auge. Sie erhofft sich wohl einen Kuss oder Ähnliches, aber Sjon erweist sich als sehr clever. Er zieht mich kurzerhand, als Margarete Dr. Grosser gerade freundschaftlich die Schulter tätschelt, in den kleinen Abstellraum, drückt mir einen Kuss auf den Mund und verschwindet blitzartig aus der Haustür.

Ich mache mich auf zu meiner Oma, um Bernd abzuholen.

Die ist nicht allein, von Bernd, der unter ihrem Bett ein vorläufiges und, wie ich jetzt weiß, nicht artgerechtes Quartier bezogen hat, einmal abgesehen. Herr Lüdenscheid sitzt in dem zweiten gelben Sessel und schenkt mir ein fröhliches Lächeln, als ich das Zimmer betrete.

»Hallo!«, sage ich überrascht, drücke meine Oma und reiche Herrn Lüdenscheid die Hand.

»Ihre Großmutter war so freundlich, mich auf einen Eierlikör einzuladen.« Herr Lüdenscheid freut sich so sehr, dass seine Ohren Besuch von seinen Mundwinkeln bekommen, und ich freue mich auch. Der Mann ist nett. Umso bemerkenswerter ist es, dass meine Oma ihn nicht umgehend nach meinem Erscheinen hinausgeworfen hat.

»Wir war es auf der Hochzeit? Waren berühmte Menschen dort? Gab es einen Eklat? Hat die Braut Ja gesagt? Wie war das Essen?«, bombardiert meine Oma mich mit Fragen, und ich ziehe den Stuhl unter dem Schreibtisch hervor, befreie ihn von diversen Zeitungen und setze mich.

»Es war toll. Die Braut hätte fast nicht Ja gesagt, weil ihr Kleid an entscheidender Stelle geplatzt ist, und das Essen war vorzüglich. Ich habe keine berühmten Leute getroffen, nur ein paar herausragende Blödmänner.«

»Sie haben sich aber wohlgefühlt?«, fragt Herr Lüdenscheid vorsichtig mit Blick auf meine Oma. Vermutlich, um die Frage sofort zurückziehen zu können, falls er hier kein Rederecht eingeräumt bekommt.

Aber meine Oma toleriert, dass er sich einmischt, und so widmet er mir kurz darauf wieder seine volle Aufmerksamkeit.

»Sjons Bruder ist sehr nett. Der Rest der Familie überwiegend nicht. Wir haben wirklich Glück gehabt, Oma. Hätte schlimmer kommen können.«

»Sjon? Ist das ein Name oder eine fremdländische Bezeichnung für irgendetwas?«

»So heißt Schröder mit Vornamen. Sein Vater ist Isländer.«

»Gott, der arme Kerl. Sjon Schröder. Hat seine Mutter denn gar keinen Geschmack?«, murmelt meine Oma ergriffen.

»Offenbar nicht. Sie hat auch einen recht unangenehmen Mann. Er kauft Häuser, wirft die Mieter raus, saniert die Gebäude und verkauft sie dann wieder.«

»Die gängige Praxis«, sagt Herr Lüdenscheid ernst. »Wie heißt das Unternehmen?«

»H. S. Real Estate GmbH«, antworte ich nach kurzem Überlegen. Dieser Firmenname stand zumindest auf dem Wagen, neben dem mein Golf bei der Hochzeit geparkt war.

Herr Lüdenscheid legt die Stirn nachdenklich in Falten, nachdem er wieder einen kurzen Blick auf meine Oma geworfen hat.

»Das ist leider auch der Typ, der unser Haus kaufen will. Oder es schon gekauft hat. Der übrigens auch das Wasser abgestellt hat. Zumindest vermuten wir das.«

»Arschloch!«, sagt meine Oma, und ich zucke zusammen. Aber wo sie recht hat, hat sie recht.

»Ja, denen ist schwierig beizukommen«, sagt Herr Lüdenscheid bedeutungsschwer, und wieder wirft er meiner Oma einen ganz seltsamen Blick zu. Ob er sich einfach nicht traut, auch mal allein einen Redebeitrag beizusteuern?

Ich benetze meine Lippen mit Eierlikör, schnappe mir Bernd und fahre mit ihm nach Hause. Gern hätte ich meiner Oma noch von den emotionalen Entwicklungen in meinem Leben erzählt, aber das vertage ich auf unser nächstes Treffen. Wenn wir alleine sind.

Wie anstrengend das Wochenende war, merke ich, als ich Bernd in sein Gehege setze und mir endlich die Schuhe von den Füßen streife. Ich könnte im Stehen einschlafen. Müde schlurfe ich ins Bad, das immer noch in einen leichten Nebel getaucht zu sein scheint, und putze mir die Zähne. Dass mein Handy piept, bekomme ich nur aus der Ferne mit, aber als ich mir mein Buch aus der Handtasche hole, um im Bett noch fünf Minuten zu lesen, purzelt es mir entgegen. Sjon hat mir eine SMS geschrieben.

Danke für das wunderbare Wochenende. Danke für alles. Wir sehen uns morgen, und ich freue mich auf dich.

Für einen Moment stehe ich mit Buch und Handy im Flur herum und komme nicht umhin, einen tiefen Atemzug zu tun, um die irren Schmetterlinge in meinem Bauch wieder unter Kontrolle zu bekommen. Ich hätte nie erwartet, dass Sjon Schröder es schaffen würde, dass ich ihn so sehr mag.

Kapitel 37

Und was jetzt?

Am nächsten Morgen fahre ich in die Praxis, als ob nichts geschehen wäre. Dabei ist so viel passiert. Beeindruckend viel. Da sind zum Beispiel dieses Schmetterlinge in meinem Bauch, die immer noch wie bekifft durch die Gegend flattern. Und da sind diese vielen neuen, hochkomplizierten Fragen. Die wichtigsten davon lauten: Sind Sjon und ich jetzt zusammen? So im klassischen Sinne? Wie wird es mit uns weitergehen?

Ich schließe die Eingangstür zu unserem alten Fachwerkhaus auf und stehe einen Moment in der Stille des Hausflurs. Ich sollte in meine Praxis gehen und nachsehen, ob das Wasser wieder läuft. Und meine Rechnungen bezahlen. Und den Flur wischen. Stattdessen stelle ich meine Sachen vor die Praxistür und laufe die Treppe ins Obergeschoss hoch.

Sjons Tür ist wie immer nur angelehnt, und ich trete in seinen Flur, nicht ohne mich durch ein kurzes Klingeln angekündigt zu haben.

»Morgen!«, rufe ich, und in der nächsten Sekunde taucht Sjon auf. Einen Moment lang sehen wir uns an. Dann küssen wir uns. Als wäre es das Normalste der Welt. Womit all meine Gedanken augenblicklich Ruhe geben. Sjon stößt die Tür mit einem gezielten Fußtritt zu, und wir stolpern zu seinem

Sofa, das Ganze immer noch mit absolutem Vollkörperkontakt. Und plötzlich leerem Hirn. Zumindest, was mich anbelangt.

Wieder entkleidet Sjon mich äußerst geschickt. Seine Hände sind stark, und sie huschen nicht über meinen Körper, sie fassen ihn an. Überall. Ich schließe genüsslich die Augen.

»Wir müssen das auch mal machen, ohne übereinander herzufallen.«

»Grmnpf«, antworte ich, weil ich so dicht an seinem Oberkörper liege, dass ich den Mund kaum aufbekomme. Ich rücke ein paar Millimeter ab, um doch noch antworten zu können, aber er kommt mir zuvor. »Ich habe es ihnen noch nicht gesagt.«

»Was?«

»Dass mein Stiefvater der böse Investor ist.«

»Sie werden ihre Meinung über dich dadurch nicht ändern«, sage ich fest und hebe den Kopf, um ihn ansehen zu können.

Nachdenklich zuckt er die Schultern. »Das ist schon vorgekommen. Als ich noch in Hannover gewohnt habe. Ich hatte einen Freund, dessen Eltern von meinem Stiefvater aus ihrer Wohnung geschmissen wurden. Der hat danach kein Wort mehr mit mir gesprochen.«

»Das ist doch hier etwas völlig anderes«, sage ich, aber Sjon seufzt nur. Das Thema quält ihn, und ich habe leider keine Ahnung, wie man es leichter machen kann. Außer eben dadurch, mit unseren beiden Mitmietern zu sprechen.

Im nächsten Moment klopft es an der Tür.

»Schröder? Ist Thea bei dir?«, dringt Margaretes Stimme gedämpft zu uns.

»Ach du Schreck!«, flüstere ich und springe in rekordverdächtigen sechs Sekunden in meine Arbeitskleidung und rufe: »Bin gleich da!« Dann fahre ich mir durch die Haare.

»Ich habe Frau Kosinger vergessen. Ich vernachlässige meine Pflichten«, grunze ich, während ich unter dem Sofa nach meinen Schuhen fahnde. »Du hast einen schlechten Einfluss auf mich.«

Sjon lächelt mich träge an. »Das ist gesund«, sagt er. Er beugt sich blitzartig vor, fängt mich ein und küsst mich zum Abschied auf den Mund.

Ich schieße an Margarete vorbei und laufe die Treppe hinunter. Frau Kosinger freut sich, mich zu sehen, und breitet in ihrem bunten Gewand die Arme aus.

»Ich habe ihr gesagt, dass sie Sie nicht zu suchen braucht«, flüstert sie dann und beugt sich zu mir. »Ich habe gesagt, Sie kommen schon wieder.« Verschwörerisch blinzelt sie mir zu, und ich lächele unverbindlich. Warum scheint sie zu wissen, was ich gerade getan habe? Unauffällig mustere ich mich selbst. Aber ich bin korrekt gekleidet. Weder schaut meine Unterwäsche heraus, noch trage ich mein Shirt auf links.

Frau Kosinger ist dieser prüfende Blick natürlich nicht entgangen. »Sie haben so ein Leuchten in den Augen. Das war vorher nicht da. Deswegen hätte ich auch gerne noch länger gewartet. Damit sich das noch ein wenig intensiviert und lange vorhält.«

Ich habe mittlerweile die Tür aufgeschlossen, und Frau Kosinger marschiert an mir vorbei ins Behandlungszimmer. Seufzend lässt sie sich auf die Liege plumpsen. »Einmal Rücken bitte«, sagt sie dann und rollt sich, elegant wie eine Seekuh im Wasser, auf den Bauch.

Ich schnappe mir das Massageöl und beginne, die Muskulatur zu lockern. »Was ist denn das für ein Leuchten?«, frage ich, während ich mit beiden Daumen ihre Wirbelsäule hinunterfahre.

Frau Kosinger schnauft und dreht den Kopf zu mir, was so akrobatisch aussieht, dass ich schnell neben der Liege in die Knie gehe. Nicht dass sie sich ein Schleudertrauma zuzieht.

»Frau Fuss. Ich kenne Sie schon sehr lange. Nämlich genau neun Monate. Sie waren in dieser Zeit wie eine«, sie hält inne und überlegt, »unreife Banane.«

»Äh, ja«, murmele ich. Dieser Vergleich irritiert mich doch enorm.

»Grün und hart.«

Ergriffen nicke ich. Keine Ahnung, was sie meint.

»Aber jetzt, also seit einigen Tagen, werden Sie langsam gelb und weich, und das ist wunderbar.« Sie lächelt mit dem linken Mundwinkel; auf dem rechten liegt sie noch. Was genau sie mir sagen will, verstehe ich nicht, aber ich verstehe, dass die Menschen in meinem Umfeld eine Veränderung wahrnehmen. Angefangen mit meinen Eltern. Das werte ich als gutes Zeichen, und ich mache mich wieder ans Werk. So lange, bis plötzlich ein ohrenbetäubender Lärm über uns hereinbricht und wir uns beide so erschrecken, dass Frau Kosinger fast von der Liege fällt.

»WAS IST DAS?«, brüllt sie, plötzlich vor mir sitzend, nur das Handtuch an ihren blanken Busen gedrückt.

»KEINE AHNUNG! BLEIBEN SIE HIER, ICH SEHE NACH!«, brülle ich und eile in den Flur. Dort treffe ich auf Margarete und Schröder, die offenbar ebenfalls auf der Suche nach der Lärmquelle sind.

»DRAUSSEN!«, brüllt Margarete, und im Gänsemarsch laufen wir auf unseren Hof.

Dort steht, wie aus dem Nichts aufgetaucht, ein weißer Minivan. Um den Wagen herum verteilt stehen Männer in blauen Arbeitsanzügen und mit Presslufthämmern in der Hand. Mit denen sie gemeinsam den Hof zerstören.

Fassungslos starre ich auf das Szenario.

Sjon reißt sich als Erster aus seiner Schockstarre und läuft zu einem der Männer. Es dauert noch eine Weile, bis dieser begreift, dass Gesprächsbedarf besteht, und er seine Kumpels in ihrer Zerstörungswut stoppt.

»Was machen Sie hier?«, fährt Sjon ihn an.

»Na, den Hof neu.«

»Wie ›neu‹?« Margarete ist bereits hinzugeeilt und baut sich vor dem verdutzt aus der Wäsche guckenden Handwerker auf.

»Na, das Pflaster wird neu gemacht. Und die Garagen abgerissen.«

Schröder stöhnt auf und reibt sich das Gesicht. Dann dreht er sich auf dem Absatz um, murmelt Dinge wie »Ich dreh durch! Ich bring ihn um! Ich fahre hin, gleich jetzt sofort!« und rennt ins Haus.

»Aber Sie können doch nicht das alte Kopfsteinpflaster wegmachen. Das steht bestimmt unter Denkmalschutz«, mische ich mich ein und geselle mich zu Margarete.

Der Bauarbeiter kratzt sich am Kopf. »Ehrlich gesagt, finde ich das auch nicht schön. Aber der Auftraggeber hat mir zugesichert, dass ich die alten Steine mitnehmen kann. Damit wollte ich meinen Hof auslegen, den ich gerade saniere.«

»Können wir jetzt weitermachen?«, ruft einer der Männer von hinten, und ich schüttele energisch den Kopf.

»Unsere Autos parken hier! Nein! Und die Garagen sind auch voll. Die können Sie nicht abreißen!«

»Der Auftraggeber hat gesagt, die werden heute noch leergeräumt.«

»Wer ist Ihr Auftraggeber?«, verlangt Margarete zu wissen, und der Mann zuckt die Achseln. »Weiß nicht, wie der heißt. Steht im Auftrag, und der ist im Büro.«

Ich habe ganz weiche Knie. Das kann doch alles nicht wahr sein. Der böse Investor will uns rausekeln. Ich drehe mich ebenfalls auf dem Absatz um und laufe nach oben zu Sjon.

»Ich muss ihn sprechen!«, keift der gerade in sein Handy. Offenbar scheint daraufhin nichts zu passieren, denn er knallt sein Telefon mit Schmackes auf den Tisch.

»Jetzt ist es bestimmt kaputt. Sjon der Zerstörer«, sage ich und nehme ihm das Teil aus der Hand. »Davon wird er sich doch auch nicht beeindrucken lassen.«

»Ja, aber ich muss doch etwas tun, Thea! Ich bin schuld an dem ganzen Wahnsinn!« Er schluckt, und ich ergreife seine Hand.

»Du bist ja völlig bescheuert. Du hast damit nichts zu tun.« Er will mir widersprechen, aber ich unterbreche ihn grob. »Du bist nicht verantwortlich für die Dinge, die dein Stiefvater tut.«

Und dann macht Sjon etwas, womit ich nicht gerechnet hätte. Er setzt sich halb auf den Schreibtisch hinter ihm und lehnt seinen Kopf gegen meine Brust. Es ist, als wäre sämtliche Energie schlagartig aus seinem Körper entwichen.

»Tut mir leid«, murmelt er.

»Was denn jetzt schon wieder?«, frage ich und lege meine Arme um ihm.

Er ist herrlich warm und herrlich nah, und ich mag ihn so sehr. – Auch wenn sein Stiefvater der böse Investor ist, der gerade unser Zuhause zerstört.

»Hab ich dir doch gesagt«, murmelt Sjon an meiner Brust.

»Hä?«, frage ich.

»Du bist einfach viel cooler als ich.«

Kapitel 38

Auf in den Kampf

Im Treppenhaus treffen wir auf Frau Kosinger, die zum Glück wieder komplett bekleidet ist, und Herrn Dr. Grosser, der uns verwirrt entgegenblinzelt.

»Hier ist ja was los«, staunt er und sieht in seinem blau karierten Bademantel aus, als wäre er gerade erst von seiner Therapeuten-Couch geklettert.

Im selben Moment kommt Margarete in den Flur geschossen. »Das ist alles unglaublich!«, ruft sie, und ihre Stimme klingt dabei ein ganz klein wenig hysterisch. »Die wollen tatsächlich heute noch anfangen, die Garagen abzureißen!«

»Bitte, was?«, mischt Dr. Grosser sich jetzt ins Geschehen ein und scheint schlagartig seine Lethargie abzuschütteln.

»Die Bauarbeiter reißen den Hof auf. Und danach die Garagen ab«, setze ich ihn kurz und bündig von der aktuellen Sachlage in Kenntnis.

Dr. Grosser wechselt augenblicklich die Gesichtsfarbe. Von verschlafen blass hin zu hummerrot. »Jetzt reicht es!«, sagt er dann langsam und mit bebender Stimme. Und wenn ich ihn so betrachte, bekomme ich für einen kleinen Moment durchaus Angst vor meinem sonst doch so friedfertigen Nachbarn. Fehlt nur noch, dass ihm Rauch aus den Ohren steigt.

»Okay, Leute. Das ist der Moment, in dem ich euch etwas sagen muss.« Sjons Stimme bebt auch. Er verschränkt die Arme vor der Brust und atmet einmal tief durch. »Dieser Investor, der da gerade sein Zerstörungswerk an unserem Hof beginnt … das ist mein Stiefvater.« Wieder räuspert er sich, fährt dann aber schnell fort, wohl um jegliche Kommentare zu unterbinden: »Wir haben keinen Kontakt mehr, und ich wusste das nicht. Und als ich es dann wusste, habe ich mit ihm gesprochen, und ich glaube, das hat alles nur schlimmer gemacht. Noch schlimmer als vorher.«

Bevor irgendjemand etwas sagen kann, legt Margarete mitfühlend ihren Arm um Sjons Schulter. Was sehr lustig aussieht, weil Margarete ja doch um einiges kleiner ist. »Mein armer Junge. Das erklärt viel.«

»Was erklärt das?«, fragt Sjon verdattert.

»Das Identitätsproblem mit deinem Namen, zum Beispiel.«

»Ich habe kein Identitätsproblem mit meinem Namen. Der ist einfach nur schrecklich.«

»Sag ich doch!« Margarete schaut zu Dr. Grosser, wohl um psychologische Rückendeckung zu bekommen. Doch der starrt bloß mit versteinerter Miene die Wand an.

»Er hasst mich jetzt«, stellt Sjon trocken fest.

»Nein, Herr Schröder, ganz gewiss nicht. Im Gegenteil. Sie haben gerade zwanzig kostenlose Therapiestunden bei mir gewonnen. Und natürlich weiß ich, dass Sie, lieber Herr Schröder, alles in Ihrer Macht Stehende getan haben, um das hier zu verhindern«, sagt er dann. »Aber ich finde, es reicht jetzt. Endgültig.«

Frau Kosinger, deren Anwesenheit wir alle vorübergehend ausgeblendet haben, seufzt bei diesen Worten ergriffen auf.

»Wir fahren da jetzt hin und stellen diesen schrecklichen

Menschen zur Rede. Es ist leicht, irgendwelche Aufträge aus der Ferne zu geben, aber das Ganze bekommt eine andere Qualität, wenn man den Leidtragenden gegenübersteht.«

Wir alle sind ergriffen von diesen Worten.

Sjon schweigt. Unsere Blicke treffen sich. Unmerklich nickt er, und ich greife nach seiner Hand.

Als ob dies das kosmische Zeichen für den Aufbruch wäre, fangen alle hektisch an, ihre Sachen zusammenzusuchen. Dr. Grosser stürzt in seine Praxis, wohl um sich dem Anlass entsprechend zu kleiden, Margarete rennt die Treppe hinauf, um exakt drei Atemzüge später auf sehr hohen Absätzen und in einem eleganten Mantel wieder herunterzukommen, und Frau Kosinger läuft in meine Praxis, um ihre Tasche zu holen.

Kurze Zeit später stehen wir an meinem Golf. Dr. Grosser trägt heute mal keine Strickjacke, sondern einen dunklen Anzug. Alles in allem sehen wir sehr präsentabel aus. Dieser Eindruck schwindet allerdings, als alle versuchen, in mein Auto zu klettern. Margarete kann wegen ihres Rocks nicht hinten sitzen. Dr. Grosser wird hinten schlecht, und Frau Konsinger passt rein gewichtstechnisch nicht auf die Rückbank. Ich habe aber nur einen vorderen Sitz zu vergeben. Außerdem frage ich mich gerade, warum eigentlich Frau Kosinger mit uns mitfahren will, da kommt sie mir zuvor.

»Ich muss leider hierbleiben«, erklärt sie nach einem intensiven Blick auf die Rückbank meines Wagens. »Ich passe nicht in solche Autos.«

»Ich könnte fahren«, sagt Dr. Grosser und läuft schon um den GTI herum.

»Natürlich nicht!«, antworte ich energisch. »Niemand außer mir fährt mein Auto.«

»Aber dann könnten Margarete und ich vorn sitzen.«

»Aber niemand fährt mein Auto!«

»Sie sind ein klein wenig zwanghaft!«

»Ja. Und ich bin es gerne.«

»Herr Schröder! Warum lachen Sie?« Dr. Grosser fährt zu Sjon herum, der lautlos, aber doch durchaus herzhaft lacht.

»Thea fährt. Margarete sitzt vorn. Wir beide hinten, und wenn Ihnen schlecht wird, können Sie in die Tüte spucken, die dort liegt«, sagt er.

»Ich könnte auch versuchen, nach hinten zu klettern«, mischt Margarete sich ein, doch offenbar hat Schröder die Sache entschieden.

Leise murrend steigt Dr. Grosser ein, und wir schaffen es, den Hof zu verlassen.

An der dritten Ampel meldet Dr. Grosser sich wieder zu Wort. »Ich halte es für klug, wenn Herr Schröder dann im Auto wartet. Eine massive Konfrontation mit dem Stiefvater ist nicht angeraten.«

»Ich komme mit«, antwortet Schröder nüchtern. Und er lässt sich auch durch die folgende eingehende psychologische Beratung durch Dr. Grosser nicht davon abbringen. »Ich wohne dort. Es betrifft mich genau wie euch.«

Zum Glück haben wir ausreichend Zeit, dieses Thema noch zu diskutieren, denn wir stehen erst mal im Stau. Die A2 ist mal wieder verstopft wie ein Nadelöhr, und wir stehen mit vibrierenden Nerven zwischen gefühlten einhundert Lastwagen. Dass Herr Dr. Grosser uns alle drei Minuten mitteilt, dass ihm schlecht ist, macht die Sache auch nicht besser.

Als es endlich weitergeht und wir kurz vor Hannover abfahren, ist die Stimmung im Wagen nicht so gut. Sjon lotst uns durch Hannover, bis wir im recht elitären Zooviertel angekommen sind. Hier gibt es große Villen, stattliche Häuser und einen Bürokomplex, an dem in riesigen Lettern *H. S. Real Estate GmbH* prangt. Mit einem jetzt doch sehr mulmigen Gefühl fahre ich schwungvoll auf den Parkplatz und stelle den Motor ab.

»So«, sagt Dr. Grosser und klingt plötzlich ein wenig unentschlossen.

»Wir gehen rein und fragen nach ihm«, sagt Schröder, und da endlich erwachen alle wieder zum Leben. Wir klettern aus meinem Wagen, formieren uns und marschieren in die schicke Empfangshalle des Bürogebäudes.

Die in ein dunkles Kostüm gekleidete Dame hinter dem Empfangstresen beäugt uns misstrauisch. Als wir alle auch noch wie ein Pfeilregen auf sie zugeschossen kommen, rollt sie sicherheitshalber mit ihrem Bürostuhl einen halben Meter zurück.

»Wir möchten mit Herrn Schröder sprechen«, sagt Sjon, und die Dame schüttelt augenblicklich den Kopf.

»Er ist jetzt nicht zu sprechen«, antwortet sie energisch und rollt wieder ein kleines Stück nach vorn. Offenbar ist sie darin geschult, nervige dumme Mieter abzufangen.

»Es ist sehr wichtig!« Margarete taucht neben mir am Tresen auf und schaut gebieterisch auf die blonde Dame hinunter, die nur mantramäßig wiederholt: »Er ist nicht zu sprechen!«

»Er wird sich die Zeit nehmen müssen«, sagt Sjon und trommelt mit den Fingerspitzen auf den Holztresen.

»Er ist nicht zu sprechen!«

»Sie werden nicht umhinkommen, sich mit uns zu befassen, liebe Frau Demes.« Dr. Grosser steht jetzt auch zwischen uns, und er hat anscheinend bessere Augen als wir alle, denn er konnte das kleine Namensschild an ihrem Kostüm offenbar problemlos lesen.

»Er ist nicht zu sprechen.«

»Vielleicht wurde sie einer Gehirnwäsche unterzogen?« Margarete wiegt zweifelnd den Kopf, und die blonde Frau Demes wechselt abrupt die Gesichtsfarbe. Sie öffnet gerade den Mund, vermutlich um uns davon in Kenntnis zu setzen, dass der böse Investor nicht zu sprechen ist, als Schröder ihr ins Wort fällt: »Ich bin Sjon Schröder. Sein Stiefsohn. Und ich möchte ihn sprechen. Und wenn er jetzt nicht zu sprechen ist, werden wir hier warten, bis er Zeit hat. Wenn das bis morgen dauert, werden wir hier warten, und ich kann Ihnen versprechen, dass wir nicht unauffällig warten werden.«

»Wenn Sie jetzt noch mal sagen, er ist nicht zu sprechen, werde ich Ihnen einen guten Kollegen in Hannover empfehlen. Ich bin nämlich Psychotherapeut, müssen Sie wissen, liebe Frau Demes.«

Frau Demes würde sehr gern noch einmal sagen, dass er nicht zu sprechen ist, aber selbst ihr ist mittlerweile klar, dass sie uns mit diesem einstudierten Sprüchlein nicht los wird. Sie ändert die Taktik und steht auf. Gebannt beobachten wir, was sie als Nächstes tun wird.

»Bleiben Sie bitte hier!«, sagt sie energisch und läuft zum Fahrstuhl.

»Sie ist ja sehr mutig, uns hier allein zu lassen. Wir könnten ihren Schreibtisch leer räumen. Oder ein Plakat gegen Luxussanierungen aufhängen. Oder faule Eier an die Wand werfen.« Margarete ist voller Tatendrang und Sjon sehr blass.

Aus diesem Grund nähere ich mich ihm von der Seite und lege meine Hand auf seinen Rücken. »Dem zeigen wir es jetzt!«, murmele ich, und er schenkt mir so ein halbes Schröder-Grinsen.

»Ich bin nicht so cool«, flüstert er dann. »Mir geht der Arsch auf Grundeis.«

»Aber ich bin cool, und mein Arsch ist heiß genug für uns beide«, flüstere ich zurück und nehme ihn in den Arm.

Kapitel 39

Schröder vs. Schröder

»Das ist doch sehr beeindruckend«, flüstert Dr. Grosser.

»Es scheint eine echte Beziehung zu sein«, flüstert Margarete zurück.

Dann flüstern sie noch ein wenig weiter und schaffen es endlich, so leise zu flüstern, dass wir sie nicht mehr verstehen.

Sjon hat sein Kinn auf meinen Kopf gelegt und hält mich fest. Vielleicht halte aber auch ich ihn fest, genau lässt sich das nicht sagen.

Wir stehen so lange herum, bis die blonde Frau Demes zurückkommt und sich räuspert. »Er hat noch ein Telefonat. Danach hat er Zeit für Sie. Sie können mit dem Fahrstuhl in die dritte Etage fahren.«

»Oh«, haucht Dr. Grosser, und gemeinsam betreten wir den gläsernen Fahrstuhl, der uns in die Kommandozentrale von Sjons Stiefvater befördert. Kaum öffnen sich dort die Türen, werden wir bereits erwartet. Von einer blonden Frau Demes. Diesmal allerdings in einem grauen Kostüm. Er scheint seine Mitarbeiterinnen zu klonen oder ausschließlich der Optik nach auszuwählen.

Sie geleitet uns in einen Flur und deutet auf ein dort stehendes Sofa. »Bitte warten Sie hier!«, sagt sie energisch und scheint sich den Nachsatz »Aber fassen Sie nichts an!« gerade noch so verkneifen zu können.

Wir setzen uns nicht, sondern stehen alle herum und geben vor, aus dem Fenster zu schauen. In Wirklichkeit starren wir aber alle auf die hässliche Designeruhr am Ende des Flures. Es vergehen zehn Minuten, es vergehen zwanzig Minuten, und nach fünfundzwanzig Minuten seufzt Sjon abgrundtief.

»Das macht er extra«, murmelt er verärgert.

Aber siehe da! Kaum hat er diese Worte ausgesprochen, rauscht sein Stiefvater durch eine Tür zu uns in den Flur. Er guckt mürrisch, als er den Pulk von lästigen Mietern entdeckt. Und als er Sjon sieht, entgleisen ihm kurzfristig die Gesichtszüge. »Was machst du denn hier?«, schnauzt er ihn an.

»Du hast uns das Wasser abgestellt und den Hof aufgerissen, da dachten wir uns, es ist an der Zeit, dir einen Besuch abzustatten«, antwortet Sjon kühl. Von seiner Nervosität ist nichts mehr zu spüren. Trotzdem hält er weiterhin meine Hand.

»Mein Name ist Dr. Grosser!« Mein Nachbar tritt vor, ohne Schröder senior die Hand zu reichen. »Wir kennen uns zwar, aber Sie scheinen nur eine kurze Aufmerksamkeitsspanne zu haben, deswegen wiederhole ich gerne meinen Namen. Dr. G-r-o-s-s-e-r«, buchstabiert er.

Herr Schröder steckt seine Hände in die Taschen seiner Anzughose und guckt verkniffen. Ein echter Arsch, der Typ.

Margarete, die etwas versetzt hinter mir steht, schnappt vor Empörung nach Luft.

Ich finde es an der Zeit, auch mal was zu sagen. »Die Garagen stehen uns laut Mietvertrag zur freien Nutzung zur Verfügung. Die können Sie nicht einfach abreißen.«

»Ach«, sagt Herr Schröder und betrachtet mich etwas genauer. »An Sie erinnere ich mich. Sie sind die Dame, die zur Hochzeit meines Sohnes sehr unpünktlich war und dann auch noch frech wurde.«

»Sie … Wie können Sie es wagen!«, stößt Dr. Grosser aus, und ich bin froh, dass keine Vasen zu Dekozwecken herumstehen. Sonst hätte der Herr Investor jetzt eine Gehirnerschütterung.

»Nicht zur Hochzeit«, korrigiere ich ihn. »Nur zum Frühstück danach«, füge ich mit einem freundlichen Lächeln hinzu. Wir wollen ja bei der Wahrheit bleiben.

Sjon umfasst meine Hand fester. Vermutlich ist das hier alles wirklich schwierig für ihn, aber seine Stimme klingt fest. »Hör auf damit, oder wir nehmen uns einen Rechtsanwalt.«

Sein Stiefvater lächelt kalt. »Und wovon willst du den bezahlen? Von ein wenig Tastendrücken?«

Sjon übergeht diesen unfairen Einwurf komplett. Stattdessen sagt er: »Halt dich an die Spielregeln. Wir werden uns sonst zur Wehr setzen.« Klar und deutlich ausgesprochen, was wir ihm mitteilen wollten. Und Sjons Worte klingen so ernst, dass ich beeindruckt bin.

Für einen Moment sehe ich Irritation im Blick seines Stiefvaters aufflackern. Vermutlich hat er sonst nicht so viel mit renitenten Mietern zu tun. Aber wir sind renitent. Und ungemütlich. Rechtlich stehen wir vermutlich auf verlorenem Posten, weil wir uns ja wirklich keinen Rechtsanwalt leisten können, aber unser Auftreten lässt keine Rückschlüsse darauf zu.

»Ich habe damit gar nichts zu tun. Ihr seid einfach schlecht informiert.« Mit diesen Worten dreht er sich um und marschiert den Flur hinunter.

»Möchte noch jemand ein paar faule Eier gegen die Wand schmeißen? Das Sofa aufschlitzen oder einen der Mitarbeiter bedrohen? Wenn nein, sollten wir wieder fahren«, sage ich.

»Herr Schröder junior hat unser Anliegen sehr deutlich zum Ausdruck gebracht. Und ich werde heute Nachmittag in den Mieterschutzbund eintreten. Das hätte ich viel früher machen sollen«, sagt Margarete und zupft an ihrer Kostümjacke. Wir sammeln uns für einen geordneten Rückzug und laufen zum Fahrstuhl.

»Aber was meint er damit? Dass er damit nichts zu tun hat?«, fragt Dr. Grosser verwirrt. Wir betreten den Aufzug und zucken gleichzeitig und kollektiv die Achseln.

Auf dem Weg zurück nach Hameln wird Dr. Grosser, der wieder hinten sitzen muss, gar nicht schlecht. Er starrt mit tiefen Sorgenfalten auf der Stirn aus dem Fenster und ist gedanklich so involviert, dass er keine Zeit für Übelkeit hat. Margarete telefoniert mit dem Handy, was sie nur sehr selten tut. Wegen der schlimmen Strahlung und der Auswirkungen auf den Hormonhaushalt. Sie erkundigt sich bei einem Mieterschutzverein nach unseren Rechten und tritt dem Verein auch gleich bei. Und Sjon strahlt auf sonderbare Weise Ruhe aus. Das spüre ich, obwohl er direkt hinter mir sitzt und ich ihn gar nicht sehen kann.

Als wir endlich wieder in Hameln ankommen, kann ich nicht auf dem Hof parken. Denn der Hof hat sich in seine Bestandteile aufgelöst. Ich finde vor der Apotheke einen Parkplatz, und wir laufen zu unserem Haus. Die wunderschönen Steine des alten Kopfsteinpflasters liegen in orangefarbenen, rostigen Containern, und vor uns erstreckt sich eine Wüste aus Sand und Geröll. Es tut weh, unser ehemaliges Idyll, in dem wir so oft abends auf unseren Campingstühlen gesessen haben, so zu sehen. Schweren Herzens arbeiten wir uns durch den Sand zu unserem Hintereingang durch, denn der nächste Programmpunkt des Tages wird ein Anruf bei Herrn Pfeindober sein. Wenn sich der böse Investor nicht zuständig fühlt, tut es vielleicht unser Vermieter.

Bei Dr. Grosser versammeln wir uns um seinen Schreibtisch, und er legt sein Telefon, auf Lautsprecher geschaltet, vor sich. Es klingelt gerade mal zwei Mal, dann schallt uns eine weibliche Stimme entgegen. Völlig unverständliche Worte, aber offensichtlich mit einer gehörigen Portion schlechter Laune geschnauzt.

»Wir möchten Herrn Pfeindober sprechen!«, sagt Dr. Grosser, über das Telefon gebeugt.

Wieder folgt ein Schwall recht unverständlicher Worte. Ratlos blicken wir uns an.

»Ich glaube, das ist bayrisch«, murmelt Margarete.

»Können wir bitte Herrn Pfeindober sprechen?«, wiederholt Dr. Grosser erstaunlich munter.

Erneut dringen unverständliche Sätze aus dem Apparat, die aber mit einem laut gebrüllten »ERHARD!« enden, was darauf schließen lässt, dass die Bayerischsprecherin wohl wenigstens unser Anliegen verstanden hat.

»Pfeindober«, tönt uns nur wenige Sekunden später die Stimme unseres Vermieters entgegen.

»Schröder«, sagt Sjon knapp. »Herr Pfeindober. Unser Hof sieht aus wie die Wüste Gobi, und wir haben seit Tagen kein Wasser.«

»Ja, und?«

»Wir werden das nicht hinnehmen. Unser Mietvertrag läuft bis November. Bis dahin muss die Mietsache normal nutzbar sein.«

»Ja, und? Da war was kaputt. Das musste repariert werden. Und wenn ich den Hof neu pflastern will, ist das mein Recht. Das Haus gehört mir«, schnauzt Herr Pfeindober pampig, und man bekommt eine Ahnung, warum die Bayerischsprecherin so schlechte Laune hatte.

»Der Mieterschutzbund ist jetzt eingeschaltet, und ein großer Fernsehsender hat ebenfalls Interesse an dieser Form von Schikane bekundet.« Sjon lügt wie gedruckt, und prompt schnellen drei Daumen nach oben.

Unser Vermieter schnauft. »Wollen Sie mir etwa drohen?«

»Ich will Ihnen nicht drohen, ich drohe Ihnen«, antwortet Sjon trocken.

»Sie sind sowieso schuld an alledem!«, schnauzt Herr Pfeindober.

»Herr Schröder ist schuld, dass unser Hof in seine Einzelteile zerlegt wurde und kein Wasser mehr aus dem Hahn kommt? Wie genau war er daran beteiligt?«, mische ich mich jetzt ein.

»Der Investor hat den Kaufvertrag nicht unterschrieben«, keift unser Vermieter. »Er ist noch nicht einmal zum Notartermin erschienen, der Sausack, der depperte!«

Margarete erhebt sich und tanzt auf ihren Absätzen einmal um den Tisch herum. Dabei wiegt sie die Hüften und hebt die Hände zum Himmel. Dr. Grosser lächelt glückselig, und ich sehe Sjon verwirrt an. Der zuckt die Achseln.

»Und nun?«, frage ich in das Telefon.

»Machen Sie sich keine Hoffnungen, Frau Fuss. Ein Objekt in dieser Lage verkaufe ich in null Komma nichts. Dann kauft es halt ein anderer. Warten Sie nur ab …«, und mit diesen Worten legt er auf.

Einen kurzen Moment schweigen wir, bis auf Margarete, die leise vor sich hinsingt.

»Wir haben immer noch kein Wasser, aber das ist doch ein Anlass zur Hoffnung, oder?«, fragt Dr. Grosser in die Runde.

»Ja. Ist es. Vielleicht möchte der nächste Investor das Haus nur als Anlageobjekt und behält uns als Mieter. Aber wieso bin ich schuld? Nicht dass ich das in diesem Fall nicht ganz gerne bin, aber es würde mich doch durchaus interessieren.«

»Dein Stiefvater hat doch noch Skrupel bekommen, dich hier rauszuschmeißen«, mutmaße ich, und Sjon grinst.

»Das ist irgendwie unwahrscheinlich. Vielleicht haben seine Rechnungen ergeben, dass der Gewinn doch nicht hoch genug wäre.«

Wie dem auch sei, wir haben Anlass zur Freude, auch ohne Wasser und ohne Hof, und beschließen, das Ganze mit einer Flasche Sekt zu begießen.

Kapitel 40

Eigene Füße und fremde Arme

Wir liegen zusammen in Sjons Bett. Die Feier unseres vorübergehenden Sieges über den bösen Investor ging sehr lange und endete damit, dass wir uns mehrere Gießkannen voll Wasser aus der Apotheke gegenüber geholt haben, um für die Dürreperiode gewappnet zu sein. Keiner von den anderen wollte gerade jetzt in ein komfortableres Übergangsheim ziehen, und ich blieb aus Solidarität.

Und weil ich mit Sjon ins Bett wollte. Und hier liege ich jetzt. An seine Brust geschmiegt. Meine rechte Hand liegt unter ihm, auf seinem Rücken. Den ich ihm in dieser Position noch nicht einmal kraulen könnte, aber sein Rücken ist immer noch ein magischer Anziehungspunkt für mich.

Sjon schläft, ich kann nicht. Außerdem habe ich festgestellt, dass ich ihm sehr gern beim Schlafen zusehe. Es ist so sonderbar intim. Man kann den anderen heimlich studieren und Eigenheiten entdecken, die einem sonst gar nicht auffallen würden. Sjon hat zum Beispiel eine ganz kleine Narbe an der Nase. Die habe ich gerade zum ersten Mal entdeckt. Und einen ausgeprägten Sternocleidomastoideus. Mein Lieblingsmuskel, der große Kopfwender. Und er ist tatsächlich in der Lage, lautlos zu schlafen. Nur die wenigsten Männer können das.

»Thea?«, murmelt Sjon, während er immer noch aussieht, als würde er schlafen.

Ich fühle mich ertappt und mache schnell die Augen zu. »Sjon?«

»Er hat mir noch nie bis zum Schluss zugehört.« Das klingt, als wäre es schlüssig. Ist es vermutlich auch, aber er scheint mir nur das Endergebnis einer längeren Gedankenkette mitzuteilen.

»Mein Stiefvater. Er hat es tatsächlich geschafft, mich immer abzubügeln. Diesmal musste er mir zuhören.« Aha. Jetzt ergibt es Sinn.

»Das liegt daran, dass ich nicht alleine war. Sonst war ich immer alleine damit. Noch nicht einmal Laurentin war mir in diesen Familiendiskussionen eine große Hilfe. Aber da du weder Furz noch Feuerstein fürchtest … Also, was ich sagen will … Das … war gut. Danke!«

»Wie komisch, dass wir alle blinde Punkte haben«, murmele ich und lasse mir seine Worte durch den Kopf gehen. »Empfindliche Stellen, die anderen Menschen gar nicht auffallen. Zumindest nicht sofort. Ich erinnere nur an unseren Notfall mit dem plötzlich auftretenden Gasgeruch. Da hast du uns alle gerettet und warst total unerschrocken.«

»Blödsinn.«

»Nee. Kein Blödsinn.«

»Deine empfindliche Stelle hat sich aber auch erheblich verbessert. Kein Emanzen-Anfall mehr in den letzten zehn Tagen.«

Unser tiefschürfendes Gespräch wird leider durch das Klingeln meines Handys unterbrochen. Ich rolle mich zur Seite und angele es aus dem Klamottenberg neben dem Bett hervor.

»Thea Fuss«, melde ich mich zackig.

»Roland Bergmann.«

»Hallo«, sage ich freundlich und ohne mich zu bewegen. Vielleicht ein neuer Patient, und ich möchte keinesfalls, dass er das Bettzeug rascheln hört.

»Ja. Äh.«

»Was kann ich für Sie tun?«

»Es geht um die Schildkröte. Sie suchen doch einen Platz für ihn.«

»Bernd«, sage ich.

»Ja. Bernd. Ich hätte noch einen Platz hier in einem meiner Gehege frei.«

»Oh.«

»Das würde ihm sicherlich gefallen.«

»Sicherlich.«

»Sie können ja mal kommen und es sich ansehen.«

Ich notiere mir auf einem der unzähligen herumfliegenden Zettel – Sjon besitzt die größte Post-it-Zettel-Sammlung der Welt – die Adresse und verspreche, in den nächsten Tagen tatsächlich einmal vorbeizukommen.

»Wer ist Bernd? Und was würde ihm gut gefallen?«, fragt Sjon interessiert, als ich auflege.

Ich seufze. »Bernd ist meine Schildkröte. Und er ist einsam und wird von mir nicht artgerecht gehalten. Deswegen muss er bald umziehen. In ein Schildkrötenparadies. Das bin ich ihm schuldig.«

Sjon schweigt einen Moment, aber ich kann ein leichtes Zucken in seinen Mundwinkeln wahrnehmen. »Ich hätte jetzt nicht gedacht, dass du so der Schildkröten-Typ bist. Trotzdem würde ich Bernd gern kennenlernen.«

Leider ist dies der Moment, in dem wir das Bett verlassen

müssen. Sjon muss ein paar Tasten drücken, ich muss ein paar Knie und Bandscheiben therapieren, und was noch viel wichtiger ist: Meine Oma erwartet meinen Besuch am heutigen Abend. Wir werden Prosecco trinken, und ich werde ihr endlich von Sjon erzählen.

Ich arbeite mich also durch den Tag, getragen von gleich zwei sehr guten Gefühlen. Die Schmetterlinge sind immer noch im Bauch und nach wie vor schwer bekifft, und dazu kommt die Freude darüber, dass der böse Investor abgesagt hat. Sicherlich wird ein neuer kommen, aber mit ihm kommt eventuell auch die Chance, doch im Haus zu bleiben. Dementsprechend beschwingt bin ich, als ich bei meiner Oma ins Zimmer rausche. Meine Oma klappt ihr Buch zu, ich gebe ihr ein Küsschen auf die Wange, lasse mich in den gelben Sessel fallen, öffne den Mund, und es klopft an der Tür.

Statt eines unwirschen »Jetzt nicht!« flötet meine Oma: »Herein!« Die Tür geht auf, und Herr Lüdenscheid betritt den kleinen Flur.

»Guten Abend.« Er strahlt uns an.

»Guten Abend«, antwortet meine Oma erfreut.

Ich gucke erst zu ihr, dann zu Herrn Lüdenscheid, und die Erkenntnis trifft mich wie ein Blitzschlag. Hier geht noch was. Da ist was im Busch.

»Liebe Ottilie«, sagt er. »Wir müssen noch in einer wichtigen Angelegenheit reden.«

»Ja, ja, Edmund. Ich komme gleich zu dir.«

Aha. Sie sind mittlerweile beim vertraulichen »Du« angelangt. Ich freue mich. Für beide. Würde aber doch jetzt gern meiner Oma von Sjon erzählen. So in seiner Gänze, aber meine Oma hat sich schon erhoben, fährt sich kurz mit flinken Fingern durch die Frisur und deutet dann auf die Tür. Ein glatter Rausschmiss.

»Ich bin doch gerade erst gekommen«, meutere ich und bleibe sitzen.

»Thea. Das ist wichtig.«

»Ich muss dir auch was Wichtiges erzählen!«, begehre ich auf.

Sie seufzt. »Was denn?«, fragt sie, sucht aber gleichzeitig nach ihrem Lipgloss.

»Na ja, mit Sjon. Also ich bin verliebt«, sage ich leise und etwas entmutigt.

Wenigstens hält sie kurz inne und lächelt mir zu. »Das ist wunderbar, aber das wusste ich schon. Wir könnten jetzt darüber reden, doch das nützt nichts. Du musst ihn mitbringen. Damit ich sehen kann, ob er der Richtige ist.« Sie hat endlich ihren Lipgloss gefunden und schminkt sich energisch die Lippen nach. Ich öffne den Mund, um ihr zu sagen, dass er es nicht ist, weil er nicht blond ist, aber sie packt mich beim Handgelenk und zieht mich auf die Füße. »Und jetzt musst du gehen!«

Verdattert sitze ich nur zehn Minuten nach meiner Ankunft wieder in meinem Auto und beschließe, dann wenigstens Elisabeth mit meinen Neuigkeiten zu erfreuen. Irgendjemand wird doch wohl noch Zeit haben und die Tatsache, dass ich endlich wieder verliebt bin, ausreichend würdigen!

Elisabeth hat allerdings auch keine Zeit. Doch immerhin so große Freude an dieser Tatsache, dass ihr Tränen in die Augen treten, während sie wie wild in einem widerlich blauen Teig rührt.

»Wäre morgen nicht dieser Kindergeburtstag, würde ich einen Champagner aufmachen. Aber ich muss noch blaue

Muffins backen, den Kuchen dekorieren, die Geschenke einpacken und einhundert andere Dinge tun, die ich gerade vergessen habe.« Sie strahlt mich an. »Es war an der Zeit«, fügt sie dann hinzu, »dass du dich wieder ganz und gar auf einen Mann einlässt. Weißt du … ›Die Kunst ist es, auf eigenen Füßen zu stehen und doch in fremden Armen zu liegen‹.«

Sie schnieft und rührt weiter. »Das Zitat habe ich im Internet gefunden. Ist von Alex Winter. Wer auch immer das ist, er hat die Sache im Kern begriffen.«

Kapitel 41

Neuanfänge

»Du bist sicher, dass er einen Kopf hat?« Sjon kniet vor Bernd und blickt suchend in die vordere Öffnung im Panzer.

»Natürlich. Der Salat wird gefressen. Dafür braucht er wohl einen Kopf, oder?«

Sjon blickt auf. »Anzunehmen.« Freundlich tätschelt er Bernd den Panzer, dann richtet er sich auf. »Und du bist dir sicher?«

»Ja«, antworte ich fest. Bernd wird heute umziehen. In seinen neuen Harem. In das große Gehege bei Roland, dem Schildkröten-Fan. Gestern haben wir ihn besucht, und in Rolands Leben dreht sich alles um Schildkröten. Sie leben in seinem Garten und überwintern mutmaßlich in den vielen Kühlschränken, die in Rolands Keller stehen. Wenn man Roland glauben darf, ist die Schildkrötenhaltung eine der komplexesten Tätigkeiten auf diesem Planeten. Überall hängen Listen, welcher seiner Schützlinge wann was zu fressen bekommen hat. Bernd wird es dort gut gehen. Er wird mit vielen Weibchen zusammenleben, die er alle belästigen darf.

Ich gehe auf die Knie und hebe Bernd vorsichtig hoch, um ihn sanft in den gepolsterten Schuhkarton zu setzen. Sjon setzt den mit Luftlöchern versehenen Deckel drauf, und gemeinsam laufen wir zum Auto. Mir ist ein bisschen wehmütig ums Herz. Bernd und ich haben viele Jahre zusammen verbracht. Er weiß alles von mir. Aber die Tatsache, dass ich nichts von ihm weiß, spricht natürlich auch für sich. Nicht zuletzt deswegen ist dieser Umzug unabdingbar. Traurig bin ich trotzdem.

Sjon hält den Schuhkarton während der ganzen Fahrt fest und lugt immer mal wieder hinein, um mir Meldung zu erstatten, wie es Bernd geht.

»Ich glaube, ich habe einen Bruchteil seines Kopfes gesehen!«, sagte er gerade, als ich an einer roten Ampel halte.

»Glaube ich nicht«, antworte ich und gucke schnell rüber. Ich sehe nur den Panzer. »Du verarschst mich.«

Sjon schüttelt den Kopf. »Ich schwöre, er hat geguckt!«

Keine fünf Minuten später parken wir vor dem kleinen Einfamilienhaus. Roland wartet schon vor der Haustür auf uns.

»Da seid ihr ja endlich!«, sagt er, hält sich dann aber nicht mit weiteren Floskeln auf, sondern nimmt Sjon kurzerhand den Karton aus den Händen. Wir dackeln ihm hinterher, bis zu dem großen Gehege in seinem Garten, Bernds neuem Zuhause. Roland steigt über den kleinen Zaun und sinkt vorsichtig auf die Knie. Dann öffnet er den Karton, greift sanft hinein und lässt Bernd ins Gras gleiten.

»Ich habe gerade das Schlafhaus mit frischer Pinienerde, gemischt mit Floragard, gefüllt. Obendrauf ein wenig Laub. Lavendel, Rosmarin und Frauenmantel sind auch frisch gepflanzt. Damit der Bernd es auch schön hat! So!« Endlich sieht er uns an. »Dann wollen wir mal beobachten, wie Bernd sich so einlebt. Kaffee?«

Sjon und ich nicken, und keine fünf Minuten später sitzen wir alle drei mit einem Kaffee auf der kleinen Bank direkt vor dem Gehege.

Erst mal passiert nicht viel. Dann taucht plötzlich, wenn man denn bei einer Schildkröte von plötzlich sprechen kann, eine andere Schildkröte aus dem hohen Gras auf und bewegt sich gemächlich auf Bernd zu.

»Oh, wie aufregend. Das ist Frau Hinze!« Roland wird neben mir ganz zappelig.

Es vergehen weitere zehn Minuten, bis Frau Hinze es endlich in Bernds direkte Nähe geschafft hat, der seinerseits das tut, was er immer tut, nämlich nichts. Ich schließe die Augen und halte mein Gesicht in die warmen Strahlen der Sonne.

»Thea«, murmelt Sjon ein paar Momente später und stößt mich leicht mit dem Ellenbogen an.

Ich öffne die Augen und sehe Bernd. Komplett. Mit Kopf.

»Oh!«, sage ich wie vom Donner gerührt. Bernd hat einen Kopf! Und ein Mäulchen! Und Augen!

Roland atmet, offenbar schwer ergriffen, aus. »Das sieht gut aus. Frau Hinze und er werden sich verstehen. Dann lassen wir sie jetzt mal besser alleine.«

Ich will fragen, warum, stehe aber trotzdem auf. Vielleicht soll Bernd in aller Ruhe die Möglichkeit bekommen, Frau Hinze zu belästigen. Und ich verstehe, dass es jetzt an der Zeit ist, mich zu verabschieden.

Ich habe einen Kloß im Hals. Sjon legt mir einen Arm um die Schulter, und ich lehne mich wortlos an ihn. Einfach so. Roland begleitet uns zum Auto, und wir steigen ein.

»Ist es komisch, dass ich so traurig bin? Er ist doch nur eine Schildkröte.«

Sjon nimmt meine Hand und wendet sich mir zu. »Ich hatte mal eine Weinbergschnecke. Die hieß Schnecki. Ich habe sie geliebt. Bis jemand sie mit dem Auto überfahren hat. Ich habe vier Tage lang geweint. Zugegeben war ich damals erst acht, aber es spielt keine Rolle, an welches Lebewesen wir unser Herz hängen. Du hast jedes Recht, traurig zu sein.«

Ich lasse den Wagen an und setze auf die Straße zurück. »Schnecki«, murmele ich und muss grinsen.

»Sie war eine tolle Weinbergschnecke. Sehr hübsch und lieb.« Sjon grinst jetzt auch, lässt aber meine Hand nicht mehr los, bis wir vor dem Seniorenstift meiner Oma parken. Heute gibt es nämlich gleich zwei Premieren. Nicht nur, dass er Bernd kennengelernt hat, er wird jetzt auch meine Oma kennenlernen. Und selbst wenn das alles Humbug sein mag mit ihren Vorahnungen und Vorhersagen – insgeheim mache ich mir schon Gedanken, was passiert, falls meine Oma gleich feststellen sollte, dass Sjon nicht der Mann aus ihrem Traum ist.

Von all diesen Gedanken ahnt Sjon natürlich nichts. Schließlich kennt er die entscheidende Prophezeiung nicht.

Wir betreten den Fahrstuhl und stehen wenige Minuten später bei meiner Oma vor der Tür. Ich amte tief durch.

»Bist du etwa nervös?«, fragt Sjon mich erstaunt, und ich schüttele den Kopf.

»Natürlich nicht«, sage ich leichthin und klopfe. »Aber denk bitte dran: Meine Oma ist ein wenig sonderbar.«

Er zuckt die Achseln und grinst. »Sie ist mit dir verwandt«, sagt er dann, und wir betreten das Zimmer meiner Oma.

»Da seid ihr ja!« Fröhlich kommt meine Oma uns entgegen. Sie trägt einen neuen Lippenstift und scheint extra heute früh noch beim Frisör gewesen zu sein; jedenfalls sieht sie top gestylt aus.

»Hallo, Frau Fuss. Sjon Schröder.«

Die beiden schütteln sich die Hand, und meine Oma betrachtet ihn eingehend. So eingehend, dass es fast schon ein wenig peinlich ist und ich froh bin, ihn vorgewarnt zu haben.

»Ja, das ist der Richtige!«, sagt sie im nächsten Moment hochzufrieden, und mir fällt ein Stein vom Herzen.

Sjon grinst und sagt artig: »Danke!«

»Aber Oma«, sage ich leise und beuge mich zu ihr, um zum springenden Punkt zu kommen. »Er ist nicht blond!«, flüstere ich, und mir ist absolut bewusst, dass Sjon mich hören kann, doch leider kann ich darauf jetzt keine Rücksicht nehmen.

Entrüstet guckt sie mich an. »Wer, um alles in der Welt, hat etwas von blond gesagt?«

»DU!« Ich höre auf zu flüstern, und Sjon runzelt verwirrt die Stirn.

Meine Oma denkt einen Moment nach, dann lächelt sie milde und wiegt den Kopf. »Ich bestimmt nicht. Der Kerl in meinem Traum war doch nicht blond. Groß und gutaussehend. Aber bestimmt nicht blond.«

»Sollte ich blond sein?«, fragt Sjon verdutzt, und meine Oma und ich schütteln beide energisch den Kopf.

»Alles ist bestens!«, sagt meine Oma und tätschelt ihm freundlich den Arm.

Ich finde, dem gibt es nichts hinzuzufügen.

Kapitel 42

Überraschung!

Dr. Grosser sieht mürrisch aus. Außerdem trägt er seit Neuestem eine schwarze Lederjacke, was ihm einen sehr verwegenen Touch gibt. Vorbei die Zeiten der Nickelbrille und der Strickjacken. Dr. Grosser lebt jetzt wild und gefährlich und vor allem ohne Gaby.

»Die kommen zu spät«, knurrt er und lehnt sich gegen die Flurwand.

»Fällt euch auch auf, dass er in letzter Zeit ein wenig unleidlich ist?«, fragt Margarete zuckersüß in die Runde, die bisher nur aus mir besteht.

»Nicht unleidlich. Ich muss nur jetzt den ungezähmten Teil meines Wesens ausleben. Der ist in den letzten Jahren zu kurz gekommen«, antwortet Dr. Grosser.

Im nächsten Moment poltert Sjon die Treppe herunter. »'tschuldigung. Musste noch mit einem Kunden telefonieren«, sagt er, kommt neben mir zum Stehen und schenkt mir ein Lächeln, das wieder die Schmetterlinge an den Start ruft.

»Man lässt uns warten«, sagt Dr. Grosser und guckt böse.

Margarete seufzt schwer und verdreht die Augen.

»Wollen wir noch einen Kaffee trinken?«, wage ich einen kleinen Aufmunterungsversuch.

Alle drei nicken und folgen mir in meine kleine Küche. Heute wird der neue Investor das Haus besichtigen. Wir sind etwas irritiert, wo dieser Investor so schnell hergekommen ist, zumal der bereits den Notarvertrag unterzeichnet hat. Ohne vorherige Besichtigung, ohne vorherige Fahndung nach Schimmel und Feuchtigkeit und ohne vorher uns Mieter kennengelernt zu haben. Und jetzt gleich soll die Übergabe stattfinden.

»Der wird uns doch auch rausschmeißen«, murmelt Dr. Grosser düster, während er an seinem Espresso nippt. »Und wir haben alle noch keine neue Bleibe gefunden. Wir landen alle auf der Straße.«

»Dr. Grosser«, mahnt Sjon mit leiser Stimme und schiebt ihm etwas von der Schweizer Schokolade rüber, die letzte Woche mit dem Carepaket von meiner Freundin angekommen ist.

Wir essen also Schokolade, bis sich plötzlich etwas tut. Es rumpelt, und die Haustür fliegt krachend gegen die Wand. Wir laufen in den Hausflur. Unser Ex-Vermieter, Herr Pfeindober, steht dort mit einem riesigen Schlüsselbund in der Hand.

»Ein bisschen zu spät«, flötet eine Frauenstimme hinter ihm, und Herr Pfeindober brummt etwas Unverständliches.

Sjon lacht leise auf. »Die klingt wie deine Oma«, sagt er.

»Machen Sie mal Platz, damit wir reinkönnen«, sagt die Frauenstimme im nächsten Moment resolut, »und könnte jemand bitte Herrn Lüdenscheid mit dem Rollator die Treppe hinaufhelfen?«

»Lustig«, sage ich. »Eine Stimmen-Doppelgängerin.«

Da trabt Herr Pfeindober die Treppe zu uns hinauf und ihm folgt … tatsächlich meine Oma.

»Äh«, sage ich.

»Thea, Schatz.« Meine Oma kommt auf mich zu und küsst mich auf die Wange.

»Sind Sie der Investor?«, fragt Dr. Grosser verdutzt.

»Meine Name ist Ottilie Fuss«, erwidert sie, was seine Frage unbeantwortet lässt.

»Wollen wir jetzt einen kleinen Rundgang machen?«, mischt Herr Pfeindober sich wieder ein, und ich verstehe nur Bahnhof. Wo ist der Investor? Und was macht meine Oma hier?

»Nein. Keinen Rundgang. Geben Sie mir einfach die Schlüssel, und dann können Sie gehen!«

Und warum will meine Oma die Schlüssel? Ich bin hochgradig verwirrt.

Herr Lüdenscheid kommt jetzt die Treppe hinauf, gefolgt von dem ihm zu Hilfe geeilten Sjon mitsamt dem Rollator. »Schön!« Er strahlt uns alle an und freut sich ganz offensichtlich mächtig.

»Ja. Äh. Ich gehe dann«, murmelt Herr Pfeindober, drückt meiner Oma den Schlüsselbund in die Hand und verschwindet mit gesenktem Blick.

»Was ist hier los?«, schaltet Margarete sich ein, und endlich lässt sich jemand dazu herab, uns zu erklären, was hier vor sich geht.

»Ich habe dieses Haus gekauft. Auf Anraten von Herrn Lüdenscheid, der mir aufgrund seiner langjährigen Erfahrung als Anlageberater dabei hilfreich zur Seite stand. Damit du nicht ausziehen musst, Thea. Du warst so traurig. Und ich habe ja Geld, und da dachte ich, ich tue was Sinnvolles damit.«

»Klar«, sage ich schwach und lehne mich gegen Sjon, der in dieser Sekunde mindestens genauso schwach wirkt.

»Sie haben das Haus gekauft und werden es nicht luxussanieren, werte Frau Fuss?«, erkundigt sich Dr. Grosser beflissentlich.

»Das wäre finanziell nicht sinnvoll«, antwortet meine Oma. »Die Rendite mit vier solventen Mietern ist ziemlich gut. Als Investition muss nur der Hof wieder hübsch gemacht werden.«

Sjon legt den Arm um mich. »Ich nehme nicht an, dass du das wusstest?«, flüstert er, und ich schüttele fassungslos den Kopf. Margarete stößt ein Juchzen aus, Dr. Grosser strahlt plötzlich über das ganze Gesicht, nur mir hat es vollkommen die Sprache verschlagen.

»Jetzt zeig mir mal deine komische Arbeit. Kannst Herrn Lüdenscheid gleich noch physiotherapieren, der hat es nämlich im Kreuz.« Energisch packt meine Oma mich am Arm und schiebt mich in Richtung meiner Praxistür.

Da mir immer noch die Worte fehlen, entwinde ich mich stumm ihrem Griff und beuge mich zu ihr. Ich küsse sie voller Dankbarkeit und widme mich dann dem Kreuz des Herrn Lüdenscheid.

Danksagung

Die Entstehung von »Verliebt noch mal« hat meine Schwester verschuldet. Ich kann eigentlich nichts dafür. Sie war es nämlich, die den Tankwart aus Kapitel 3 zur Schnecke gemacht hat, weil er ihr behilflich sein wollte. Was nun mal als Tankwart sein Job ist. Mein Schwesterlein hatte aber das Tankwartsschild nicht gesehen und fühlte sich diskriminiert. Ich habe mir erlaubt, den Dialog wahrheitsgemäß und wortgetreu wiederzugeben.

Danke, Schwester, ohne dich wäre Thea nie entstanden! Ich bin auch ganz sicher, dass der Tankwart mittlerweile wieder ein normales Leben führt und in der Lage ist, sich auf Beziehungen mit Personen weiblichen Geschlechts einzulassen.

Und jetzt folgt meine Dankesorgie. Wie immer.

Dank an meine Leserinnen, dass ihr bis hier gelesen habt. Ich schreibe sehr gern für euch Bücher! Und ich nehme immer gern Kekse und Kaffee entgegen.

Der wichtigste Dank des Buches geht diesmal an Nadine, die mich in die Grundlagen des Daseins als Physiotherapeutin eingeführt hat. Mit äußerster Gelassenheit hat sie sich meinen vielen Fragen gestellt und bekommt dafür an dieser Stelle die goldene Bohne verliehen!

Und noch einen wichtigen Dank habe ich, der geht an Sabine, meine Informantin aus Hameln, der die sonderbarsten Dinge im Manuskript (»Ja, welche Farbe hat denn jetzt sein Hemd? Blau oder weiß? Entscheide dich!«) aufgefallen sind und die mich in meinen Gedanken durch Hameln gelotst hat.

Dann danke ich wie immer Claudia und Birte, meinen Schreib-Freundinnen, ohne die hier nix laufen würde.

Und meiner Lieblingstestleserin Mine! Ich danke dir! Mittlerweile sind wir ein ziemlich eingespieltes Team! Und herzlich willkommen, kleine Büroklammer!

Und Dank an Hella, die die wichtige Frage »Wer denn nun mit wem?« aufgeworfen hat.

Vielen Dank an Steffi. Ihretwegen ist das Brautkleid kaputt gegangen.

Dann danke ich Herrn Hund, mit dem ich auf meinen Hunderunden immer intensive Zwiesprache über die emotionale Entwicklung meiner Figuren halte. Er zeigt mir die schönsten Mäuselöcher, ich erkläre ihm, warum Thea sich nicht verlieben kann. Eine absolute Win-win-Situation, wie der Fachmann sagen würde.

Ein wichtiger Hinweis in eigener Sache: Ich konnte nirgends weißes Sportlertape finden. Das ist meistens rosa oder blau oder grün, aber damit konnte Thea ja nun bei der Brautkleidrettung nichts anfangen, deshalb habe ich schnell weißes erfunden.

Wenn ich euch die Geschichte mit dem Glas, dem Bier und den Kieseln erzählen soll, schreibt mir über Facebook oder per Mail. Dr. Grosser hatte ja leider keine Zeit dazu.

Ich entschuldige mich bei Bernd, dass Thea ihn hier im Roman nicht artgerecht gehalten hat. Als er ins Manuskript einzog, war mir nicht klar, wie hochkomplex die Haltung von

Landschildkröten ist – und dass diese entzückenden Tierchen unter das Washingtoner Artenschutzabkommen fallen, also nur unter ganz bestimmten Bedingungen überhaupt privat gehalten werden dürfen und in jedem Fall kennzeichnungs- und meldepflichtig sind. 'tschuldige, Bernd, aber jetzt hast du es ja gut und kannst ganz viele Weibchen belästigen.

Es gibt eine Menge Schildkröten-Foren, aber das, in dem Thea unterwegs war, habe ich erfunden.

Danke an das Team von LYX! Besonders für den kleinen Bernd auf dem Cover.

Danke an meine Sippe. Und meinen Mann. Besonders an dich. Wie immer: Hayatım sensin.

Gehabt euch wohl und bis bald
Kristina Günak

PS: Lieber Tankwart aus Kapitel 3, sollten Sie das hier lesen – meine Schwester entschuldigt sich an dieser Stelle in aller Förmlichkeit!

Leseprobe

KIRA LICHT
Süße Sünden

»Ich glaube, ich bin ein Hobbit«, sagte ich und wackelte mit meinen nackten Zehen. »Ich habe Haare auf den Füßen.«

»Hast du nicht«, erwiderte Sabine, ohne hinzusehen. Sie hatte ihre Nase in einen ihrer intellektuellen Schmöker gesteckt und schien an einer Diskussion über meine Körperbehaarung nicht interessiert.

Ich schielte auf den in dezentem Cremeweiß gehaltenen Einband. *Die Philosophie der Seele.*

Du liebe Zeit. Allein der Titel würde mich abschrecken. Meine beste Freundin hingegen schien regelrecht aufzublühen, je komplexer Satzbau und Gedanken wurden.

Sabine und ich kannten uns seit dem Gymnasium. Sie war schon immer so verliebt in philosophische Literatur gewesen. Damals, in der fünften Klasse, hatte sie mich ziemlich beeindruckt, als sie Textstellen aus *Der kleine Prinz* rezitieren konnte. Wir hatten mit ein paar Freunden am ersten Tag unserer gymnasialen Laufbahn auf dem Schulhof herumgestanden. Zu unseren Füßen verwandelte der Schneematsch sich in eine graue Pampe.

Ich stöhnte darüber, dass ich morgens immer früher aufstehen musste als meine Mitschüler, da ich vor dem Unterricht noch mit meinem Hund Teddy Gassi gehen musste. Sabine betrachtete mich ernst, rückte ihre Brille zurecht, und in ihrem flachsblonden Haar schimmerten einzelne Schneeflocken.

»Die Zeit, die du für deine Rose verloren hast, macht deine Rose erst so wichtig«, erwiderte sie mit hoher Kinderstimme.

Sie erntete eine volle Minute Stille, dann brach Gelächter los. Sabine warf einen leicht überheblichen Blick in die Runde und zog dann ein zerfleddertes Buch aus ihrem rosafarbenen Ranzen.

»Hier.«

Ich hatte von dem »Kleinen Prinzen« gehört, ihn aber noch nicht gelesen.

»Danke«, sagte ich etwas perplex. Sabine nickte mir zu, und ihr Blick sagte, dass ich wohl in dieser illustren Runde aus Zehnjährigen die Einzige war, der sie zutraute, ihrem überragenden IQ von einhundertsiebenundsechzig würdig zu sein.

Erst als Teddy zehn Jahre später starb, wurde mir klar, wie recht Sabine damit gehabt hatte. Teddy war meine »Rose« gewesen, und all die vorher nur so widerwillig spazierten Minuten mit ihm waren zu kostbaren Erinnerungen geworden.

»Noch etwas Eistee?«, fragte ich, um nicht weiter in Nostalgie zu schwelgen.

»Gerne, Liebes.« Sabine sah kurz auf und lächelte mir zu. Die Brille war mittlerweile verschwunden und die Zöpfe abgeschnitten, doch ihr Gesicht erinnerte mich immer noch an das kleine ernste Mädchen vom Schulhof.

Ich goss uns Tee nach und lehnte mich dann wieder in meinem Liegestuhl zurück. Die Julisonne schien hell und warm auf München hinunter, ich lag mit meiner besten Freundin faul auf meinem Balkon herum, und mein eigenes Café hatte heute, wie jeden Montag, Ruhetag. Wenn nur …

»Was macht der stramme Max?«, fragte Sabine in diesem Moment. Etwas unbehaglich sah ich sie von der Seite an. Führte ein IQ über hundertsechzig auch dazu, dass man Gedanken lesen konnte?

»Nenn ihn nicht so.«

Sie drehte sich zu mir, ihr Blick war unverkennbar neugierig. »Na gut. Wie geht es Maximilian Weber?«

Max war der Besitzer des neu eröffneten Sportgeschäfts gegenüber, und ich war ein kleines bisschen verknallt in ihn. Okay, vielleicht ein wenig mehr als nur ein kleines bisschen. Eher ein großes bisschen. Geführt hatten all diese großen oder kleinen Gefühle jedoch zu nichts. Ich verfiel in eine elektrisierte Schockstarre, sobald er mich mal freundlich grüßte. Einmal hatte er sogar gewunken, und ich hatte ihn wahnsinnig um diese lässige Geste beneidet, bevor ich mit hochrotem Kopf hinter meiner Theke untergetaucht war. Er war aber auch ein Bild von einem Mann! Knapp ein Meter neunzig groß, immer leicht gebräunte Haut, dichte braune Haare, feurig dunkle Augen und ein Dreitagebart, der mich ganz schwach machte. Gekrönt wurde dieses »römische Göttergesicht« von einer herrlich sportlichen Figur, die kein bisschen aufgeblasen wirkte. Dieser Mann hatte Traumtyp-Qualitäten. Kein Wunder also, dass er vergeben war.

Ich seufzte leise. »Gestern hat sie wieder die Kinder vorbeigebracht.«

»Hast du mal gesehen, dass sie sich geküsst haben oder so?« Ich hatte Sabine vor vollendete Tatsachen stellen wollen, doch sie war in Bezug auf Max' Beziehungsstatus skeptisch geblieben.

»Nein. Aber würdest du deinem besten Kumpel deine Kinder anvertrauen?«

»Klar doch. Du bist mein bester Kumpel. Du könntest doch auf zwei kleine Kinder aufpassen?«

»Aber er ist ein Mann!«

»Männer können also nicht auf Kinder aufpassen?«

»Doch! Aber eben nur, wenn sie Väter sind.«

»Jetzt mach mal nen Punkt«, schnaufte Sabine und legte sogar *Die Philosophie der Seele* beiseite. »Er passt hin und wieder mal auf zwei Kinder auf. Er nimmt sie weder mit zu sich nach Hause, noch kommt er morgens mit ihnen zusammen. Vielleicht sind er und diese Frau getrennt? Er ist Ende dreißig, da kann so was schon mal vorkommen.«

Ich brummte ein paar unverständliche Widerworte.

»Das sind alles Schutzbehauptungen«, holte Sabine noch weiter aus. »Du sagst dir, dass er vergeben ist und Kinder hat. Damit schiebst du deine moralischen Grundsätze in den Vordergrund und hast einen Vorwand, ihn niemals ansprechen zu müssen.«

Unten auf der Straße hörte man das tiefe Grollen eines Motors mit ungezügelten PS.

»Jo kommt.«

Ich stand auf und lehnte mich über das Geländer, um seitlich am Haus vorbei einen kleinen Blick auf die Straße zu erhaschen. Leider lag mein Balkon nicht nach vorn, sondern zum Nachbarhaus hin, das nur durch zwei Einfahrten räumlich von »meinem« Haus getrennt worden war.

»Du lenkst ab!«, sagte Sabine noch, da sah ich Jo wie immer viel zu schnell vorbeibrausen. Sie fuhr ein dunkelgrünes Mustang-Cabrio, und dieser Oldtimer war ihr größter Schatz. Jo bestellte die Ersatzteile in den USA und reparierte alles weitestgehend selbst. Sabine hatte den Wagen mal spaßeshalber als »Abschleppdienst« betitelt. Wie immer hatte sie damit irgendwie recht gehabt. Das Auto war eine Aufreißer-Karre und Jo der weibliche Don Juan von München.

Kurz darauf klingelte es. Sabine und ich blieben liegen, denn wir drei hatten alle Schlüssel zu den Wohnungen der jeweils anderen.

»Bonjour, Ladys«, schnurrte Jo mit Samtstimme und lehnte sich lächelnd an die Brüstung.

»Wie geht's, du Held?« Sabine zwinkerte ihr komplizenhaft zu. »Sag nicht, dass du bis gerade gearbeitet hast. Es ist doch schon kurz vor sechzehn Uhr.«

»Doch, doch«, grinste Jo und schob sich eine goldgerahmte Pilotenbrille in den Ausschnitt ihres »Guns-N'-Roses«-T-Shirts. Sie war die einzige Frau, an der eine Röhrenjeans kombiniert mit flachen Schuhen nicht nach »Fleischwurst« aussah.

Sabine und ich hatten Jo mal auf einer Party kennengelernt, als wir alle noch in die Oberstufe gingen. Ihr rabenschwarzer Pagenkopf war damals genauso revolutionär wie ihr Schneewittchen-Teint gewesen. Zu dieser Zeit wollten wir alle aussehen wie »La Lopez«, die gerade ihr erstes Album herausgebracht hatte und sich sonnengebräunt und mit Wallemähne in all ihrer Kurvigkeit auf dem Cover räkelte. Jos Outfit – die zerlöchertste Levis, die ich jemals gesehen hatte, ein weites verblichenes Shirt undefinierbarer Farbe und ziemlich kaputte knöchelhohe Docs – war Grunge deluxe, und mit ihrer knabenhaften, langbeinigen Figur und ihrem »Ihr-könnt-mich-alle-mal«-Blick war sie einfach unwiderstehlich. Die Typen aus meiner Stufe glotzten sie an, als sie den verrauchten Partykeller betrat, und mehr als einer warf gleich einen zweiten Blick hinterher. Jo stakste auf ihren langen Beinen zur Bar, nahm sich ein Bier und öffnete es dann ganz fachmännisch mit einem herumliegenden Feuerzeug. Der herumfliegende Kronkorken traf einen Typen im Nacken. Der sah sich erbost um, doch nach einem Blick aus den veilchenblauen Augen seines Gegenübers grinste er nur etwas überfordert. Jo grinste nicht zurück, sie drehte sich einfach weg und badete in den Blicken der Menge.

Nachdem sie erfolglos an Sabine herumgebaggert und deren damaligen Freund zu einem Eifersuchtsanfall getrieben hatte, beschlossen wir, dass Johanna van Tessel zwar völlig verrückt, aber trotzdem sehr liebenswert war. Als auch die Fronten geklärt waren – Sabine und ich nur hetero, Jo nur lesbisch – trafen wir uns immer öfter und wurden schließlich die besten Freundinnen.

»Was macht der stramme Max?«

»Jetzt nennst du ihn auch schon so!«, motzte ich. »Hat sie dir das beigebracht?« Ich zeigte anklagend auf Sabine, die mir prompt einen Vogel zeigte.

»Es liegt bei dem Namen einfach nahe«, sagte Jo und lehnte sich so weit übers Geländer Richtung Straße, dass ich fürchtete, sie würde jeden Moment hinunterfallen.

»Komm da weg und setz dich«, bat ich. »Das kann man ja nicht mit ansehen.«

Jo ließ sich auf den Fußteil meiner Liege plumpsen, und ich verstrubbelte ihre ohnehin wild abstehende Pixie-Frisur.

»Was macht das Musik-Business?«

»Langweilige Musiker, unzuverlässige Plattenfirmen, dröge Interviews … willst du noch mehr wissen?«, erwiderte Jo und tat leidend. In Wirklichkeit wussten wir alle, dass Jo, die als freie Musikjournalistin unter anderem für den *Rolling Stone* schrieb, das mit Abstand aufregendste Leben von uns dreien führte. Sabine als Programmchefin eines kleinen Kinderbuchverlags und ich als Cafébesitzerin konnten da nicht mithalten.

Sie traf Newcomer und Stars, reiste zu Konzerten und schrieb über Songs, die erst Wochen später erscheinen würden.

»Maya will von ihrer Vorstellung, dass er vergeben ist und Kinder hat, einfach nicht ablassen, damit sie ihn nicht ansprechen muss«, griff Sabine das Thema »Max« wieder auf.

»Warum fragt sie ihn nicht einfach?«

»Keine Ahnung?«

»Hallo? Redet nicht über mich, als wäre ich nicht da. Ich kann doch wohl schlecht in seinen Laden marschieren und ihn zu seinen persönlichen Verhältnissen befragen?«

»Warum schlägst du dann nicht einfach vor, dass ihr mal zusammen etwas trinken geht? Wenn er verheiratet ist, sollte er absagen.«

»Sollte …«, unkte ich.

»Er sieht eigentlich nicht wie ein Fremdgeher aus«, meinte Jo.

»Die meisten Fremdgeher sehen nicht wie Fremdgeher aus, das macht es ja so schlimm.«

»So wird das nie etwas.« Jo schob sich die schwarzen Flip-Flops von den Füßen. »Dann verkauf deinen Laden und geh ins Kloster.«

»Ha!«, juchzte Sabine und begann in ihrer großen himmelblauen Basttasche zu kramen. »Das ist mein Stichwort!« Sie zog ein paar ausgedruckte Blätter hervor, die sie dann an Jo und mich weiterreichte.

»Ein Single-Hotel?« Jo rümpfte die Nase.

»Ja! Ein kleines, feines Hotel in der Nähe der österreichischen Grenze. Das Angebot gilt allerdings nur, wenn man zu dritt anreist. Fünf Tage, inklusive aller Kurse!«

»Kurse?« Ich blätterte durch die Seiten. »Ich fürchte, ich komme nicht ganz mit. Geht es um Wellness oder Yoga?«

»Nein, es geht um so eine Art Nachhilfe in der Partnerfindung.«

Ich ließ die Papiere sinken. »Wie bitte?«

»Na, für dich!«, sagte Sabine ganz euphorisch. »Dort lernt man, wie man Männer kennenlernt, wie man sich optimal stylt, wie man Konversation betreibt und so weiter.«

»Klingt eher nach einem Ausbildungslager für Callgirls«, brummte ich und stupste Jo an. »Was meinst du dazu?«

Sie zog ein Gesicht.

»Fünf Tage im Nirgendwo mit verhaltensgestörten Heteros? Ich kann mir nichts Aufregenderes vorstellen.«

»Das ist nichts für mich.« Ich hoffte, meine endgültige Miene würde reichen, um Sabine von ihrer wahnwitzigen Idee abzubringen.

»Doch, es wird dir gefallen.«

Okay, so einfach ließ sich Sabine wohl nicht überzeugen.

»Ich kann mein Café nicht allein lassen.«

»Wie lange hast du keinen Urlaub mehr gemacht, hm? Seit drei Jahren bestimmt, oder?«

»Das ist mir egal. Das Café ist mein Lebenstraum. Da brauche ich keinen Urlaub.«

»Jeder Mensch muss hin und wieder raus, Maya«, sagte Jo.

»Und du hättest da Lust zu, ja? Eben klangst du nicht begeistert«, schoss ich zurück.

»Wann soll das denn stattfinden?« Jo drehte sich zu Sabine.

»Nicht dieses, sondern nächstes Wochenende.«

»Da kann ich nicht.« Jo schien erleichtert. »Da hab ich zwei superwichtige Konzerte, wo ich hin muss.«

»Siehst du«, sagte ich triumphierend zu Sabine. »Jo kann nicht, ich kann nicht, Thema erledigt.«

Sabine wurde etwas blass unter ihrer Sommerbräune.

»Sei nicht böse«, lenkte ich ein, weil ich sah, dass meine letzten Worte sie verletzt hatten. »Vielleicht verreisen wir ein anderes Mal. Und so ein schlimmer Fall bin ich nun auch nicht!« Ich lachte um die Stimmung etwas aufzuheitern. »Oder?«

Sabine sah zweifelnd zu Jo, die unbehaglich auf der Liege herumrutschte.

»Oder?«

Sabine schüttelte fast unmerklich den Kopf, riss mir die Papiere aus der Hand und stopfte sie zurück in ihre Tasche. Dann griff sie nach *Philosophie der Seele*. Also konzentrierte ich all meine fragenden Blicke auf Jo.

»Na, wenn du das sagst«, meinte Jo schließlich.

»Ja, genau das sage ich.« Ich lehnte mich auf meiner Liege zurück und beschloss, nicht wieder an diesen albernen Kurztrip zur Schulung meiner Selbstvermarktungsfähigkeiten zu denken.

Jeder Dienstag war die Vorstufe zur Hölle. Damit meinte ich nicht die brennenden Qualen eines Fegefeuers oder das drohende Jüngste Gericht. Meine persönliche Hölle war ein unschuldig weißer Wecker, der um Punkt vier Uhr dreißig ein apokalyptisches Gebimmel startete, das vermutlich selbst Tote wiederbeleben konnte. Grund für diese unmenschliche Zeit war der Münchener Großmarkt. Jeden Dienstag kaufte ich dort das Obst für die gesamte Woche ein. Wollte man die volle Auswahl haben, musste man früh dort sein. Für mich war es jeden Dienstag ein Kampf, mitten in der Nacht aufzustehen.

»Mjjaaaaaaaaa …«, murmelte ich schlaftrunken und schlug im Halbdunkel nach dem aufdringlichen Krachmacher. Ich traf ihn, nur leider nicht an der richtigen Stelle. Er purzelte von meinem Nachtisch, landete polternd auf den Holzdielen ... und plärrte weiter. Ich seufzte tief, schob meine Decken zur Seite und begab mich auf Tauschstation. Gerade als ich kopfüber aus dem Bett hing, begann mein Handy zu piepen. Ich hatte es zur Sicherheit auch aktiviert, sollte ich es schaffen, den Wecker im Halbschlaf zum Schweigen zu bringen. Als notorischer »Verschlafer« hatte man so seine Tricks.

»Dieser verdammte ... nächstes Mal ... blöde Dienstage ... niemand so früh ...!« Ich glitt mit der rechten Hand suchend über den Fußboden, während meine Linke nach dem Handy neben meinem Kopfkissen tastete, als das Festnetztelefon im Flur zu klingeln begann. Ich verlor das Gleichgewicht, rutschte aus dem Bett, und das metallene Gehäuse des Weckers bohrte sich schmerzhaft in meine Hüfte.

»Och manno ...!« Wütend berappelte ich mich, stieß den Übeltäter von mir und kam fluchend auf die Beine. Ich stürzte in den Flur, ohne mir an einem der Türrahmen weitere Blessuren zuzufügen, und nahm ab.

»Das ist Ihr freundlicher Weckdienst!«

Wie konnte man zu so einer unmenschlichen Zeit so gute Laune haben?

»Maya? Hallo?«, schallte Sabines fröhliche Stimme durch den Hörer. »Schläfst du noch?«

»Ja.«

»Kommt der Krach aus deiner Wohnung?«

Ich drehte mich in Richtung Schlafzimmer, in dem sich Wecker und Handy zu einem Orchester aus Wecksignalen zusammengetan hatten.

»Ja.«

»Ich bin mir sicher, beide Geräte haben einen Knopf zum Ausschalten. Vielleicht solltest du das mal versuchen.«

»Ja.« Ich seufzte und gähnte gleichzeitig.

»Kann ich jetzt auflegen, ohne dass du wieder ins Bett gehst?«

»Ja.«

»Prima. Dann sprechen wir uns später noch mal zu einer Tageszeit, in der du mehr als ›Ja‹ sagen kannst, okay?«

»Ja.«

»Gut, dann bis dahin!«

»Danke …«, flüsterte ich.

Sabine lachte. »Gerne! Es ist immer wieder ein Erlebnis!« Dann klickte es in der Leitung. Ich stellte das Telefon zurück in die Ladeschale, knipste das Licht an und begab mich zurück ins Schlafzimmer, um endlich für Ruhe zu sorgen.

Eine gute Stunde später war ich startklar. Als ich das Shirt mit dem tiefen V-Ausschnitt übergestreift hatte, waren meine Gedanken zu Max gewandert. Ob es ihm wohl gefallen würde? Ich hatte den üppigen Busen meiner italienischen Mama geerbt, und trotz aller anderen Komplexe war ich stolz darauf. Ich mochte mein Dekolleté. Es war eines der wenigen weiblichen Attribute, die ich an mir vorbehaltlos leiden konnte.

Jeans und cremefarbene Ballerinas komplettierten mein Outfit, und wenig später schloss ich die Tür meines blaugrau lackierten VW-Bullis auf. Der Motor bockte, und die ganze Kiste wackelte, stotterte und hustete, bis ich einen Gang einlegte und langsam vom Hof rollte. Der Wagen bestand hauptsächlich aus sorgsam übermaltem Rost, und vor jeder anstehenden TÜV-Prüfung musste ich eine Baldriankur machen. Wenn der Prüfer mit ernstem Gesicht auf mich zukam, wurde mir schlecht, und ich rechnete mit dem Schlimmsten. Doch bisher hatte ich Glück gehabt, und Gonzo – so nannten wir den Bulli – war mit Ach und Krach für weitere zwei Jahre zugelassen worden.

Auf der Fahrt ging ich im Kopf noch mal meine Einkaufsliste durch. Meine Speisekarte bestand aus den »Klassikern«, also den Desserts, die permanent auf der Karte waren, und einer Saisonkarte, die wechselnde Gerichte enthielt. Ich stellte sie immer am Monatsanfang zusammen und passte sie den jeweiligen Jahreszeiten an.

Bis zum Großmarkt in Sendling brauchte ich eine halbe Stunde.

Ich hatte Glück und konnte bei einem meiner Lieblings-Obsthändler eine Kiste Granatäpfel der Handelsklasse A zu einem sehr guten Preis kaufen. Dazu kamen noch eine Kiste Himbeeren, zwei Kisten Erdbeeren, eine Kiste Rhabarber, eine Kiste Äpfel und eine Kiste Schwarze Johannisbeeren.

Um halb acht war ich wieder zu Hause. Ich entlud den Bulli und betrat das Café durch den Hintereingang auf dem Garagenhof. Die Kisten mit dem Obst stellte ich in die Kühlkammer und machte mir dann einen zweiten Kaffee. Um Punkt acht Uhr erschien meine Küchenhilfe Mechthild.

»Morgen, Chefin«, sagte sie, obwohl ich vergeblich versucht hatte, ihr diese Anrede abzugewöhnen. Mechthild war Ende vierzig, sah aber deutlich älter aus. Sie hatte vier Kinder, die alle noch zu Hause wohnten, und einen Mann, der es sich zur Lebensaufgabe gemacht hatte, in der kleinen Wohnung auf die Möbel aufzupassen. Laut Mechthild suchte er schon ewig nach einem Job »in einer leitenden Position«. Was genau ihr Göttergatte leiten wollte, war bisher allerdings ungeklärt geblieben. Ihre vier Kinder, alles junge Kerle zwischen siebzehn und fünfundzwanzig, arbeiteten nicht, weil alle ihre Ausbildung geschmissen hatten und lieber zu Hause Computer spielten. Hinzu kamen noch drei Katzen, die der Familie »zugelaufen« waren. Ich fragte mich immer noch, wie das möglich war, wenn man im siebten Stock eines Hochhauses wohnte. Zu guter Letzt war da noch der dreibeinige Familienhund, der auf den wunderbaren Namen »Stinker« hörte. Stinker war nicht immer gehandicapt gewesen. Mechthilds Erzählungen nach hatte der Hund das vierte Bein »irgendwann mal beim Spielen mit den Kindern« eingebüßt. Ich hatte mir verboten, näher darüber nachzudenken.

»Guten Morgen, Mechthild.« Ich deutete lächelnd mit dem Kopf in Richtung der billigen Filterkaffeemaschine, die in einer Ecke der Küche stand. Mechthild war eine der genügsamsten Menschen, die ich je kennengelernt hatte. Nur beim Thema Kaffee war sie eigen. Wobei »eigen« in diesem Falle nicht mit »anspruchsvoll« gleichzusetzen war. Ich hatte für viel Geld eine original italienische Profi-Kaffeemaschine für mein Café erstanden. Bediente man sie, fühlte man sich wie im Kesselraum einer altmodischen Lokomotive. Alles zischte, Dampf stieg empor, und Kondenswasser hing in silbrigen Tropfen auf den verchromten Außenwänden. Die Maschine war ein richtiger Hingucker und auch der Kaffee ganz ausgezeichnet.

Mechthild mochte meine »Grande Maschina«, wie ich sie heimlich nannte, jedoch nicht.

»Ich bediene doch kein Raumschiff, um an eine Tasse Kaffee zu kommen«, hatte sie bei dem ersten Aufeinandertreffen gemurmelt und misstrauisch die vielen kleinen Knöpfe beäugt.

Ich hatte ihr eine Tasse Kaffee gebrüht in der Hoffnung, sie überzeugen zu können. Doch vergeblich.

Mechthild zog ein Gesicht und deklarierte meinen Eins a italienischen Kaffee als »Gebräu«.

Beim nächsten Mal brachte sie sich eine Maschine mit, die einem in jedem Supermarkt für zehn Euro hinterhergeworfen wird. Anstatt einer Packung Arabica-Bohnen schleppte sie ein gemahlenes Pulver an, das zwar wie Kaffeemehl aussah, aber garantiert nur einen geringen Anteil Bohnen enthielt. Anhand der Konsistenz tippte ich auf gemahlene Spazierstöcke oder ähnliche Absonderlichkeiten.

Mechthild kippte ein halbes Kilo davon in den Papierfilter, und die gesamte Küche roch kurz darauf wie eine Ammoniakfabrik. Nun war ich es, die die Nase rümpfte.

»Endlich richtiger Kaffee«, sagte Mechthild in ihrer bekannt temperamentlosen Art. Sie bot mir etwas an, doch ich winkte dankend ab. Mechthild zuckte die Schultern, und ihr Blick sagte: »Das Mädchen hat halt keine Ahnung«. Dann leerte sie den ersten Becher der scharf riechenden Brühe auf ex.

»Die gleiche Karte wie letzte Woche?«, fragte Mechthild und kippte wieder jenes undefinierbare Pulver in den Filter.

»Genau. Ich würde sagen, ich fange mit dem New-York-Cheesecake an, und du machst den Brownieteig. Das Rezept hängt am Kühlschrank.«

Mechthild nickte, knipste das Radio an, und schweigend begaben wir uns an die Arbeit.

Wir stellten morgens alles selbst her, und wenn etwas im Laufe des Tages ausverkauft war, konnte man es eben nicht mehr bestellen. Hier galt: Wenn weg – dann weg. Anfangs hatte ich mich oft finanziell übernommen, weil ich zu viel vorbereitet hatte und dann auf den Resten sitzen geblieben war. Nun bot ich weniger an, und der Laden lief noch besser als vorher. Die »künstliche Verknappung« schien die Leute regelrecht anzustacheln.

Als ich das Baiser für den Milchreis zubereiten wollte, passierte das Unglück. Ich hatte einen der beiden Schneebesen nicht richtig fixiert, und wild drehend löste er sich aus der Verankerung und flog quer durch die Küche. Ich ließ vor Schreck das

Handrührgerät los, und ein Regenschauer aus zähem Eiweiß regnete auf mich hinab. Mechthild unterdrückte ein Grinsen.

»Verflucht!« Ärgerlich strich ich durch meine verklebten Haare. Dann wanderte mein Blick zur Küchenuhr. Es war bereits kurz vor zehn Uhr. Um elf Uhr öffnete das Café, und ich hatte keine Zeit, einen Abstecher in meine Wohnung zu machen, um mir die Haare zu waschen.

»Das trocknet«, sagte Mechthild und schnippelte weiter den Rhabarber.

»Na super«, murmelte ich und begab mich auf die Suche nach dem verschwundenen Schneebesen.

Als ich um fünf Minuten nach elf hinter meiner Theke stand, galt meine Aufmerksamkeit allein einem Paar breiter Schultern, die auf der Straßenseite gegenüber einen Schriftzug auf der Glasfront des Sportgeschäfts anbrachten.

Das Eiweiß in meinen Haaren war mittlerweile getrocknet, und dank der ungewollten Proteinkur standen sie nun in wirren Wellen von meinem Kopf ab.

»Uiuiuiii …«, murmelte ich anerkennend, als das Paar breite Schultern die Arme hob und einen weiteren Schriftzug anpasste.

Dieser Max war echt eine Augenweide. Die Jeans saß perfekt, und das sportliche Shirt betonte seine Figur. Er legte den Kopf schief und betrachtete sein Werk. Ich betrachtete den knackigen Hintern in seiner Jeans.

Drei junge Mädchen betraten das Café. Sie bestellten alle einen Milchkaffee und die Zitronenmuffins mit Joghurt-Ganache.

»Ach … und noch zwei Kaffee zum Spenden«, sagte eine der drei. Die anderen beiden sahen sie fragend an.

»Zum Spenden?«, fragte die eine.

»Hier kann man Kaffee oder auch Gerichte der Speisekarte spenden«, erklärte ich. »Das ist eine Idee, die ich aus Italien kenne. Man bezahlt das, was man anderen spenden möchte. Kommt nun zum Beispiel jemand in das Café, der kaum Geld hat, kann er oder sie fragen, ob Besucher etwas gespendet haben. Dann bekommt derjenige das umsonst. Deine Freundin spendet zwei Kaffee. Kommen nun zwei Menschen, die kein Geld für Kaffee haben, bekommen sie den Kaffee, den deine Freundin bezahlt hat.« Ich hielt eine rote Kladde hoch. »Hier tragen wir alle Spenden ein und haken sie ab, wenn ein anderer sie einlöst.«

»Klingt super«, sagte das Mädchen. »Ich spende auch zwei Kaffee.«

»Ich auch!«, sagte die Dritte schnell.

»Danke euch«, lächelte ich. »Dann bezahlt jetzt jede ihren Muffin und drei Kaffee.«

Die drei klimperten mit ihrem Geld.

»Echt cool …«, sagte eine, als sie ihre Teller und Becher hinaustrugen, um sich auf eine der kleinen Bänke vor dem Café zu quetschen.

Dann erklang ein tiefes Motorengeräusch: Jo, die fast jeden Morgen vorbeikam. Ich lehnte mich über die Theke, um nach ihr Ausschau zu halten, und da brauste sie auch schon an mir vorbei. Zu schnell, wie immer.

Jo warf sich mit dem Wagen in die Parklücke, die direkt vor dem Café lag. Rückwärts und so rasant, dass es das halbe Café mitbekam. Max, der gerade den letzten Schriftzug mit einem Plastikspatel fixierte, hob interessiert den Kopf.

Oh nein. Mir schwante nichts Gutes.